Leah von Cimmeria
Im Zeichen der Lilie

Erotische und fantastische Geschichten

Bibliografische Information der Deutschen Nationalbibliothek: Die Deutsche Nationalbibliothek verzeichnet
diese Publikation in der Deutschen Nationalbibliografie;
detaillierte bibliografische Daten sind im Internet unter
http://dnb.dnb.de abrufbar.

Umschlaggestaltung, Herstellung und Verlag:
BoD – Books on Demand, Norderstedt
© 2022 Leah von Cimmeria
ISBN: 978-3-7568-3438-9

Inhaltsverzeichnis

Im Zeichen der Lilie

Der Mann umschlich das Haus auf jenen drei Seiten, die öffentlich zugänglich sind, warf immer wieder Blicke zur Dachtraufe und auf die Wände. Vor allem die Stukkarbeiten schienen es ihm angetan zu haben.

„Ob das ein Bulle ist?" fragte Gianna ihre Freundinnen Toni und Inga, die von drinnen den beobachteten, der dasselbe von draußen tat.

„Nie im Leben", erwiderte Toni, „einen Bullen erkenne ich einen Kilometer gegen den Wind. Guckt euch an, wie der aussieht. Eher Junkie oder bestenfalls Alternativer."

„Vielleicht zur Tarnung?"

„Das bringt ein Bulle nicht fertig. Der kann anziehen was er will und sich einen Irokesenschnitt zulegen; die misstrauisch-musternde Miene haftet ihm an."

„Der da mustert uns doch auch."

„Nicht uns, sondern das Gebäude. Den Eingang beachtet er gar nicht, was für einen Gesetzeshüter das Wichtigste wäre."

„Apropos Eingang: Er nähert sich ihm."

„Dann wird's spannend."

Das Fleur-de-Lys-Haus steht nicht sperrangelweit offen, aber auf Klingeln wird einem männlichen Besucher nach sorgfältiger Musterung im Allgemeinen aufgetan. Die meisten klingeln allerdings am Hintereingang, denn sie wollen nicht unbedingt an diesem Ort gesehen werden. Dort wartet auch ein schattiger Parkplatz, auf dem ein Auto aus allen möglichen Gründen abgestellt werden kann.

Es klingelte an der Vordertür.

Inga, die heute Wachdienst schob, öffnete. Ihr wurde dieser Dienst meistens zugeteilt, denn sie war in allen möglichen Kampfsportarten trainiert und trug außerdem eine unauffällige Schusswaffe am Körper. Angesichts ihrer Rolle als Rausschmeißerin war sie vollständig und keineswegs sexy gekleidet.

Der Mann, der vor ihr stand, verhieß Entspannung. Er war ungefähr 50 Jahre alt und lächelte nicht freundlich, sondern eher schüchtern. Das ist bei vielen der Fall, die erstmals als Freier über die Schwelle treten, aber dieser hier erweckte noch nicht einmal den Eindruck, ein Freier zu sein.

„Womit können wir dienen?"

„Entschuldigen Sie bitte vielmals meine Unverfrorenheit. Wäre...; wäre eventuell der Hausherr zu sprechen?"

„Die Hausherrin, meinen Sie?"

„Gern auch sie. Mein Name ist Heinrich Bunderoth."

„Und in welcher Angelegenheit darf ich Sie melden?"

„Es geht um Ihre Liegenschaft, das Fleur-de-Lys-Haus, das Lilienhaus."

„Wollen Sie es kaufen? Dann sage ich Ihnen gleich ..."

„Bewahre! Ich möchte es abmalen."

Kurz darauf saß Heinrich Bunderoth in Geraldine Kunzes Büro. Gianna hatte zwei Kaffee und ein bisschen Gebäck gebracht und Geraldine hörte zu, wie der Fremde von ihrem Etablissement schwärmte.

„Eine Jugendstilvilla, wie in näherem und auch weiterem Umkreis keine prächtigere zu finden ist. Neben den abgesetzten Ecken und Kanten ist es vor allem das immer wieder auftauchende Motiv der Lilie, das mich fasziniert. Sie ziert jede Freifläche und jede sieht ein klein wenig anders aus."

„Sie sind ja auch handgefertigt. Ein Kunstwerk ist selbsterklärend ein Einzelstück."

„Wissen Sie das Baujahr?"

„1907. Zum Glück wurde hier während der Kriege nicht herumgebombt und so steht das Haus weitgehend in demselben Zustand wie vor 115 Jahren da. Leider gibt es kein Gemälde und damals waren nur Schwarzweißaufnahmen möglich, sodass wir die Ursprungsfarben nicht kennen. Die wechselten nämlich mehrmals, das wissen wir. Der jetzige Putz ist ungefähr 20 Jahre alt. Seinerzeit waren sogenannte Champagnerfarben und karmesinrot modern und genau darin erstrahlt unser Bau: Die Stukkarbeiten wie Seiten-pfosten und Stockwerkabsätze, vor allem aber die Lilien champagnerfarben und die Wandflächen karmesinrot."

„Die Fenster sind modern. Doppelglas, vermute ich."

„Das ist heute kaum anders machbar. Isolierung, Energie sparen …"

„Eine typische Überheblichkeit moderner Architekten. Sie glauben gar nicht, wie gut die alten Doppelfenster mit ihren Kreuzen, deren äußeren Läden nach außen und inneren nach innen zu klappen waren, vor Kälte und Hitze schütz-ten. Besser als das modernste synthetische Gelump, dafür gebe ich Ihnen Brief und Siegel.

Ist aber egal. Ich will Ihr Haus ja nicht fotografieren, sondern abmalen. Da habe ich einige Freiheiten, darunter die, die Fenster so zu gestalten, wie es historisch korrekt ist."

Geraldine sagte einen Augenblick lang nichts. Dann ging sie auf Herrn Bunderoths letzten Satz ein. „Richtig, Sie wol-len es abmalen. Ich finde es sehr rücksichtsvoll, dass Sie das ankündigen. Es wird oft fotografiert, aber nie kam bis-her einer auf die Idee, hier zu klingeln und zu fragen, ob er das darf. Er darf es übrigens, sofern er auf öffentlich zu-gänglichem Gelände, das heißt dem Bürgersteig, bleibt."

„Das Fotografieren dauert ja nur eine Sekunde, während Sie meinen Anblick vermutlich einige Tage werden ertragen müssen."

„So lange brauchen Sie für ein Gemälde?"

„Es werden sicher mehrere, mindestens drei. Eins über-lasse ich als kleinen Dank auf jeden Fall Ihnen."

„Das sollte uns freuen."

„War Ihr Haus nicht einmal Schauplatz eines Films?"

Geraldine lächelte, denn die Erinnerung daran schmeichelt ihr bis heute. Dennoch versuchte sie die Bescheidene zu

9

spielen. „Nur im ersten Szenario. Der berühmte Regisseur Eike Haberstedt gab uns die Ehre, seine Neuverfilmung von ‚Carmen' in diesen Hallen zu eröffnen." Dass der Preis darin bestanden hatte, ihre begehrteste Mitarbeiterin Petra ziehen zu lassen, damit diese unter den Fittichen Haberstedts in eine rauschende Schauspielerinnenkarriere eintauchte, verschwieg sie wohlweislich.

Gianna trug die Gedecke ab und Geraldine fragte ihren Gast: „Möchten Sie sich drinnen ein wenig umschauen?"

„Das wäre sehr nett."

„Dann wird Sie die junge Dame führen. Lass' das Zeug stehen, Gianna, das trage ich selber in die Küche."

Während Geraldine das ‚Zeug' in die Spülmaschine räumte, kreisten ihre Gedanken um den Besucher. Heinrich Bunderoth, nie gehört. Seinem Äußeren nach war er kein Mitglied der gehobenen Klasse, aber seine Ausdrucksweise war alles andere als gewöhnlich. Ein hochgebildeter, aber weltfremder Künstler, der in der harten ökonomischen Wirklichkeit keinen Fuß auf die Erde bekäme. Ich frage mich, dachte sie, als sie die Klappe der Maschine schloss, ob er von seinem Gekleckse leben kann oder Sozialhilfe in Anspruch nehmen muss.

Gianna führte Herrn Bunderoth zunächst in das Treppenhaus, der sich über dessen prachtvolle Ornamentik begeistert zeigte. „Jugendstil in vollendeter Ausführung", sagte er immer wieder.

„Fehlen nicht Putten, Löwenköpfe und sonstige Figuren?" fragte Gianna.

„Das wäre Klassizismus", belehrte der Besucher sie. „Bei Klassizismus wird häufig die Grenze zum Kitsch überschritten. Bei Jugendstil nie.

Gestatten Sie die Frage, wie ich Sie anreden darf?"

„Gianna. Meinen Familiennamen möchte ich nicht ins Spiel bringen."

Bunderoth wirkte leicht irritiert, fing sich aber bald und erkundigte sich: „Sind auch die Zimmer zu besichtigen?"

„Einige. Einen Augenblick."

Gianna sah auf ihrem Smartphone nach, welche Räume nicht belegt waren, und zeigte zwei von ihnen vor. Erneute Begeisterungsstürme. „Welch' edle Stukkarbeiten! Wissen Sie eigentlich, was das alles wert ist?"

„Ich weiß zumindest, was es kostet, eine defekte Stelle ausbessern zu lassen."

„Das tun Sie?"

„Schnellstmöglich. Kein Kunde soll den Eindruck bekommen, es mit einem Lotterladen zu tun zu haben."

„Was ist eigentlich Ihr Geschäftszweig?"

Gianna brauchte sich nur einen Wimpernschlag lang zu besinnen. „Dienstleistungen aller Art, vor allem entspannen verhärteter Werkzeuge." Sie war trotz oder vielleicht sogar wegen ihres Berufs nicht auf den Kopf gefallen.

Bunderoth war nicht anzusehen, ob er mit ihrer Antwort etwas anzufangen wusste. Als Gianna ihn in den Gemeinschaftsteil führte, wurden seine Augen nochmals größer, obwohl sie das für unmöglich gehalten hatte.

„In Ihrer Lounge würde ich gern einmal eine Vernissage ausrichten. Vom Eingang aus ist sie durch eine einzige Tür leicht zu erreichen. Die stukkverzierte Decke und die herrlich eingefassten Ecken bilden ein konkurrenzloses Ambiente, während die weißen Wände Bilder fantastisch zur Geltung brächten."

„Ich weiß, dass die einst mit knallbunten Tapeten beklebt waren. Frau Kunze war damals schon Chefin und veranlasste, dass sie Feinputz weichen sollten. Ich kenne den damaligen Zustand nicht, aber es müssen dem Betrachter die Augen wehgetan haben.

Sagen Sie, haben Sie einige Beispiele Ihres bisherigen Schaffens dabei?"

„Natürlich."

Bunderoth fingerte sein Smartphone aus der Innentasche seiner Jacke, navigierte darauf herum und zeigte Gianna einige Beispiele. Diese war beeindruckt.

„Wie Sie sehen, male ich gegenständlich, realistisch. Das heißt aber nicht, dass alles 1:1 wie abfotografiert ist. Ich gab Frau Kunze zu verstehen, dass ich beispielsweise die modernen Fenster durch die originalen mit Kreuz zu ersetzen gedenke."

In der Kunstszene war Gianna nicht bewandert, sonst hätte sie das eine oder andere Motiv erkannt oder ihr die Signatur ,PaPu' am rechten unteren Rand der ihr gezeigten Bilder etwas gesagt. Denkbar ist auch, dass die Abbildungen auf dem Display zu klein und dessen Auflösungen zu schlecht waren, als dass sie diese Einzelheit wahrzunehmen vermocht hätte.

Nachdem sich die Tür hinter dem unerwarteten Besuch geschlossen hatte, sah Geraldine Gianna neugierig an. „Und?"

„Komischer Kauz. Unheimlich nett und vor allem beinahe unanständig höflich, aber total neben den Schuhen."

„Meinst du, er hat geschnallt, dass das hier ein Puff ist?"

„Ich glaube nicht, dass er zwischen einer Prostituierten und einer Protestantin zu unterscheiden weiß."

„Unterschätz' ihn nicht. Er ist hochgebildet."

Während der nächsten Tage sahen die staunenden Passanten einen alternativ aussehenden Herrn mittleren Alters auf dem Bürgersteig gegenüber des Fleur-de-Lys-Hauses vor einer Staffelei sitzen und eifrig pinseln. Viele bleiben stehen und sahen dem Künstler eine Weile zu, denn dass hier ein Meisterwerk im Entstehen begriffen war, offenbarte sich auch einem Banausen. So unauffällig, dass es auffällig war, schlenderte immer wieder eine junge Dame an dem

Maler vorbei, vermied jedoch, direkt auf dessen Leinwand zu starren.

Die Liebesdienerinnen, die tagsüber anwesend waren, versorgten ihn in gewissen Abständen mit Kaffee, Wasser und belegten Brötchen. Sofern er einem menschlichen Bedürfnis nachzugehen gezwungen war, blieb eine von ihnen zur Bewachung der Staffelei draußen. Sein Geschäft erledigte Bunderoth allerdings nicht im Fleur-de-Lys-Haus, sondern in der dafür vorgesehenen nahegelegenen Anstalt.

Ungeduldig fragten sich die Frauen, wann der Künstler wohl fertig sein und ihnen seine Werke zeigen würde. Ihnen fiel auf, dass er mehrmals seine Perspektive wechselte.

Nach knapp zwei Wochen war es soweit. Seit dem Eröffnungsgespräch hatte Heinrich Bunderoth das Gebäude nicht mehr betreten. Als er nun, mit einer Riesenmappe unter dem Arm, zum zweiten Mal klingelte, war es nicht die misstrauische Inga, die die Zugbrücke hinabkurbelte, sondern mehrere Frauen versuchten das gleichzeitig. Rasch führten sie ihn in den Aufenthaltsraum und baten ihn, durcheinander redend, seine Schöpfungen zu offenbaren.

Bunderoth griff in seine Mappe, zog ein Bild nach dem anderen heraus und befestigte geübt zwei Klebebandstreifen an deren Ecken, um sie an der Wand zu befestigen. Das geschah so nervtötend langsam, dass Geraldine Zeit fand, sich ihren Damen zuzugesellen und mit ihnen die „ah"s und „oh"s zu teilen.

Drei Gemälde und eine Zeichnung zeigten eine Wirklichkeit, die Schöneres als die wirkliche Wirklichkeit zeigte, nämlich den vermuteten Urzustand des Fleur-de-Lys-Hauses. Die Fenster entsprechen der Bauweise, die zu Anfang des 20. Jahrhunderts üblich war, und die Straße ist gepflastert und nicht asphaltiert. Auf einem der Bilder nähert sich rechts vom Gebäude ein Rolls Royce Silver Ghost und auf einem anderen von der Querstraße ein Pferdefuhrwerk. Eins der Gemälde zeigt das Objekt von schräg links, eins frontal und eins von schräg rechts. Der Schokoladenperspektive widmet sich die Zeichnung, nämlich die Ecke schräg links.

„Die Farbe ist Spekulation", gestand Bunderoth zu, „aber mit einem barocken Gelb und weißen oder roten Eckbetonungen liege ich vermutlich nicht total daneben. Die blaue Version mit beigen Ecken ist dagegen eher unwahrscheinlich."

„Wo haben Sie denn das uralte Auto her?" fragte Gianna, die sich immer schon mehr für mobile als für immobile Artefakte interessiert hatte.

„Ich besitze ein altes Matchbox-Modell. Das habe ich im richtigen Winkel skizziert und eingesetzt, als das Haus vollendet war."

„Das Schöne ist", mischte sich Geraldine erstmals in das Gespräch, „dass Sie die ganzen Stauchungen und Verzerrungen, zu denen es auf Fotografien zwangsläufig kommt, einfach ignorieren können."

Bunderoth sah sie an und lächelte. „Es gibt Shift-Objektive, die dieses Manko zu 90% ausgleichen. Heute greift man eher zu Drohnen, die von halber Höhe aufnehmen. Die kissenförmigen Verzeichnungen rechnet moderne Software kaltblütig 'raus."

„Vergessen Sie nicht die Entzerrungsfunktion in Korrekturprogrammen."

„Die ist die schlechteste Lösung. Die verwandelt rechteckige Fenster in den oberen Etagen in trapezförmige. Welche Lösung Sie auch wählen: Ich bin der Meinung, dass jede Manipulation sichtbar ist und immer bereit zu wetten, dass ich sie aufdecke, so raffiniert sie auch sein mag. Bisher habe ich immer gewonnen.

Es gibt Maler, die fotografieren ihr Motiv und malen das Bild vom Foto ab. Ich halte das für unlauter und natürlich genauso aufdeckbar wie beim Foto selbst. Ich versichere Ihnen, dass ich das hier nach meinem eigenen Augenmaß erschaffen habe."

14

„Das glauben wir, weil wir's wissen", bestätigte Gianna. „Wir waren schließlich Zeugen der Entstehung."

„Gut, meine Damen", wandte sich Bunderoth an die mittlerweile vollzählig versammelte Mann- oder besser gesagt Frauenschaft, „welches gefällt Ihnen am besten? Ich hatte ja versprochen, eins dem Haus zu überlassen."

Getuschel setzte ein und verdeutlichte, dass die Damen uneins waren.

„Wissen Sie was", erklärte Bunderoth jovial, „überlegen Sie sich's in Ruhe. Ich lasse alle hier hängen, sodass Sie sie jederzeit angucken können. Morgen Mittag werde ich wieder auftauchen und die drei Durchgefallenen an mich nehmen." Das Angebot stieß auf begeisterte Zustimmung.

Nachdem Bunderoth sich verabschiedet hatte, scheuchte Geraldine die Mädels zurück zu ihrer Arbeit. „Unsere Freier haben lange genug auf dem Trockenen gesessen. Wir dürfen froh sein, dass sie so viel Geduld aufbrachten, auch wenn der Anlass nachvollziehbar würdig war. Nichtsdestotrotz müssen wir langsam wieder Geld verdienen."

Ein Bordell hat seine Hauptbetriebszeiten vom späten Abend bis zum frühen Morgen. Gegen drei Uhr wird es ruhiger und die Sexarbeiterinnen, die Feierabend haben und kein Auto besitzen, hauen sich in einem der zahlreichen chambres separées hin, um irgendwann am Morgen nach Hause zu gehen, denn sie wohnen natürlich nicht in ihrem Wirkort.

Inga besaß zwar ein Auto, hatte aber mit einigen ihrer Kunden ein Gläschen Sekt getrunken und wollte keinesfalls ihren Führerschein aufs Spiel setzen. Sie war gerade einzuschlafen im Begriff, als sie ein Geräusch aufschreckte, das nicht zum Haus gehörte.

Sie hatte eine Kammer gewählt, die für Liebesdienste nur im Fall von Überfüllung genutzt wurde, denn sie war eng und enthielt gerade mal ein Waschbecken als sanitäre Einrichtung. Dafür lag sie strategisch günstig zwischen dem Küche-Bar-Trakt und der Lounge. Und aus der Bar war das Geräusch erklungen.

Inga überlegte, ob sie die Deckenbeleuchtung einschalten sollte, entschied sich dann aber dagegen und tastete nach ihrer Taschenlampe. Vorsichtig öffnete sie die Tür ihres Zimmers und schlich auf den dunklen Flur, um gleich darauf so leise wie möglich die zur Bar zu öffnen.

Dann stand sie drin und lauschte. Wenn sie die Luft anhielt, vermeinte sie ein leises Atmen zu vernehmen, das sie hinter dem Tresen ortete. Sie war sich ihrer kämpferischen Fähigkeiten bewusst und verspürte keine Angst. Außerdem kannte sie jede Stolperfalle im Haus, was ein Eindringling vermutlich nicht von sich behaupten konnte, und wäre im Dunkeln jedem Gegner überlegen.

Sie hatte zwar einen Pyjama an, war aber barfuß, sodass sie sich lautlos der fraglichen Stelle zu nähern vermochte. Gänzlich lautlos offenbar nicht, denn sie hörte an einem Rascheln, dass der Eindringling zurückzuweichen versuchte. Der hat mehr Schiss als ich, dachte Inga, schaltete ihre Taschenlampe ein und leuchtete hinter den Tresen.

Eine völlig eingeschüchterte Frau kauerte dort und sah entsetzt in den Lichtkegel. „Wer sind Sie und was wollen Sie hier?" herrschte Inga sie an. „Ich…, ich.…" Mehr brachte das Wesen nicht heraus.

Inga schritt auf es zu, packte es fest an einem Handgelenk und zerrte es zur Wand, an der sich der Schalter für die Barbeleuchtung befindet. Dann endlich sah sie ihren Fang genauer an. Eine schmale, kaum hochgeschlossener als sie selbst bekleidete Frau war die Analyse. Diese zitterte, als stünde sie vor dem Scharfrichter, sodass ihre Häscherin beinahe Mitleid bekam.

Inga überlegte. Sie brauchte Hilfe und dann war das weitere Vorgehen zu durchdenken. Das letzte, was ein Edelbordell brauchen konnte, war im Morgengrauen ein Polizeiauto mit Blaulicht vor seiner Eingangstür.

Sie schaffte es, die Frau weiter fest gepackt zu halten, während sie über ihr Smartphone Gianna erreichte. „Hast du geschlafen? Tut mir leid, aber du musst dringend in die Bar kommen; ich habe eine Einbrecherin gefasst ...; Was? Erklärungen später. Schwing' erstmal die Hufe."

Gianna brachte gleich Toni mit, die im selben Raum genächtigt hatte. Beide hatten im Gegensatz zu Inga beinahe nichts an, was der Wucht ihrer zornbebenden Persönlichkeiten jedoch keinen Abbruch tat.

Inga hatte ihren Fang auf einen Stuhl platziert. Von drei kräftigen Bewacherinnen umzingelt hatte er keine Chance zu entkommen. „So, meine Liebe, jetzt erwarten wir eine Erklärung", begann Inga das Verhör. „Zunächst: Wer sind Sie?"

„Mercedes Garçia", lautete die verschüchterte Antwort.

„Und was suchen Sie? Größere Geldsummen werden gut bewacht, wie Sie sehen."

„Nein, das suche ich überhaupt nicht."

„Sondern?"

„Sie haben doch vier Original-Pujols im Haus. Die wollte ich mir ansehen."

„Was für Dinger?"

„Original-Pujols. Sagen Sie bloß, Sie wissen nicht, was das ist."

„Das wissen wir schon. Pau Pujol ist der angesagteste lebende Maler. Aber was hat das mit uns zu tun?"

Plötzlich begann Mercedes Garçia zu lachen. Ihre Panik schien verflogen, denn der Umgang mit so ungebildeten Personen wie denen, die sie gerade in der Mangel hatten, vermittelte ihr ein Überlegenheitsgefühl, das den Kräfteverhältnissen Hohn sprach.

„Ich habe Sie schon öfter gesehen", sagte Gianna unvermittelt. „Während Herr Bunderoth unser Haus abmalte, kamen Sie dauernd vorbei und warfen verstohlene Blicke auf ihn und das, was unter seinen Händen entstand."

„Bin ich also doch aufgefallen. Das hatte ich vermeiden wollen. Es war mir einfach ein Herzensanliegen, dem größten Künstler der Gegenwart nahe zu sein, auch wenn er mich wahrscheinlich nicht wahrnahm."

„Sie reden immer vom größten Maler und Künstler. Wen um alles in der Welt meinen Sie?"

„Wie ich bereits sagte: Pau Pujol."

„Hier war nur Herr Bunderoth. Der malt allerdings sehr gut und möchte uns eins seiner hier vor unserem Haus entstandenen Werke überlassen."

Mercedes lachte erneut. „Sie sind auf heißer Spur. Ahnen Sie immer noch nicht, wer Heinrich Bunderoth ist?"

Inga, Gianna und Toni schauten sie fassungslos und mehrere Sekunden lang schweigend an. „Sie meinen …?"

„Es gibt nichts zu meinen. Heinrich Bunderoth ist Pau Pujols bürgerlicher Name."

„Ich dachte, er wäre Spanier."

„Wenn, dann Katalane. Das ist ein Unterschied. Bunderoth nahm einen katalanischen Namen an, weil er sich mit unserer Sache solidarisch erklärt hat und erklärt."

„Unsere Sache … Folglich sind Sie Katalanin?!"

„Richtig. Neben seinem Genius ist es das, was mich zu einem besonderen Fan von ihm macht."

„Aber Herr Bunderoth ist Deutscher?"

„Ganz bieder. Da aber der Prophet im eigenen Land nicht viel wert ist, gibt er sich als Exoten aus."

„Woher wissen Sie das alles?"

„Du lieber Himmel! Wer im Netz ein bisschen sucht, findet leicht alle Informationen."

„Das heißt, Sie sind nicht mit ihm persönlich bekannt."

18

„Hätte ich es sonst nötig gehabt, immer wieder an ihm vorbei zu schleichen, während er Ihr Haus malte? Nein, bedauerlicherweise nicht."

Inga hatte einen Entschluss gefasst. Da es Mercedes unmöglich war, unter ihrem luftigen Outfit eine Waffe versteckt zu halten, hielt sie Zugeständnisse für angebracht. „Sie möchten die Bilder sehen?"

„Aus ganzem Herzen."

Inga sah Gianna und Toni an. „Sollen wir ihr das gewähren? Unter unserer Bewachung kann sie eigentlich nichts anstellen." Die Angesprochenen nickten.

„Darf ich meine Handtasche wiederhaben? Sie liegt hinter dem Tresen."

„Erlauben Sie, dass ich das tue und einen Blick hineinwerfe, bevor Sie sie an sich nehmen?"

„Natürlich."

Die Lichter in der Lounge brannten und Mercedes stand eine ganze Weile verzückt vor den Exponaten. Dann geriet sie ins Plappern. „Sehen Sie rechts unten in der Ecke den PaPu-Krakel? Das beweist die Echtheit. Und eins dürfen Sie behalten? Das macht Sie zu Millionärinnen."

Ganz ohne Lärm waren die Aktivitäten der vergangenen Stunde nicht vonstattengegangen; zudem verriet ein Lichtschimmer unter der Tür, dass sich jemand im Aufenthaltsraum befand. Eine gewisse gesunde Neugierde bewog Geraldine, nachzuschauen. So leise wie möglich öffnete sie die Pforte und sah Gianna, Inga und Toni zusammen mit einer fremden Frau entrückt vor Herrn Bunderoths Werken stehen, und zwar so entrückt, dass keine der Vier sie gehört hatte. Wenig erstaunlich, dass alle zusammenzuckten, als sie ihre Stimme erhob: „Was ist denn hier los?"

„Wir sind gerade in den Anblick von vier echten Pujols versunken."

„Jetzt verarsch' mich nicht, Gianna. Und wer ist die Person zwischen euch?"

Nein, es war keine Verarschung. Als Geraldine eingeweiht war, versank auch sie in ehrfürchtiges Schweigen. Am burschikosesten gab sich Toni. „Komisch. Gestern, als wir vor vier Schöpfungen eines Herrn Bunderoth standen, sagten wir ‚schön, schön' und gingen unserer Wege. Jetzt, da sie zu Pujols mutiert sind, beten wir sie geradezu an, obwohl es sich um dieselben Fetzen Leinwand wie gestern dreht."

„So ist das nun mal, meine Liebe", erwiderte Geraldine ungerührt, „so ist der Lauf der Welt. Einmal berühmt ist jeder Mensch etwas anderes als vorher, obwohl die metzgertechnischen Ingredienzen sich nicht geändert haben."

„Was wird mit mir?" fragte Mercedes unvermittelt. Ihre Bewacherinnen hatten sie beinahe vergessen und ihr wäre möglicherweise zu fliehen gelungen, hätte sich nicht eine Eingebung Gehör verschafft, die ihrer künstlerischen Karriere ungeheuren Auftrieb zu geben versprach.

„Ach so." Immerhin war Mercedes eine Einbrecherin, aber auch Geraldine war der Gedanke an ein Polizeiauto mit Blaulicht vor dem Eingang des Fleur-de-Lys-Hauses alles andere als angenehm. So fuhr sie fort. „Sie haben ja erreicht, was Sie wollten. Ich traue mich nicht zu beurteilen, ob Sie der Versuchung erlegen wären, die Pujols mitgehen zu lassen, wären Sie nicht erwischt worden, aber Sie haben nichts dabei, was zum Einpacken geeignet wäre und groß herumzusuchen hätten Sie kaum die Muße gehabt. Ein Diebstahl hätte nur Sinn, wenn die Bilder unbeschädigt bleiben. Dass Sie keine anderweitigen Absichten hegten, betrachte ich als glaubwürdig.

Wir werden Sie laufen lassen. Ich bitte Sie aber, uns Ihre Anschrift dazulassen und irgendwie zu beweisen, dass sie stimmt."

Während Mercedes Garçia ihren Ausweis hervorkramte, um Geraldines Wusch zu entsprechen, erinnerte sich Inga an das Häufchen Elend, das sie hinter dem Tresen hervorgezerrt hatte, und Mitleid und Sympathie gewannen die Oberhand. „Ich geb' Ihnen einen Tipp", raunte sie ihr zu.

„Bis morgen Mittag müssen wir uns entschieden haben, welches der Bilder wir behalten wollen, denn dann kommt Herr Bunderoth vorbei, um die anderen drei mitzunehmen. Wenn Sie zufällig hier auftauchen und klingeln, werde ich Ihnen öffnen. Das wäre eine Gelegenheit für Sie, Pau Pujol offiziell persönlich kennenzulernen."

Mercedes strahlte Inga und dann die anderen an. „Es wird zu dem Zufall kommen. Ich danke Ihnen und euch allen, dass ihr mich trotz meines Fehltritts so gut behandelt. Ich werde das nie vergessen."

Das Portal ward ihr aufgetan und die Morgenröte der Freiheit empfing sie.

„Die gute Mercedes scheint nicht auf Rosen gebettet zu sein", sagte Gianna beiläufig während des Frühstücks. „Ob sie bei uns mittun kann?"

Geraldine schüttelte den Kopf. „Sie ist nicht nur arg dünn, sondern wohl auch nicht robust genug für unser hartes Geschäft."

„Dünn kann durch essen beseitigt werden und mit Masse und Kraft wächst auch das Selbstbewusstsein, meine ich."

„Da würde ich nicht drauf wetten."

„Mich würde eher interessieren, wie es eine Frau geschafft hat, sich hier einzuschmuggeln."

„Hier findet ständiges Kommen und Gehen statt, Inga, sodass einer oder eine mehr oder weniger nicht auffällt. Die uns Kosmetikartikel liefern, sind häufig Frauen. Angenommen, da wäre eine zweite dabei, die nicht dazugehört: Wer sollte das wissen oder merken?"

„Dann muss sie sich über längere Zeit versteckt gehalten haben."

„Unser Haus ist verwinkelt und bietet reichlich Verstecke. Selbst wenn sie ertappt worden wäre, hätte sie sich damit herausreden können, sich verirrt zu haben."

Der Mittag nahte und damit der Augenblick der Entscheidung. Nach einer ausführlichen Diskussion hatte sich die Mehrheit für die gelbe Variante mit den roten Ecken und Lilien entschieden und diese auf den Tisch gelegt.

Als Erste klingelte Mercedes. Unter dem Arm trug sie ein zusammengerolltes Stück Leinwand. „Ich habe auch etwas für euch gemalt, und zwar die Schönste der Lilien, die als Stukkverzierung an eurem Haus prangt."

„Woher hast du denn die Vorlage?" fragte Inga, die sich gar nicht bewusst wurde, dass sie Mercedes ohne Federlesens duzte. „Wir haben dich nicht auf dem Bürgersteig malen sehen."

„Ich habe das gemacht, was Pau Pujol gar nicht schätzt, nämlich sie abfotografiert und die Fotografie abgemalt. Ich wollte nicht auffallen und hätte auch nicht gewusst, wie ich die schwere Staffelei hätte 'ranschaffen sollen. Ein Auto besitze ich leider nicht."

Als Herr Bunderoth klingelte, geriet jede der anwesenden Damen ins Schlucken. So ganz anders war es, statt einem – recht guten – Hobbypinsler plötzlich einer Berühmtheit Auge in Auge gegenüber zu treten.

„Benehmt euch natürlich", mahnte Geraldine, als Inga loszog, um ihn einzulassen.

Heinrich alias Pau begann arglos: „Nun, meine Damen, für welches haben Sie sich entschieden?" Dann merkte er, dass ihn alle anstarrten wie ein Weltwunder. „Ist etwas passiert?" fragte er deshalb.

Geraldine sah ein, dass es sinnlos wäre, die Ahnungslose zu spielen. „Wir haben herausgefunden oder besser gesagt gesteckt bekommen, wer Sie sind."

Pau Pujol sah in die Runde und räusperte sich. „Na schön, aber: Bin ich ein anderer Mensch als gestern?"

„Nein, zum Glück nicht", platzte Toni heraus, die immer die Unbekümmertste war.

„Das denke ich auch nicht. Ich wäre froh, wenn wir weiter so miteinander umgingen wie bisher. Eine neugierige Frage stelle ich dennoch: Wie haben Sie es erfahren?"

In die lastende Stille hinein meldete sich Mercedes: „Ich habe es den Damen heute Nacht notgedrungen ausgeplaudert."

„Notgedrungen?"

„Naja, ich wusste von Anfang an, wer Sie sind, und hatte mich hereingeschlichen, um mir in Ruhe Ihre Kreationen anzusehen. Kurz gesagt beging ich Hausfriedensbruch."

„Sie gehören nicht ins Haus?"

„Nein. Meine Brettfigur spricht da eine deutliche Sprache. Zu meinem Glück kauften mir die Damen mein ehrliches Interesse an Ihrer Kunst ab und ließen mich laufen, ohne die Polizei zu alarmieren."

Pau lächelte in die Runde. „Das war, glaube ich, nicht ganz selbstlos. Darf ich die weitere Geschichte erfahren?"

„Ich sah Sie während der vergangenen Wochen zufällig auf dem Bürgersteig sitzen und das Gebäude porträtieren. Das führte dazu, dass ich, äh, zufällig immer wieder vorbeikam und versuchte, einen Blick auf die Fortschritte zu werfen. Ich habe mich allerdings nicht getraut, Ihnen direkt über die Schulter zu sehen."

Pau lächelte nun Mercedes direkt an. „Das hat Sie verdächtig gemacht. Ob Sie's glauben oder nicht: Sie sind mir aufgefallen. Wissen Sie, die unbedarften Passanten hatten nicht die geringsten Skrupel, mich fast von der Staffelei wegzudrücken. Hätten Sie das auch getan, hätte ich mir nichts dabei gedacht.

Darf ich fragen, ob Sie Künstlerin sind?"

Mercedes wurde rot. „Hm, ja, ich male auch."

„Dann dürfen Sie mir bei Gelegenheit gern eins oder mehrere Ihrer Werke zeigen."

„Ich hab' eins dabei." Das war Mercedes herausgerutscht, ohne dass sie das so direkt gewollt hatte.

„Sie dürfen es mir gern zeigen." Der große, aber nichtsdestoweniger höfliche Mann bewies eine Vorliebe für das Wort ‚dürfen'.

Mercedes wurde noch röter im Gesicht, obwohl das medizinisch für unmöglich gehalten worden wäre, und entrollte ihre Leinwand. „Ich habe einen anderen Stil als Sie." Sie hatte Mühe, das Zittern ihrer Stimme zu überspielen. Ganz gelang es ihr nicht.

„Dafür brauchen Sie sich doch nicht zu entschuldigen. Im Gegenteil, es wäre schlimm, wollten Sie mich zu kopieren versuchen."

Die mit wenigen Strichen skizzierte Lilie gewann Pau Pujols Wohlwollen. „Sehr gut", urteilte er fachmännisch, „keine übertriebene Detailverliebtheit, auch die Grundfarbe nur angedeutet, aus unmittelbarer Nähe kein Zusammenhang erkennbar, aber je weiter der Betrachter zurücktritt, desto klarer wird die Aussage.

Darf ich Ihren Namen erfahren?"

„Mercedes Garçia. Ich würde mich geehrt fühlen, wenn Sie mich Mercedes nennen."

„Den Wunsch erfülle ich Ihnen gern, Mercedes."

Endlich wandte Pau seine Aufmerksamkeit wieder den versammelten Frauen des Fleur-de-Lys-Hauses zu. „Ich muss mich entschuldigen, meine Damen. Künstler unter Künstlern vergessen sich gern.

Ich kann Ihnen nicht versprechen, dass ich mir alle Ihre Namen auf Anhieb merke, aber ich werde mein Bestes geben."

„Außer meinem gibt's bei uns sowieso nur Vornamen", erwiderte Geraldine.

„Wissen Sie", schweifte sie ab, bevor sie zur Vorstellung schritt, „dass Sie sich vorhin verraten haben?"

„Wodurch?"

„Sie sagten, wir hätten nicht ganz selbstlos darauf verzichtet, Mercedes von den Bull…, ich meine von der Polizei abführen zu lassen, nachdem wir sie erwischt hatten. Ich schließe daraus, dass Sie durchschaut haben, was das hier für ein Etablissement ist."

Pau versuchte, sein Lächeln nicht in ein Grinsen abrutschen zu lassen. „Sehr gut hingehört, liebe Geraldine. Sicher war ich mir, nachdem Gianna als Ihren Geschäftszweig das Entspannen verhärteter Werkzeuge nannte. Wissen Sie, ich spiele ganz gern den Naiven. Ich sehe auch ein bisschen so aus, das heißt, ich sorge dafür, dass ich so aussehe. Das hilft mir viel bei Leuten, die mich nicht kennen."

„Wie meinen Sie das?" Geraldines Stimme klang spitzer, als sie es beabsichtigt hatte.

„Wenn ich jemanden porträtieren möchte. Sie oder er benimmt sich viel natürlicher, wenn ich als Hobbymaler auftrete. Im Nachhinein, wenn das Bild fertig ist, offenbare ich mich natürlich, denn ich brauche ja die Erlaubnis zur Veröffentlichung."

„Hätten Sie das auch bei uns getan?"

„Sicher. Aber etwas später als es nun geschehen ist."

Geraldine entspannte sich. „Zur Vorstellung. Ich habe das Gefühl, dass Sie uns bereits kennen."

„Nur mit denen ich direkt zu tun hatte und die Sie mit Namen angesprochen haben."

„Sie haben ein gutes Namensgedächtnis?"

„Mein Gedächtnis ist gefürchtet."

Es stellte sich schnell heraus, dass Pau nach der Vorstellung tatsächlich alle Damen anzureden wusste, was ihm weitere Sympathieen einbrachte. „Meine Damen", sagte er, nachdem er kurz in sein Smartphone gesprochen hatte, „ich habe gerade Anweisung gegeben, dass uns Kaffee und Kuchen in ausreichender Menge geliefert werden. Ich hoffe, dass das in Ihrem Sinn ist."

„Oje, meine Figur."

„Das ist die ewige Sorge aller Frauen, Gianna. Warum sollte es Ihnen anders gehen?"

„Na gut, gefastet wird morgen."

„Sehen Sie, das ist eine vernünftige Überlegung."

Inga sah hinaus und stotterte: „Da…; dastehteinrollsroycevordertür."

„Wäre es dir möglich, dich artikuliert auszudrücken?" tadelte Geraldine.

„Da steht ein Rolls Royce vor der Tür."

„So ist's besser…; was sagst du?"

„Mein Fahrer mit den bestellten Backwaren", erklärte Pau beiläufig.

Geraldine hatte ein Schild an den Eingang gehängt, das besagte, dass wegen einer Familienfeier alle Dienstleistungen bis 18:00 Uhr ausgesetzt seien, und tat sich wie alle anderen an den dargebotenen Leckereien gütlich. Ihr kam zugute, dass sie nicht wie ihre Mitarbeiterinnen auf ihre Taille zu achten brauchte, denn sie schickt sich nie selbst ins Rennen.

Mittlerweile war geklärt, welches der Variationen die Damen des Fleur-de-Lys-Hauses zu behalten wünschten, und der Nachmittagskaffee neigte sich seinem Ende zu. Pau hatte sich Mühe gegeben, alle am Tisch einigermaßen gleichwertig zu behandeln, aber dass sein Hauptinteresse der Kollegin galt, war unübersehbar. Als er sich verabschiedete, fragte er Mercedes: „Ich würde gern einige Ihrer Bilder sehen, meine Liebe. Außerdem habe ich einen Vorschlag zu machen."

Die Angesprochene senkte den Kopf. „Ich habe noch nie eins verkauft", gestand sie. „Sie müssten sich in meine vier Wände bemühen."

Pau kraulte sich am Kinn. Ihm war anzusehen, dass er sich am liebsten in besagten Wänden umsähe, aber er konnte sich ja schlecht selbst einladen. Mercedes erkannte sein

Dilemma und kam ihm entgegen. „Bei mir ist es furchtbar unaufgeräumt."

„Schmutziges Geschirr?" Das war ein gewagter Vorstoß, aber die Künstlerin interpretierte ihn wie erhofft und lachte glockenhell. „Nein, das nicht. Ein Mindestmaß an Sauberkeit halte ich ein. Nein, es ist alles mit vollgeschmierten Leinwänden bedeckt."

Pau lachte. „Genau die interessieren mich. Was glauben Sie, wie es bei mir zu Hause aussieht?"

Als er mit Mercedes in seinen Rolls Royce stieg, sagte er zum Abschied: „Es war mir ein Vergnügen, Sie alle kennenzulernen, liebe Geraldine, liebe Mädels. Deswegen drohe ich damit, dass wir uns in Kürze wieder blicken lassen. Ich hege nämlich einen hinterhältigen Plan – aber keine Bange, er wird zu Ihrem Vorteil sein."

Kaum war der weiße Traumwagen außer Sicht, hängte Geraldine das ‚Geschlossen'-Schild wieder ab und sagte zu ihren ‚Mädels': „Nun, fürchte ich, hat uns der Alltag wieder. Liebe Freier, kommt her, die ihr mühselig und beladen seid."

„Wir helfen euch beim Entladen", fügte Toni auf ihre burschikose Art hinzu, „... beim Entladen eures Hodeninhalts."

„Toni!" Geraldines Empörung war so offensichtlich gespielt, dass Toni darüber nicht weiter betrübt war.

„Hätten wir ihm nicht eine Gratisnummer aufs Haus anbieten sollen?"

„Bei einem Künstler, der am Hungertuch nagt, hätte ich das sicher getan, Gianna – ich sehe dir an, dass du dich freiwillig gemeldet hättest. Bei einem Multimillionär wie Pau kam mir das Ganze aber vor, als böte der Bettler dem Passanten Geld an. Unangemessen. Du verstehst, was ich meine?"

„Außerdem wird er seinen nagelneu erworbenen Mercedes ficken, sobald die Tür ihrer Wohnung hinter den beiden zuschlägt", grunzte Toni.

„Dann litte er unter Geschmacksverirrung. Diese Bohnenstange hat bestimmt keine Erfahrung und noch weniger

Ahnung, wie ein Mann bis zum letzten Tropfen zu melken ist."

„Was hätte er sich an drallem Fleisch verlustieren können!"

„Nur kein Neid, meine Herzchen", ermahnte Geraldine ihre Schützlinge, „es gibt auch eine Liebe unter Geistesverwandten. Und wir alle, das gebt ihr wohl zu, halten mit der Bohnenstange nicht mit, was Kunstverständnis angeht."

Es verging gerade mal ein Tag, bis der Rolls Royce wieder vor der Pforte des Fleur-de-Lys-Hauses stand.

„Mich hatte schon gewundert, dass hier nie jemand parkt, als ich am Malen war", sagte Pau.

Geraldine lachte. „Ich erwähnte irgendwann einmal den diskreten Parkplatz hinter dem Haus. Was glauben Sie, was einer der Gentlemen zu hören bekäme, sollte seiner Ehefrau zugetragen werden, dass die Familienkutsche hier abgestellt war, während der Herr Gemahl angeblich einer wichtigen Direktionssitzung beiwohnte."

Jetzt lachte auch Pau. „Das hatte ich gar nicht überlegt." Selbstbewusst fügte er an: „Naja, ich glaube, dass mein Kleinwagen jetzt davor steht, tut meiner Popularität keinen Abbruch. Mal sehen, wann wir die geifernden Information dazu im Netz finden."

Geraldine sah aus dem Fenster. „Haben Sie Mercedes mitgebracht?" „Ja. Ich habe ihr vorgeschlagen, ihre Version des Fleur-de-Lys-Hauses anzufertigen. Sie geht anders als ich vor und ich bin gespannt, was dabei herauskommt. Sie erinnern sich, dass ich in Ihrer Lounge eine Vernissage veranstalten möchte? Nachdem ich mir gestern Mercedes' Werke ansehen durfte, soll es gemischte Ausstellung werden. Gemischt zwischen einem hoffnungsvollen Newcomer und einem etablierten Oldie."

Geraldine sah den Meister nachdenklich an. „So alt sehen Sie gar nicht aus. Ist aber nebensächlich. Was mir durch den Kopf geht, ist der Ruf unseres Etablissements."

„Und wie ist der?"

„Ein Schmuddelimage haben wir nicht, aber die meisten in der Stadt dürften wissen, welches Gewerbe wir hier betreiben. Wenn sich das plötzlich als Gemäldegalerie outet ..."

„Haben Sie nie darüber nachgedacht, Ihr Haus umzuorganisieren? Zu einem Garni-Hotel oder so?"

„Sicher, aber ich hatte nie den Mut, die Sache anzugehen. Wenn die schiefgeht, ist alles im Eimer, während wir jetzt ein einigermaßen zufriedenstellendes Einkommen erwirtschaften."

Pau wechselte das Thema. „Sind Sie die Eigentümerin?"

„Bewahre. Das ist ein Konsortium, das möglichst viel Geld aus seiner Liegenschaft herausschlagen will. Das wäre die nächste Hürde. Das Konsortium muss sich mit einem Wechsel des Geschäftsmodells einverstanden erklären."

„Glauben Sie, dass es sich zu einem Verkauf überreden lässt?"

Geraldine sah ihren Gast prüfend an und trank die letzte Pfütze Kaffee. Dann erwiderte sie: „Das wage ich nicht zu beurteilen. Vielleicht. Es muss Ihnen ..." an dieser Stelle hätte sich Geraldine beinahe verschluckt, da sie erkannte, dass sie ihrer Hoffnung deutlicher Ausdruck gab als sie beabsichtigt hatte „... es muss dem Käufer klar sein, dass das Gebäude groß und vortrefflich in Schuss ist; dazu beste Lage und ein Riesengarten mit Parkplatz dahinter. Mehrere Millionen dürften für einen Interessenten fällig werden."

Pau schaute versonnen vor sich hin. „Ich könnte ja meinen Rolli verscherbeln", murmelte er schließlich. Dann wandte er sich Geraldine entschlossen zu. „Wissen Sie was? Probieren geht über Studieren.

Und wissen Sie noch 'was? Hören wir mit dem blöden ‚Sie‘ auf. Das Recht, das ‚Du‘ anzubieten, gebührt der Frau. Ich nehme mir in dieser besonderen Konstellation heraus, das Ruder an mich zu reißen. Ich heiße Pau."

Nachdem Mercedes und Pau die Bilder ausgewählt hatten, die während der Vernissage als Exponate dienen sollten, schritt deren Aufbau rasch voran. Spezialisten fertigten die Rahmen individuell an und bald hingen die Kunstwerke in sorgfältig arrangierter Anordnung an den Wänden. Kurze Zeit später waren Werbeanzeigen geschaltet und in altmodischer Weise Einladungen gedruckt und verteilt.

Die Frauen empfingen immer noch Freier, aber langsam bewegten sich die Aktivitäten des Fleur-de-Lys-Hauses in seriöseren Bahnen.

„Ist Kunsthandel wirklich seriöser als Liebesdienst?" fragte Gianna, während sie versonnen auf Leinwand gebannte Würfel betrachtete.

„Dazu äußere ich mich nicht", antwortete Pau und sah ihr über die Schulter. „Was ist das denn?"

„Mercedes meinte, sie müsste uns auch etwas Gutes tun, und hat jede von uns auf ihre eigene Art porträtiert. Kubismus nennt man das, glaube ich."

„Stimmt."

„Nach einer heftig durchzechten Nacht könnte das Bild realistisch sein. Nüchtern sehe ich mich allerdings ein wenig anders."

Gianna und Pau hatten sich in einen Ruheraum zurückgezogen. „Bist du bereit für den Oberschenkeltest?" fragte der Künstler unvermittelt.

„Wie geht der?"

„Stellst du dich bitte auf die Liege und öffnest die Beine ein wenig?"

Gianna zierte sich nicht. „Willst du drunter gucken?" Sie trug ihre Dienstkleidung, die hauptsächlich aus einem ultrakurzen Rock bestand.

„Das ist ein Nebeneffekt." Sein Blick wanderte von einer der dargebotenen Fahrgestellseiten zur anderen. Schließlich entschied er sich für die rechte, umfasste den Oberschenkel, drückte ein bisschen mit beiden Händen, grinste zufrieden und erläuterte: „Wenn sich die beiden Daumen und Mittelfinger gerade so berühren, sind die Schenkel genau richtig kräftig. Ich sehe, das uns das Schicksal füreinander bestimmt hat."

Gianna stand wieder auf dem Boden und hatte Pau ihren Rücken zugewandt. Dessen Hände glitten wie von selbst über die zarten Arme der auch oben herum leichtbekleideten Frau. Das T-Shirt leistete wenig Widerstand und Pau spürte die Magie von Giannas warmer Haut auf ihn übergehen. Er streichelte und rieb heftiger und geriet wie aus Versehen in die Region ihrer prallen Brüste, die zwischen seinen Fingern straff federten.

Gianna schloss die Augen und schnurrte. „Knet' ein bisschen fester."

„Du hast nichts unter deinem bums-mich-Fummel, wie ich gesehen habe."

„Eine Sexworkerin muss allzeit bereit sein. Wie willst du's haben? Soll ich mich auf den Rücken legen oder über den Sessel bücken?"

Nachdem ihr Stöhnen abgeklungen war, fragte Pau: „Das klang ja richtig leidenschaftlich. Einen Orgasmus simulieren könnt ihr wohl gut?!"

„Können wir. Eben das war aber echt, weil ich scharf auf dich bin. Ich habe mich schon lange gefragt, ob du nicht einmal Lust auf einen Fick hast und vor allem, wen von uns du nimmst, wenn ja." Längst hatte Gianna ihre ursprüngliche Einschätzung verworfen, Herr Bunderoth vermöge zwischen einer Prostituierten und einer Protestantin nicht zu unterscheiden.

Pau grinste. „Du warst von Anfang an meine Favoritin. Ich hoffe nicht, dass nun deine Kolleginnen beleidigt sind."

„Wir sind aufeinander nicht eifersüchtig. Du darfst dir gern auch die anderen nehmen. Toni, Inga und ich sind Freundinnen. Du wirst sehen, dass wir unterschiedlich vorgehen. Inga reißt einem Mann schon mal ohne Federlesens die Hose 'runter, während Toni auf schüchtern macht und sich eine Weile im Zimmer herumjagen lässt, bevor sie sich ergibt.

Ich bin aber überzeugt, dass ich die beste bin."

Der Premierentag war angebrochen. Nach und nach traf die geladene Prominenz von nah und fern ein. Die aus der Stadt kam, äußerte sich häufig verblüfft. „Ich wusste gar nicht, dass das Lilienhaus öffentlich zugänglich ist", war nach „guten Abend" die übliche Begrüßung.

Geraldine, Mercedes und Pau standen am Eingang und hießen die Gäste persönlich Willkommen. Die Damen des Hauses versuchten sich als Kellnerinnen, was ihnen auf Grund ihrer umfassenden Talente auch sehr gut gelang. Niemand stand mit einem leeren Glas in der Hand da und die nicht mit Sektflasche und Tabletts herumliefen, hantierten in der Küche und bereiteten Häppchen zu.

„Es ist unglaublich, was ein bekannter Name für eine Zugkraft hat", raunte Gianna Toni in einer ruhigen Minute zu. „Ich habe etliche Politiker, Schauspieler, Models, Künstler und Sportler erkannt." „Wenn alles vorbei ist, stöbern wir die Gästeliste durch."

„Verkauf ist nach Ende der Vernissage in zwei Wochen", verkündete Pau zwischendurch immer wieder, „damit auch die anderen eine Chance haben. Da gilt natürlich: Wer zuerst kommt, mahlt zuerst."

Die Tage mit ‚normalem' Publikum verliefen weniger stressig, gaben aber einen Vorgeschmack darauf, was es heißt, einen Gastronomiebetrieb zu führen. Richtig turbulent wurde es am Verkaufstag. Die Glücklichste war Mercedes, die außer ihren ausgestellten Werken mehr oder weniger alles als Lose-Blatt-Sammlung mitgebracht hatte, was ihr je in ihrem Leben unter den Pinsel gekommen war. Die einzigen Gemälde, die sie nicht verkauft hatte, waren die formatfüllende prachtvollste Lilie und ihre Sicht des Fleur-de-Lys-Hauses, die in diesem verbleiben sollten. Sie war als Habenichts gestartet und ging nun als Millionärin nach Hause.

„Dünn oder nicht: Jetzt ist sie eine gute Partie."

„Nicht so gehässig, Gianna", tadelte Geraldine.

„Können wir kurz in dein Büro, Geraldine, etwas Wichtiges besprechen?" fragte Pau.

Endlich war es an der Zeit, sich ein Bier als Absacker zu gönnen. Pau räusperte sich. „Der Vertrag ist seit einigen Tagen unter Dach und Fach, aber ich wollte nicht mitten im Trubel das nicht auch noch draufsatteln. Kurz und gut, das Fleur-de-Lys-Haus gehört jetzt mir. An der Pacht ändert sich nichts. Leider kann ich euch den Laden nicht ganz ohne überlassen, denn das würde mir das Finanzamt nicht abkaufen. Und wenn du oder besser gesagt ihr einverstanden seid, machen wir hier draus über kurz oder lang entweder ein Garni-Hotel oder eine Pension."

Geraldine wusste nichts zu sagen und sah den Künstler schweigend an. Ein verräterisches Glitzern in ihren Augen verriet ihre Rührung. „Danke, Pau", brachte sie schließlich heraus.

„Geschäftsführerin bleibst selbstverständlich du", fuhr Pau nach einer Weile fort, um die peinlich zu werdende drohende Stille zu überbrücken. „Ich hoffe allerdings, dass ich als Gast weiterhin gern gesehen bin."

„Was denkst du denn." Dieser Satz geht nicht unbedingt als kreativ durch, aber mehr fiel der sonst nicht auf den Mund gefallenen Geraldine beim Besten Willen nicht ein.

Als Friedrich kam, um seinen Chef abzuholen und nach Hause zu chauffieren, zwinkerte dieser Gianna zu. Unauffällig stand diese auf, um sich frisch zu machen. Dann nutzte sie den hinteren Ausgang, um sich in dem Rolls Royce auf den Beifahrersitz zu schwingen. „Das erste Mal, dass ich in so einem Traum sitze", flüsterte sie beinahe ehrfürchtig. „Du brauchst keine Gebete zu sprechen", sagte Friedrich amüsiert, „das hier ist ein Auto und sonst nichts."

Es war klar, dass es zu Paus Villa gehen würde. Kurze Zeit später stieg der Eigentümer dessen, das nichts als ein Auto war, im Fond zu. „Werden deine Kolleginnen und Freundinnen sich nicht fragen, wo du abgeblieben bist?" Gianna, die ihre Ehrfurcht überwunden hatte, lachte. „Die wissen ganz genau, wo ich abgeblieben bin.

Aber sag' mal …" „Ja?" „Soll denn der arme Friedrich auf dem Trockenen sitzen?"

Paus Blick wurde nachdenklich. „Stimmt, das wäre unfair. Aber sollen wir jetzt…?"

„Keine moralischen Vorbehalte bitte. Ich gehe jetzt 'rein und hole Inga und Toni. Dann habt ihr eine schöne Auswahl an Schenkeln, Brüsten, Pobacken und natürlich haarumflorten feuchten Öffnungen." „Gesichtern nicht zu vergessen." „Die interessieren dich? Das schmeichelt mir und uns sehr."

Es ergab sich, dass Gianna zuweilen ganze Tage in Paus vier Wänden zubrachte. Eines Tages schlug sie während des Frühstücks das Stundenspiel vor.

„Was ist das?"

„Sagen wir von Neun bis Neun habe ich stündlich Anrecht auf einen Orgasmus. Die wunderschöne Standuhr hier im Esszimmer schlägt wohltönend jede Volle. Ist ihr letzter Ton verklungen, musst du dir überlegen, wie du meine Vagina zum Jucken kriegst. Die einfachste Variante ist, wenn du mich kurzerhand fickst."

„Oje, das werde ich wohl kaum schaffen. Du scheinst mir hart im Nehmen."

„Manche Frauen bekommen nach dem Dritten Unterleibs-schmerzen. Dagegen bin ich zum Glück gefeit."

„Dann brauch' ich ja kein schlechtes Gewissen zu haben. Darf ich auch Handbetrieb vollziehen oder lutschen?"

„Du darfst alles mit einer Ausnahme, nämlich mir mit dem Finger 'reingehen. Die Verletzungsgefahr durch den Nagel halte ich für zu groß."

„Okay."

Für Neun und für Zehn hatte Pau genügend Vorräte in sei-nen Hoden, um sie bei Gianna unterzubringen. Zu diesem Zweck bückte sie sich einfach über einen Sessel, schob das Handtuch, das ihr als Rock diente, hoch und spreizte die Beine. Die beiden Quickies waren in wenigen Sekunden durch.

In einem der Räume stand ein barockes Bett. Um Elf legte sich Pau mit dem Rücken darauf, Gianna kniete über ihm und hielt sich an dem hochaufragenden goldenen Geländer fest, das das Kopfende bildete. „Soll ich den Fummel aus-ziehen?" fragte sie.

„Nein, gerade nicht. Ich finde es herrlich, eine dürftig be-deckte Muschi zu beglücken."

Auch mit der Zunge erwies sich Pau als Meister. Um Zwölf und um Eins bat er Gianna, ein Höschen anzuziehen, und rieb solange daran, bis dessen Feuchtigkeit Erfolg verkün-dete.

So verging der Tag mit lutschen und reiben. Um Neun fühlte sich Pau wieder stark genug, um Gianna auf die übliche männliche Weise zu nehmen.

Spät am Abend fuhr Friedrich die drei weiblichen Gäste zu-rück zum Fleur-de-Lys-Haus. Toni hatte sich mit ihm und Inga mit dem Sekretär vergnügt, wenn auch nicht in starren Perioden.

„Wisst ihr eigentlich", sagte der Chauffeur unmittelbar vor dem Ziel, „dass der Chef Herzprobleme hat?"

„Oh. Wie äußert sich das?"

„Normalerweise merkt niemand etwas. Er hat Herzrhythmusstörungen und die führen manchmal zu Atemnot. Er hat lange Phasen, während denen sie nicht auftreten, aber immer einmal wieder solche, während denen er sich besser schonen sollte."

Nachdenklich entstiegen Gianna, Toni und Inga der Nobellimousine. Hat Friedrich lediglich geblufft, weil er seinem Dienstherrn dessen unbeschränkten Zugang zu weiblichem Fleisch nicht gönnt, dachte Gianna, oder entspringt seine Warnung ehrlicher Sorge? Vermutlich eher das Zweite, fuhr sie in Gedanken fort, denn auch er darf sich ja außer an mir nach Belieben austoben.

Auch die anderen Damen erhielten nach und nach Gelegenheit, Paus Jugendstilvilla mit dem Fleur-de-Lys-Haus zu vergleichen. Sie kamen zu unterschiedlichen Urteilen. „Ich finde seine Bleibe überladen und kitschig", war die eine Meinung. „Gerade richtig" die andere.

Auf keinen Fall waren Paus 16 Zimmer mit achtlos gestapelten Bildern vollgestopft, wie er es zu Beginn Mercedes Garcia hatte weismachen wollen. Die er von sich aufgehängt hatte, hingen in schlecht einsehbaren Ecken und erschöpften sich in Skizzen oder Vorstudien, während er für Werke von Kolleginnen und Kollegen Ehrenplätze vorbehalten hatte. Seit einiger Zeit gehörten die Schöpfungen von Mercedes dazu.

Der Damen wurden währenddessen immer weniger, was auf die Langzeitwirkung der Vernissage zurückzuführen war. Vor allem die Söhne wohlhabender Honoratioren hatten sich in die Servierdamen verguckt und probierten nach und nach aus, was diese außer Sektgläschen anzubieten für weitere Qualifikationen aufwiesen. Für sie hatten Eltern längst gute Partien ausgesucht, die sich leider häufig als unberührbare Frigide, vertrocknete Jungfern oder einer Personalunion beider Eigenschaften erwiesen. Da boten die Damen des Fleur-de-Lys-Hauses doch deutlich mehr. Prostituierte oder nicht: Sie waren durchweg gebildet und kultiviert und gaben bei allen Gelegenheiten eine glänzende

Figur ab. Sollte Papa ruhig mit Enterbung drohen; sobald er sich mit seiner Schwiegertochter angefreundet haben und stolz auf sie sein würde, wäre davon bald keine Rede mehr. Immerhin brachte jede der Angetrauten ein Porträt von sich aus der Hand der berühmten Mercedes Garçia als Mitgift in die Ehe. Höchstens Mama könnte zum Problem werden, wenn sie Grund zur Eifersucht sähe.

Kurzum verlor Geraldine nach und nach eine beachtliche Zahl ihrer Mitarbeiterinnen durch Heirat in gute Verhältnisse. „Im November machen wir als Freudenhaus dicht und eröffnen als Pension neu", verkündete die Puffmutti, die bald keine mehr sein würde, deshalb eines Tages. „Den Namen Fleur-de-Lys behalten wir natürlich."

„Fürchtest du nicht, dass die ersten Gäste unsere ehemaligen Freier sein werden?" bemerkte Gianna skeptisch.

„Na und? Meinst du, ich kontrolliere die Zimmermädchen, ob sie in jeder Lebenslage ihre Höschen anbehalten?"

Gianna vergnügte sich weiterhin mit Pau, der zunächst ungern gesehen hatte, dass seine Geliebte Sex mit anderen Männern pflegte und schließlich zur Bedingung machte, dass sie das unterlassen möge, wenn sie ihn als Freund behalten wolle. „Nach meiner Auffassung sind wir Lebensgefährten", war sein Argument.

„Was hindert dich in dem Fall daran, mich zu heiraten?"

Darauf gab der Künstler lediglich eine ausweichende Antwort. „Du wirst sehen, dass du es bei mir allemal gut hast, so oder so."

Vorerst fügte Gianna sich darein, denn Pau hielt sie in der Tat großzügig aus. Er las ihr jeden Wunsch von den Augen ab, aber das Störende an der Situation war, dass sie über kein eigenes Geld verfügte. In ihr reifte der Entschluss, ihm über kurz oder lang die Pistole auf die Brust zu setzen.

Pau mit technisch perfekten Geschlechtsakten zu beglücken betrachtete sie nichtsdestoweniger als ihre erstrangige Aufgabe. So geschah eines Tages, dass Gianna rittlings auf ihm saß und mit rhythmischen Bewegungen alles aus ihm herauszuholen versuchte, als sie merkte, dass nichts mehr kam. Eine dunkle Vorahnung griff mit kalten Fingern nach ihrem Herzenund ließ sie erschauern.

„Pau? Pau?! Pau!!"

Das Paar löschte während seiner Gymnastikstunden das Licht nie gänzlich. Deshalb sah Gianna ohne weitere Aktivitäten, dass Paus starr geöffnete Lider ins Leere blickten. Jetzt kreischte sie so gellend, dass im Haus Geräusche erklangen. Mindestens der Sekretär, wahrscheinlich aber auch Friedrich hatten sich aufgemacht, die Ursache des panikhaften Geschreis zu ergründen. Gianna war es egal. Ihr war alles egal. Als die Tür zum Liebesnest aufgerissen wurde, stammelte sie in Dauerschleife: „Scheiße, Scheiße, Scheiße ..."

„Immerhin hat er den schönsten Tod gehabt, der sich denken lässt", war Tonis schwacher Trost. Besonders gut kam er nicht an. Gianna war auch am Tag nach Paus Ableben zu kaum einem Satz fähig, ohne in Schluchzen auszubrechen. Ihre nächste Bemerkung, dass sie nicht für möglich gehalten hätte, welch' Leidenschaft ihre Kollegin aufbrächte, verkniff sich Toni deshalb.

„Wir geht's nun weiter?" fragte die praktisch veranlagte Geraldine.

„Das ist mir wurscht."

„Heute sicher. Aber recht bald werden sich Fragen erheben. Das Fleur-de-Lys-Haus gehört, äh gehörte Pau. Wer erbt es? Und hast du, Gianna, irgendwelche Absicherungen?"

Geraldines Realitätssinn brachte Gianna dazu, allmählich in die Wirklichkeit zurückzufinden. Deren Augenmerk lag zunächst auf keinen finanziellen, sondern medizinischen Überlegungen. „Friedrich hat also nicht übertrieben, als er uns vor einiger Zeit, während er uns herkutschierte, vor Paus Herzproblemen gewarnt hat."

„Warum hat Pau das nicht selbst getan?"

„Männer, Geraldine. Du weißt besser als wir anderen, dass Männer niemals eine Schwäche zugeben."

„Das stimmt. Wird es eine Obduktion geben?"

„Bei einem Mann mit Vermögen und Einfluss wie Pau ganz sicher. Ich bin sorglos, denn die Ärzte werden keine Gewalteinwirkung feststellen – sofern sie bumsen nicht als Gewalttätigkeit einstufen."

Geraldine vermochte ein Kichern nicht zu unterdrücken und Gianna schaffte es nicht, darein nicht einzustimmen. „Na schön. Lassen wir die Doktoren grinsen und auf uns zukommen, wie es weitergeht. Das wird wohl die Testamentseröffnung sein."

„Wenn er ein Testament hinterlassen hat und wir oder eine von uns zur Eröffnung geladen sind."

Giannas Bedenken sollten sich nicht bewahrheiten. Zwei Monate nach Paus coitus interruptus – und kurz vor der Umwandlung des Fleur-de-Lys-Hauses in eine Pension – wurden Geraldine und Gianna geladen. Alle ihre Versuche scheiterten, ihre Nervosität zu unterdrücken und Gelassenheit auszustrahlen. „Es geht um einiges", raunte Geraldine Gianna zu, als sie im Taxi zum Gerichtsgebäude saßen, „und zwar gar nicht unbedingt darum, ob wir ein bisschen von Paus Vermögen abkriegen, sondern darum, wem in Zukunft unser Haus gehört und was der oder die damit vorhat."

„Eher der. Hast du eigentlich je gehört, dass Pau Kinder hatte?"

„Nie. Aber bei solchen Leuten weißt du auch das nie. Vielleicht hat er ein halbes Dutzend in Barcelona, wo er sich früher häufig aufhielt, und die nun ihre Ansprüche stellen werden."

„Du bist ein großer Hoffnungsgeber."

„Muss ja nicht stimmen. Wir sollten aber auf alles gefasst sein."

Ungefähr 40 Personen hatten sich eingefunden, von denen Geraldine und Gianna nur drei kannten. Die eine war Friedrich, Paus Fahrer, die zweite Thomas, sein Sekretär, und die dritte, die unmittelbar vor dem Testamentsvollstrecker Platz genommen hatte, Mercedes Garçia.

„Anscheinend keine dutzend Söhne, aber eine Alleinerbin?"

„Dann bestünde die Frage, ob das gut oder schlecht ist, Geraldine."

Nachdem der Eingang geschlossen war, begann der Vorsitzende in dem für seine Zunft üblichen leiernden Ton die Liste der Geladenen zu verlesen und die abzuhaken, die „hier!" gerufen hatten. Irgendwann war die Prozedur durch und die Vollzähligkeit der Versammelten amtlich bestätigt. Die nächste Aussage war ein Paukenschlag.

„Es existiert ein Testament, das ich im Anschluss verkünden werde. Zunächst stelle ich Herrn Heinrich Bunderoths, dessen Künstlername Pau Pujol lautete, Ehefrau vor, die er vor vier Monaten in aller Stille geheiratet hat und die deshalb den meisten der hier Anwesenden unbekannt sein dürfte: Frau Mercedes Garçia, die ihren Ledigennamen behalten hat."

Ein Raunen ging durch die Menge und Gianna wurde beinahe schwarz vor Augen. Pau hatte Mercedes geheiratet! Kein Wunder, dass er ihre schüchternen Anfragen stets abgeblockt hatte. Feigling, dachte sie, das hätte er mir sagen sollen. Typisch Mann! Andererseits, kreiste ihr Gedankenkarussel weiter, scheint sie eine Niete im Bett zu sein, denn wir trieben – er trieb es ja unbekümmert weiter, nachdem er das Ja-Wort längst gegeben hatte. Die einzige Erklärung ist doch, dass sie sich ihres Mankos bewusst war und sein Treiben duldete, um seiner sexuellen Zufriedenheit sicher zu sein.

Gianna grübelte weiter. Hatte sie Mercedes je in seinem Haus gesehen? Ganz sicher nicht! Hatte sie ihre schäbige Wohnung beibehalten und wenn ja, warum? Wollte sie unabhängig bleiben? Wie dem auch sei: Mercedes als Ehefrau war Alleinerbin, sofern nicht weitere Verwandte ersten Grades auftauchen sollten, die ansehnliche Anteile des Erbes abzwacken würden. Warum waren sie – Geraldine und sie – dann überhaupt geladen worden?

Geraldine stupste sie mit dem Ellenbogen in die Seite, denn gerade begann der Absatz, der das Fleur-de-Lys-Haus behandelte.

„Die Liegenschaft Parkstraße 42, gemeinhin als Fleur-de-Lys-Haus bekannt, erhält Frau Geraldine Kunze, die derzeitige Pächterin, zum Eigentum …" Raunen unterbrach den Lesefluss. Die Liegenschaft ist tatsächlich gemeinhin bekannt und auch, dass sie weit über eine Million wert ist, möglicherweise deren mehrere. Ein solcher Nachlass an jemandem, der nicht im Verwandtschaftsverhältnis steht, ist ungewöhnlich und begünstigt erfahrungsgemäß Mätressen.

Endlich ebbten die Stimmen ab und der Notar las weiter. „Es sind gewisse Bedingungen an dieses Erbe geknüpft. Frau Kunze darf es nicht weiterverkaufen. Sollte sie nicht mehr in der Lage sein, es zu unterhalten, fällt es an die Ehefrau, Frau Mercedes Garça. Die zweite Bedingung ist, dass Frau Kunze für die Beschäftigten weiterhin Sorge trägt, wie sie es in bisher vorbildlicher Weise getan hat."

Eine Kunstpause folgte, dann ging es weiter. Gianna verspannte sich in höchste Aufmerksamkeit, denn sie ahnte, dass es im nächsten Passus um sie gehen würde. Ihr Gespür sollte sie nicht trügen. „Frau Gianna Dellamare erhält die Summe von einer halben Million und erstrangig zehn meiner Werke, die in meinem Haus hängen, nach ihrer Wahl und für eine Verwendung ihrer Wahl."

Unauffällig sahen sich Tanten, Onkel, Nichten und Neffen um. Gianna Sowienoch, das dürfte tatsächlich die Mätresse sein. Dann blickten alle auf Mercedes, wie diese die Offenbarung aufnahm. In deren Gesicht verzog sich keine Miene.

Nachdem mehrere Stunden später auch der entfernteste Familienableger einen Staubfänger abgestaubt hatte, entspannten sich die Geladenen und erhoben sich. Friedrich und Thomas drängelten sich zu Geraldine und Gianna vor, um sie zu beglückwünschen. Auch die beiden waren nicht leer ausgegangen; Thomas durfte sich seinerseits zehn Werke seines früheren Arbeitgebers sichern – nachdem Gianna zuerst ihre Favoriten bestimmt hatte –, und Friedrich den Rolls Royce behalten, den er jahrelang als Angestellter chauffiert hatte. Dazu waren beide mit einer großzügigen Geldsumme bedacht worden.

„Behältst du die Kutsche?" fragte Gianna.

„I bewahre", erwiderte Friedrich, „um bis zum Antritt eines neuen Jobs von der geerbten Barschaft zu leben fehlt mir der Wagemut. Der Rolli ist zwar ein tolles Gefährt, aber für einen arbeitslosen Koch unangemessen."

„Wieso Koch? Du bist doch Herrenfahrer, dachte ich."

Friedrich lachte. „Herrenfahrer ist definitionsgemäß jeder Mann, der einen Führerschein besitzt, und das sind ziemlich viele. Koch hingegen muss man wirklich lernen und das bin ich mit Leib und Seele. Vor einigen Jahren herrschte eine Flaute im Geschäft und da verdingte ich mich notgedrungen bei Pau."

„Und warum nicht bei ihm als Koch?"

„Den brauchte er nicht ganztägig."

„Einen Chauffeur doch auch nicht?!"

„Nicht zum Fahren, aber in Bereitschaft, und das ist auch Arbeitszeit."

Mercedes näherte sich der Gruppe. Sie hatte zugenommen, und zwar dort, wo sie es bitter nötig gehabt hatte, nämlich an Vorbau und Hintern. Sie interpretierte Geraldines prüfenden Blick von Frau zu Frau richtig. „Bevor das Glück zuschlug – das materielle Glück, meine ich –, hatte ich sehr wenig zu essen", gestand sie, „und ich habe versucht, einige Defizite durch gesunde Kost auszubügeln." Das sollte durch die Blume heißen, dass sie sich keiner Schönheitsoperation unterzogen hatte.

„Schräg gegenüber ist ein hübsches Café", schlug Geraldine vor, „wollen wir nicht dorthin dislozieren und uns ein wenig ausquatschen?" Ihr schlug das Herz bis zum Hals, wie sie sich gegenüber der nunmehr reichen Künstlerin verhalten sollte, aber Mercedes nahm ihr die Entscheidung ab, und zwar zunächst durch einen prüfenden Blick ihrerseits auf Gianna. Ob sie mich für seine Mörderin hält? fragte diese sich nervös.

„Gern, Leute", stimmte Mercedes zu, „denn es gibt, glaube ich, tatsächlich einiges zu besprechen."

Gianna schluckte. „Und was, bitte?"

„Warten wir, bis wir unseren Kaffee haben."

Als die diversen cafe latte, cafe macchiato und cappucino vor ihren Bestellerinnen und Bestellern standen, räusperte sich Mercedes. „Damit eins klar ist: Für euch bin ich nach wie vor Mercedes. Wir hatten eine schöne Zeit miteinander und die Erinnerung daran setze ich nicht aufs Spiel, indem ich ab jetzt auf gnädige Frau mache. Außerdem würde ich in dieser Rolle zu oft ins Fettnäpfchen treten, fürchte ich."

Gianna erinnerte sich des zitternden Häufchens Elend, das Inga einst hinter dem Bartresen des Fleur-de-Lys-Hauses hervorgezerrt hatte.

„Warum habt ihr eure Hochzeit so ängstlich geheim gehalten?" platzte sie heraus.

„Nicht unbedingt ängstlich, aber an die große Glocke wollten wir sie nicht hängen, vor allem ich nicht – da wäre ich gar zu schnell zur Erbschleicherin befördert worden."

„Pau lebte doch und war kerngesund."

„Er lebte, aber kerngesund war er mitnichten. Er wusste um seine Herzschwäche und ahnte, dass es mit ihm in absehbarer Zeit vorbei sein würde."

„Aber er hat mir nie etwas davon gesagt." Damit hatte sich Gianna nicht ganz unbeabsichtigt verraten. Sie ging ohnehin davon aus, dass ihr Verhältnis zu Pau wie ein offener Netzeintrag aller Welt bekannt war.

Mercedes sah sie versonnen an. „Hätte er nach dem Rat seines Arztes gelebt, hätte er sich um gewisse Vergnügen gebracht und nicht unbedingt gewusst, wofür er weiterleben sollte. Einigen wir uns darauf, meine Liebe, dass sein Herzenswunsch in Erfüllung gegangen ist, und belassen es dabei?"

Gianna nickte stumm. Darauf gab es nichts zu erwidern.

Geraldine durchbrach das sich unangenehm ausbreitende Schweigen, indem sie betont forsch sagte: „Wir danken dir, Mercedes, dass du beträchtliche Abstriche an deinem Erbe hingenommen hast, ohne Protest einzulegen."

„Das hatten wir abgesprochen. Für mich bleibt genug und dass du, Geraldine, und auch du, Gianna …" Mercedes' Stimme senkte sich bei Nennung dieses Namens vielsagend „… für Freude in seinem Leben gesorgt hattet, wollte er belohnen. Wie erwähnt wusste er genau, dass er nicht mehr lange auf dieser Welt wandeln würde."

„Ungerecht finde ich, dass Toni und Inga leer ausgehen", stellte Gianna etwas beziehungslos in den Raum.

„Da wäre ich nicht so sicher", beruhigte Friedrich sie, „jedenfalls was Toni betrifft."

„Das gilt auch für Inga", fügte Thomas hinzu.

Nachdenklich begab sich Gianna auf den Heimweg. Was hatten die beiden Männer Kryptisches über Tonis und Ingas Zukunft abgelassen? Sollten sie etwa …? Ihr wurde mehr als schmerzlich bewusst, dass sie keinen Mann mehr zwischen ihren Schenkeln willkommen geheißen hatte, seit sie Pau zu Tode geritten hatte.

Mit einer halben Million lässt sich einiges anfangen. Gianna erfüllte sich einen Wunsch, der sie seit Langem beherrschte. Schräg gegenüber dem Fleur-de-Lys-Haus unter der Adresse Parkstraße 39 bröckelte ein früheres Café vor sich hin, dessen Innenräume genügend Platz für ein voll-

wertiges Restaurant boten. Das kaufte sie für einen Spott-
preis, war sich aber darüber im Klaren, dass Renovierung
und Unterhalt einiges an Geld verschlingen würde.

Sie brauchte nicht lange zu überlegen, wie sie das Projekt
angehen sollte. Die frischgebackenen Ehepaare Toni und
Friedrich Zanetti und Inga und Thomas Hübschenreuter
boten ihre helfenden Hände unter der Bedingung an, dass
sie später beim Betrieb des Restaurants dabei sein dürften.

Einige Monate vergingen unter großer körperlicher Anstrengung. Der krönende Abschluss der Renovierungsarbeiten
bestand darin, die 20 Original-Pujols, die Gianna und Thomas aus ihrem Erbe beisteuerten, wirkungsvoll zu platzieren. Die Versicherungssumme war horrend und Gianna
wurde darüber hinaus verpflichtet, die Alarmanlage stets
auf dem neuesten Stand zu halten.

Zwei Monate, nachdem das Fleur-de-Lys-Haus unter der
neuen Flagge einer Pension wiedereröffnet hatte, eröffnete
auch das Restaurant Pau Pujol seine Pforten. Gianna
hatte über alles mit sich reden lassen, aber nicht über den
künftigen Namen ihres Betriebs. Es hatte allerdings auch
keine ernsthaften Widerstände gegen ihn gegeben.

Die Rollen ergaben sich wie von selbst. Friedrich waltete
als Küchenchef und Toni ging ihm gekonnt zur Hand, während Thomas die Bar betrieb und Inga in der Gaststube
bediente.

Gianna half mal hier, mal dort, fragte sich aber bald, was
sie als Eigentümerin und Geschäftsführerin zur Produktivi-
tät beitrüge. Bedauernd dachte sie an die Tage des Ent-
rümpelns und Aufbauens zurück, als jede und jeder dort
zupackte, wo Not am Mann war, ohne nach Hierarchie und
Befugnis zu fragen. Nun lag nicht nur ihre Muschi brach,
sondern sie erkannte auch ihre Arbeitskraft gesamthaft als
überflüssig und sich als klassisches fünftes Rad am Wagen.

Eines Tages erschien Gianna nicht zum Dienst. Niemand
wäre berechtigt, die Chefin zur Rechenschaft zu ziehen,
aber merkwürdig war es doch, weil für sie völlig untypisch.

Es war Sonntag und so viele Gäste wünschten versorgt zu werden, dass die Vier erst kurz nach Mitternacht zur Ruhe kamen. Bei einem letzten Umtrunk erinnerten sie sich an Giannas unbegreifliche Abwesenheit.

„Wir sollten nach ihr schauen", forderte Friedrich, „die einzige Erklärung ist doch wohl, dass es ihr schlecht geht, sie krank ist oder so."

Obwohl alle rechtschaffen müde waren, widersprachen die anderen Drei nicht. Nach ihrer Gönnerin zu schauen, wenn möglicherweise ein Problem anlag, betrachteten alle als ihre Pflicht. Als sie an der Haustür klingelten, blieb es dahinter still.

„Sie wohnt hier ganz allein?" fragte Toni.

„Soweit ich weiß ja."

„Hat sie überhaupt jemanden, mit dem sie verkehrt? Außer uns, meine ich."

„Soweit ich weiß nein."

Sie klingelten nochmals und begannen danach gegen das Holz zu klopfen und zu hämmern. Vergeblich.

„Vielleicht ist sie irgendwohin gefahren", äußerte Thomas hoffnungsvoll.

„Ohne uns Bescheid zu sagen, dass sie nicht kommt?" Toni, die Gianna am besten kannte, rang sich zu einem Entschluss durch. „Das Ganze ist komisch, sehr komisch. Ich bin dafür, dass wir gewaltsam eindringen."

„Ich auch", bestätigte Friedrich, „aber das sollte die Polizei durchziehen."

„Meinst du, die kommt? Ein erwachsener Mensch, der erst seit wenigen Stunden vermisst wird, lockt sie normalerweise nicht hinter dem Ofen hervor."

Wenn der vermisste Mensch eine Frau ist, gute Gründe dafür vorliegen, dass sein Verschwinden nicht als freiwillig gewertet wird und er zudem in geringem Maß prominent ist, lässt sie sich doch locken. Zwei Polizisten erschienen, hörten sich den Grund für den Hilferuf an, knurrten etwas wie „wehe, wenn das ein falscher Alarm ist" und verschafften sich professionell Einlass.

Von Gianna keine Spur, aber auf dem Wohnzimmertisch lag ein Zettel. „Lies du ihn vor", forderte Toni Thomas auf. Sie zitterte, als hätte sie einen schweren Fieberanfall.

Der Angesprochene nahm zögernd den Zettel in die Hand. Alle, auch die Uniformierten, umstanden ihn in atemloser Spannung.

Ihr Lieben!

Wie Ihr wisst, verbrachte ich zwei Drittel meines Lebens im Zeichen der Lilie. Dann trat ein wunderbarer Mensch in mein Leben und leider viel zu schnell wieder ab. Der Aufbau unseres kleinen Gourmetreichs hat mich eine Weile abgelenkt, aber seit alles wunderbar ohne mich läuft, wird Paus Ruf stärker. Heute ist der Tag gekommen, an dem ich ihm nachzufolgen gedenke. Es heißt, ertrinken geschähe schmerzfrei. Die Lungen füllen sich mit Wasser, alle Körperfunktionen schalten sich nach und nach ab und ich schwebe in eine andere Welt hinüber, die, in der Pau auf mich wartet. Ihr findet meine sterblichen Überreste unterhalb der Reuse.

Alles, was ich besitze, vermache ich zu gleichen Teilen den Ehepaaren Hübschenreuter und Zanetti. Führt das Restaurant Pau Pujol erfolgreich weiter und denkt ab und zu an mich.

Diesen Abschiedsbrief, der gleichzeitig mein Testament ist, schreibe ich im Vollbesitz meiner geistigen Kräfte.

Pau, ich komme!

Ihr anderen, macht's gut!

Eure Gianna

Es gelang Thomas nicht, das Schreiben flüssig zu Ende zu lesen. Immer wieder von konvulsischen Zuckungen unterbrochen, zwang er sich mehrmals, dort aufzusetzen, wo er vorher gestockt hatte.

Als er schließlich am Ende angelangt war, nahmen die Polizisten gegen Quittung das Dokument an sich und wurden aktiv. Obwohl es mitten in der Nacht war, fanden Taucher eine Stunde später den toten Frauenkörper an der Stelle, die er zu Lebzeiten angegeben hatte. Gianna hatte sich wie einst Virginia Woolf eine Jacke mit vielen Taschen angelegt, diese mit Steinen vollgestopft und war oberhalb der Reuse allmählich immer tiefer in das ihrer Meinung nach erlösende Nass hineingewandert.

Die Beerdigung erreichte beinahe die Dimension von Paus. Die Damen des Fleur-de-Lys-Hauses waren zu keiner artikulierten Äußerung fähig. Mercedes wirkte am gefasstesten. Als sie vor die Grube trat, um eine Schaufel Erde hineinzuwerfen, entnahm sie ihrer Handtasche ein Stück Leinwand und zeigte es vor. „Es ist das erste Bild meines neuen Lebens. Ich malte es damals, um mich bei den großzügigen Damen des Fleur-de-Lys-Hauses zu bedanken. Ich schenkte es ihnen und erbat es aus dem Anlass, der uns alle hergeführt hat, zurück. Es zeigt die prachtvollste Lilie, die das gleichnamige Gebäude ziert.

Gianna, du schriebst ich deinem Abschiedsbrief, dass du zwei Drittel deines kurzen Lebens im Zeichen der Lilie verbracht habest. Nun möge in diesem Zeichen auch deine ewige Ruhe stehen.“

Mercedes ließ ihre Zeichnung in das Grab hinabschweben und warf gezielt ihre Schaufel Erde darauf. Bevor sie abtrat, wiederholte sie leise: „Im Zeichen der Lilie.“

Melchior Silvanus' rätselhaftes Verschwinden

Spuk im alten Steinbruch

Wie jeden Abend wurden auch am heutigen Donnerstag alle Probleme der Menschheit und der Welt am Stammtisch zufriedenstellend gelöst bis auf eins, und das betraf eine eher unwichtige Einzelheit.

„Ich sag' euch, im alten Steinbruch spukt's", behauptete Gonzo. „Du spinnst", konterte Melchior, „da rutscht höchstens einmal ein lockerer Gesteinsbrocken eine Etage tiefer." „So? Warum gehst du nicht hin und überprüfst die Sache?" „Und was soll ich da?" „Wie ich sagte, überprüfen."

Es war ein komisches Ding mit besagtem alten Steinbruch. Vor zehn Jahren war der Abbau aufgegeben worden, weil sich fernöstliche Steinlieferungen als billiger denn die vor der eigenen Haustür herausgestellt hatten. So hatte die beauftragte Gesellschaft die verwundete Bergflanke sich selbst überlassen. Zur Zufriedenheit der umweltbewussten Mitbürger, muss hinzugefügt werden, die seit langem das Abtragen brauchbaren Bauguts kritisiert hatten, denn diesem Vorgehen fiel unweigerlich auch der wertvolle Baumbestand zum Opfer, der auf einer dünnen Humusdecke oberhalb der Bruchnarbe gewachsen war.

Seit einiger Zeit meinten nun Spaziergänger beobachtet zu haben, dass sich weiterhin tonnenschwere Wacker bewegten, und zwar auf unerklärliche Weise, weil das ohne Zutun von Menschen oder Maschinen geschah. Lange währten diese Beobachtungen nicht, denn die Wanderer begannen das Gebiet zu meiden und weiträumig zu umgehen. Die Gründe waren verständlich, denn auch ein aufgelassener Steinbruch ist staubig und bietet keinerlei Schutz vor der brütenden Sonne, auch wenn das vor den merkwürdigen Ereignissen kein Thema gewesen war.

Tatsächlich verschwand das Areal nicht nur bei Spaziergängern, sondern wie in geheimer Absprache auch bei allen Wissenden aus der Liste der Nahziele. Melchior hatte sich leider so weit bringen lassen, dass er kaum mehr vermeiden konnte, sein Wort zu halten und dem Mysterium auf den Grund zu gehen. „Also gut", verkündete er, „nächsten Samstag gehe ich frühmorgens dorthin und warte solange, bis entweder etwas geschieht oder es dunkel wird – was ich eher glaube." „Dann nimm genug zu trinken mit!" „Zwei Liter Wasser sicher."

Obwohl Melchior Stammtischgast war, war er durchaus kein primitiver, ungebildeter Tropf wie auch die meisten seiner Diskussionspartner nicht. Im Dorf lebten erstaunlich viele männliche Singles, die keine Lust hatten, abends allein ihre vier Wände anzustarren. Im Grunde waren die Zusammenkünfte eher als eine Art inoffizieller Junggesellenklub denn als ein klassischer Stammtisch zu betrachten. Nichtsdestoweniger gelangen auch diesem beeindruckende Lösungen weltbewegender politischer Fragestellungen.

Zunächst war jedoch der Steinbruch dran. Melchior fand sich wie ausgemacht am Samstag früh um Sieben dort ein. Er hatte sich einen zusammenklappbaren Holzhocker mit Rücken- und Armlehnen samt Kissen mitgebracht, um den Tag so gemütlich zu gestalten wie in diesem Ambiente möglich war. Er fand unter einem Überhang einen schattigen Platz und bedauerte, dass sein Wasser in Kürze lauwarm sein würde, denn der Tag drohte wie die vorangegangenen sehr heiß zu werden.

Es ist schwierig, Melchiors Gefühle auszuloten. Einerseits war ein nüchterner Mensch, der festen Willens war, seinem Monster unter dem Bett eine Tasse Kaffee anzubieten, sollte es sich eines Tages hervorwagen; andererseits ist niemand von atavistischen Urängsten völlig frei und er fragte sich insgeheim, was ihn heute erwartete. Natürlich nichts außer Hitze, Durst und Husten, wies ihn seine linke Gehirnhälfte zurecht, während seine rechte eine gewisse

Sehnsucht erkennen ließ, dass vielleicht doch etwas Außergewöhnliches geschehen würde.

Nach kurzer Zeit bedauerte er, kein Buch mitgebracht zu haben, denn er wurde schläfrig, kaum dass er seinen Wachposten bezogen hatte. Auf seinem Smartphone herumzunavigieren verspürte er merkwürdigerweise keine Lust, obwohl es sonst nichts zu tun gab. Dass sich hier andere Leute blicken lassen würden, war nicht zu erwarten.

Bereits um Neun fielen Melchior die Lider zu und er wäre tief und fest in einen Vormittagsschlaf versunken, hätte er nicht plötzlich irgendwo im Unterbewusstsein ein Knirschen gehört.

Erschrocken riss er die Augen auf und sah sich um. Nichts. Oder doch? Hatte nicht der Quader, der einige Meter neben ihm lag, seine Position verändert? Unsinn, sagte er sich, so genau hast du dich doch gar nicht umgeschaut. Er erhob sich und begutachtete das fragliche Objekt. Es wirkte wie zugehauen, maß ungefähr ein mal zwei Meter und dürfte bei einem spezifischen Gewicht von drei Tonnen/m³ ungefähr sechs Tonnen wiegen. Folglich wäre jeder Versuch es anzuheben sinnlos.

War da nicht eine ein Quadratmeter große Stelle, die aussah, als wäre sie eben noch von dem Quader bedeckt gewesen, so als wäre er um einen Meter beiseite geschoben worden? Sie sieht zwar so aus, beruhigte sich Melchior, aber das kann auch einige Monate oder Jahre her sein – na, das vielleicht nicht. Ich habe jedenfalls vorhin nicht darauf geachtet.

Er kehrte zu seinem Stuhl zurück und schloss wiederum die Augen. Nicht, dass er irgendetwas Besonderes erwartete, aber man weiß ja nie …

Er schrak hoch und sein Blick schoss geradezu zu dem Sechstonner. Es bestand kein Zweifel: Er lag jetzt etliche Meter weiter weg und war wie zum Abtransport halb aufgerichtet. Melchiors Wissensdurst überstimmte seine Angst, sodass er aufsprang und zu dem Stein lief. Dieser stand auf einer Kante und es war Melchior ein Rätsel, wie er sich in dieser instabilen Lage zu halten vermochte. Er sah aus, als lehnte er gegen ein Fahrzeug oder eine Schubkarre, aber zu sehen war nichts. Ein unsichtbarer Pickup? Melchior schluckte. Da ihm keine Unbill zu drohen schien, schritt er nunmehr langsam die Distanz ursprünglicher → jetziger Standort ab und versuchte, Fuß- oder Schleifspuren zu finden. Die während der ersten Inspektion gefundene ein Meter lange Schleifspur war vorhanden, aber zwischen dieser und dem aktuellen Ablageplatz war nichts zu entdecken – als hätte jemand den Stein hochgehoben und dorthin verbracht. Wenn dem so war, musste es sich um eine riesige, mit übermenschlichen Kräften ausgestattete Kreatur handeln, die zudem unsichtbar war, sodass sie nicht wahrgenommen werden konnte, aber dennoch so leicht, dass sie keine Fußabdrücke hinterließ.

Melchior schluckte nochmals. Kein Zweifel, hier gab es ein Geheimnis, aber offenbar keins, das ihn zu gefährden gedachte. Es wollte nur nicht gesehen werden. Melchior kehrte zu seinem Stuhl zurück und schloss erneut die Augen. Diesmal tat er aber nur so, denn er ließ vor seinen Pupillen zwei schmale Schlitze frei, dank denen er schemenhaft das Geschehen zu erfassen hoffte. Er brauchte sich keine Sorgen mehr zu machen, dass er einschlief, denn seine Sinne waren auf das Äußerste gespannt.

Er musste nicht lange warten. Er sah, dass eine Frau in Funktionskluft den Quader anhob und in eine Schubkarre wuchtete. Dann verschwand sie aus seinem Blickfeld. Er wagte nicht den Kopf zu wenden aus Furcht, er würde das Wesen verscheuchen. Es handelte sich nämlich nach allem, was die praktische Bekleidung zu sehen übrigließ, um ein sehr attraktives, sofern ihm das Attribut ‚Frau' zugestanden würde.

Melchior wusste bald, was es trieb. Es hatte einen zweiten Stein ähnlich dem ersten herbeigeholt und wiederholte die Prozedur drei weitere Male. Als fünf davon auf der Schubkarre lagen, meinte das Frauwesen offenbar, es sei genug, prüfte, ob es die Karre angehoben bekäme, tat das nach ermunterndem Ergebnis auch und wandte sich zum Gehen.

Melchior fragte sich lange, warum er nicht aufgesprungen war und versuchte hatte, der Erscheinung habhaft zu werden, aber ihn hatte der Vorgang schier hypnotisiert und er Bedenken, dass sich alles in Luft auflösen würde, sollte er auf- und auf die Frau zuspringen. Außerdem hatten ihn die Größenverhältnisse beschäftigt. Er wusste, dass der erste Quader sechs Tonnen wog und alle weiteren, die die Frau herbeigeschafft hatte, von ähnlichen Dimensionen waren. Es hatte aber alles wohlproportioniert ausgesehen. Die Frau hatte zwar ihre Mühe bekundet, aber sowohl sie als auch ihr Ladegut hatten menschlich-normal gewirkt – lass' die Steine ungefähr 30 Kilo gewogen haben.

Als sich nichts mehr rührte, stand Melchior endlich auf und inspizierte die Umgebung. Er meinte schnell herausgefunden zu haben, wo sich die – Frau? – bedient hatte, aber nichtsdestotrotz blieb das alles ein Rätsel. In natura hatte es sich bei allen Beutestücken um mehrtönnige gehandelt. War sie eine Riesin, die wegen seiner verengten Pupillen in veränderter Perspektive erschien? Und warum wurde sie unsichtbar, sobald ein waches Auge auf sie traf? Oder stimmte das gar nicht?

Melchior suchte die Reifenspur der Schubkarre und fand sie lange nicht, weil er nach einer überbreiten Ausschau hielt. Die, die er fand, entsprach zu seiner Überraschung normalem Profil. Oder handelte es sich um eine andere, die schon lange ihrer Entdeckung harrte? Nein, sie war frisch, von heute oder höchstens zwei Tage alt.

Melchior folgte der Linie und entdeckte im sich anschließenden dichten Gehölz einen schmalen Durchbruch, der noch leichter als frisch zu bewerten war. Er zwängte sich seitlich hindurch und wunderte sich, dass die Riesin so wenig Raum für ihr Durchkommen beansprucht hatte.

Nach wenigen Metern verbreiterte sich die ausgetretene Spur ein wenig und Reifen- und Fußabdrücke normaler

Maße wurden erkennbar. Melchior folgte ihm ungefähr einen Kilometer, bevor er ins Nachdenken geriet. Er war hier aufgewachsen und kannte von jugendlichen Abenteuerspielen den Wald wie seine Westentasche. Er wusste auch mit traumwandlerischer Sicherheit, wo er sich befand und dass hier früher kein Trampelpfad vorhanden war.

Warum habe ich das Wesen – die Frau? – nur mit beinahe geschlossenen Lidern gesehen? Aus nüchternen physikalischen Gründen oder weil es sich unbeobachtet glaubte? Wäre die zweite Erklärung die zutreffende, wäre es gleichgültig, ob er sich schlafend stellte oder nicht gesehen würde. Er drückte sich vorsichtig, um keinen Ast abzubrechen, ein wenig seitlich ins Gebüsch und fand sich vor der uralten, knorrigen Eiche, von der ein abgestorbener Ast wie ein Dorn in geringer Schräge die Landschaft durchsticht. Er war einmal versehentlich in ihn hineingelaufen und hatte sich eine langwierige, schmerzhafte Wunde zugezogen. Dass immer noch niemand diese lauernde Falle beseitigt hatte?! Naja, außer herumtollenden Jungs verirrt sich ja niemand hierher.

Melchior duckte sich. Nach einer Weile stellte er fest, dass gebückte Haltung auf Dauer sehr anstrengend ist und erhob sich wieder. Er vertraute darauf, dass er bei sich nähernden Schritten rechtzeitig und lautlos genug in Deckung ginge, um ungesehen zu bleiben.

Seine Gedanken wirbelten durcheinander. Es war automatisch davon ausgegangen, dass das Wesen ein Mensch mit menschlichen Eigenschaften wie schwachem Geruchssinn, wenig brauchbarem Gehör und sonstigen körperlichen Unzulänglichkeiten war, mit denen der homo sapiens ausgestattet ist. Andererseits hatte es mühelos tonnenschwere Steine hochgehoben und in einer normal aussehenden Schubkarre verstaut. Wie passte das zusammen?

Es war gut, dass sich Melchior in einem Gedankenkarussell verfangen hatte, denn sonst wäre er vor Ungeduld gestorben. So kam ihm vor, als wären nur wenige Minuten verstrichen, seit er sich hier postiert hatte, als er von links ein Rascheln vernahm. Er ging in Hockstellung

Wenige Meter an ihm vorbei schob eine Frau in der bekannten Funktionskleidung eine leere Schubkarre vor sich her und pfiff erstaunlich melodisch ein Liedchen vor sich hin. Melchior trat in ihren Sichtbereich und rief „hallo!"

Er war sicher gewesen, das Wesen ‚erwischt' zu haben und deshalb umso entsetzter über das Folgegeschehen. Als er nämlich auf den Trampelpfad zu treten meinte, war dort keiner mehr. Er stand vielmehr mutterseelenallein mitten in dichtem Gestrüpp. Ein weiteres „hallo!" lief ins Leere, denn außer ein paar neugierigen Sperbern und natürlich der Flora war nichts Lebendiges zu sehen. Wie aus einer Trance erwacht schüttelte Melchior seinen Schädel. Spann er total? So lebensecht kann man doch nicht träumen?!

Im Wissen um die richtige Richtung schlug sich Melchior durch die unwegsame Natur und fand tatsächlich nach einigen Mühen zum alten Steinbruch zurück. Er suchte den Grund nach Reifen- oder Fußspuren ab, fand aber keine. Und der Riesenwacker in der Nähe seiner Sitzgelegenheit? Doch, hier wies eine frische Bruchstelle darauf hin, dass etwas bewegt worden war. Er atmete beinahe auf, denn sie bewies, dass er keiner Halluzination aufgesessen war.

Wie weiter? Melchior, der unter der Gluthitze inmitten des reflektierenden Gesteins zu leiden begann, holte sich die Wasserflasche, deren Inhalt mittlerweile unmittelbar vor dem Siedepunkt stand, und begab sich an den Waldrand in Deckung. Dort war leider die Entfernung zu groß, um schlüssige Beobachtungen vorzunehmen. Morgen, dachte Melchior, bringe ich ein Fernglas mit. Denn dass er morgen wieder hier auf Posten stehen würde, war für ihn ausgemachte Sache. Beim nächsten Stammtisch würde er ein Neid und Bewunderung hervorrufendes Ergebnis präsentieren, das schwor er sich.

Er meinte Bewegungen wahrzunehmen, aber die waren zu weit weg und deswegen zu unbestimmt, um ernsthaft ins

Protokoll geschrieben werden zu dürfen. Als es dämmerte, gab Melchior schweren Herzens seinen Posten auf und begab sich langsam, wie unschlüssig, nach Hause.

Abends im Bett fiel ihm ein, dass er seinen Klappstuhl samt Kissen im Steinbruch vergessen hatte.

Entstehen

Die Verwirklichung ihres Plans hatte sich als mühsamer erwiesen als Astra zunächst gedacht hatte. Die wenigen Kilometer vom Steinbruch zu ihrem Bauplatz zurückzulegen war für sich gesehen ebenso wenig belastend wie das Ausheben geeigneten Materials, dessen Bearbeiten und Platzieren. Aber immer und immer wieder zermürbt auf Dauer doch etwas.

Dazu kam dieser ständige merkwürdige Wechsel zwischen Dunkel- und Helligkeit, den es in ihrer Parallelwelt nicht gibt. Mehrmals war sie geneigt, der Versuchung nachzugeben, alles stehen und liegen zu lassen und ihren Freundinnen und Freunden beizupflichten, das Ganze sei eine Schnapsidee gewesen, aber jedes Mal rappelte sie sich nach einer solchen Motivationssenke wieder auf und machte weiter.

Mittlerweile war ihr Werk soweit gediehen, dass dessen Aufgabe immer bedauerlicher und damit undenkbarer wurde. Das gesamte Schiff des bekanntesten gotischen Doms, dem in Köln, stand bereits und auch die Türme waren bis zu ihrer halben Höhe angewachsen. Astras Ehrgeiz, nicht nur im Maßstab 1:1, sondern sogar 0,75:1 zu bauen, das heißt die Turmspitzen bis in 209 Meter über Grund zu treiben, fügte ihrem Vorhaben keine weitere Schwierigkeit hinzu, denn sie vermochte ja die einzelnen Komponenten auf ein beliebiges Maß zu projizieren. Deswegen war ihr mühelos möglich, tonnenschwere Basaltblöcke mit bloßen Händen in ihre Schubkarre zu hieven, am Ziel wieder zu entladen und zurechtzuschleifen.

Hin und wieder besuchte sie einer ihrer Freunde und begutachtete den Fortschritt. „Welchen Narren hast du eigentlich am Kölner Dom gefressen?" fragte Mammo sie. „Es gibt doch jede Menge beeindruckender Gotteshäuser auch anderer Religionen. Denk' an den Felsendom in Jerusalem oder die blaue Moschee in Istanbul. Oder, wenn wir beim Christentum bleiben wollen, die Peterskirche in Rom."

„Sicher", antwortete Astra, „aber all' diese Gebäude haben keine so himmelsstürmenden Türme wie Sankt Petrus zu Köln. Und auch keine so dramatische Entstehungsgeschichte. Der Bau wurde im Jahr 1248 begonnen und das Schiff war 1528 mehr oder weniger fertiggestellt. Danach ruhten die Aktivitäten bis 1823 auf Grund der unruhigen Zeiten, nicht zuletzt, weil Napoleon das Schiff als Pferdestall und Lagerhalle nutzte. Erst die Preußen nahmen sich der unvollendeten Westfassade an und zogen die Türme bis 1880 hoch. 632 Jahre Bauzeit sind, glaube ich, Weltrekord."

„Wenn ich mir anschaue, was unsere Schützlinge derzeit veranstalten, könnte es sein, dass so manche gegenwärtigen oder zukünftigen Projekte den Weltrekord einstellen. Jedenfalls meine Hochachtung; du hast dich intensiv mit dem Ding beschäftigt."

„Sag' doch nicht immer Schützlinge. Es sind Menschen wie wir, nur dass sie in einem geringer dimensionierten Kontinuum leben."

„Merken die eigentlich, was du treibst, oder hast du darüber keine Information?"

„Sie können mich ja nicht sehen. Allerdings scheint ihnen aufzufallen, dass in ihrem alten Steinbruch, der nun meiner ist, Steine abgängig sind, obwohl er nicht mehr ausgebeutet wird. ‚Es spukt', heißt es bei einigen, aber die meisten lachen darüber."

„Apropos Kontinuum. Kommst du nachher mit auf ein Bier in unseres?" „Gern. Ich brauche eine Pause von dem ewigen Wechsel zwischen dem Hell und Dunkel hier."

Alsbald nahm Astra ihren persönlichen Alltag wieder auf. Frohgemut pfeifend schob sie innerhalb weniger Minuten ihre Schubkarre vom Bauplatz zum Steinbruch, denn die vier Kilometer Distanz nach trigonischer Messung bedeuteten für sie wegen der gekrümmten Dimensionen ihres Kontinuums nur einige Schritte.

Sie hatte sich vor ihrer Auszeit bereits einige Wacker ausgeguckt, die ihr für eine Bearbeitung geeignet erschienen. Als sie sich dem am Weitesten entfernten näherte, erschrak sie. Dicht daneben stand unter einem schattenspendenden Felsen wie in Lauerstellung ein besetzter Klappstuhl. Unvermittelt blieb Astra stehen. Sie wusste zwar, dass sie für einen Erdenmenschen transparent ist, aber die Bewegung ihres Ladeguts vermochte einer sehr wohl zu verfolgen.

Erleichtert stellte Astra fest, dass der Bewacher – denn dass es sich um einen solchen handelte, daran bestand für sie kein Zweifel – eingeschlafen war. Statt sich weiter entfernt neues Baumaterial auszusuchen, was sicher sinnvoll gewesen wäre, bewegte Astra den ursprünglich dafür vorgesehenen Quader Richtung Schubkarre und gedachte ihn gerade über deren Bord zu wuchten, als sie vom Stuhl ein Geräusch vernahm. Erschrocken drehte sie sich um und sah ihre Vermutung bestätigt: Der Trigone war aufgewacht, möglicherweise von den von ihr verursachten Geräuschen, denn auch diese drangen in die tiefere Ebene vor. Wissenschaftler ihres Kontinuums versuchten schon lange herauszufinden, warum das so war, waren aber bisher zu keinen Ergebnissen gekommen. Klar war nur, dass diese nicht ortbaren Geräusche bei den Trigonen Anlass zu Geister- und Gespenstergeschichten waren.

Der Mann sprang auf und lief zu dem Quader, den Astra an die Schubkarre gelehnt hatte. Er rüttelte nicht daran, denn ihm war wohl bewusst, dass er dessen sechs Tonnen nicht vom Fleck bekäme, begann aber langsam die Distanz abzuschreiten, wahrscheinlich, um Schleifspuren zu suchen. Da Astra ihre Beute jedoch getragen hatte, fand er keine. Eine Weile schien er über sein weiteres Vorgehen nicht schlüssig zu sein und tat dann etwas, was Astra erstaunte: Er ließ sich auf seinem Stuhl nieder und schloss die Augen.

Es war sicher ein wenig arglos von Astra, daraus zu schließen, dass der Mann erneut eingeschlafen war, aber ihre Ungeduld flüsterte ihr diese Erklärung zu und veranlasste sie, mit ihrer Arbeit fortzufahren. Sie holte die anderen bereits ausgewählten Steine, lud sie zu dem ersten auf ihre Karre, straffte ihre Muskeln und schob die Fuhre auf die Stelle des Waldes zu, an der lichteres Gehölz den Weg zu ihrem Bauplatz wies.

Während sie unterwegs war, schaute Astra ab und zu hinter sich, ob der Mann ihr folgte, aber darauf wies nichts hin. Meinen Trampelpfad kann er ja nicht sehen, dachte sie beruhigt, lud ihre Last ab, bearbeitete diese, dass sie rasch in die bisher leeren Nischen eingesetzt werden konnte, und machte sich auf, die nächste Ladung zu holen.

Sie hatte ungefähr den halben Weg zurückgelegt, als es geschah. Hinter ihr raschelte es im Laub und eine männliche Stimme rief „hallo!" Es war nur mit dem Schreck erklärbar, der Astra durchfuhr, dass sie unbewusst und ohne technische Hilfsmittel die Linie zu ihrem Kontinuum verschloss und so aus Melchiors verschwand. Sie hörte ihn ein zweites Mal „hallo!" rufen und dann zu Boden schauen, als suche er etwas. Dieses Etwas musste ihr Trampelpfad sein, der für das merkwürdige Wesen offenbar manifest war oder besser gesagt gewesen war, denn jetzt schlug es sich querwaldein Richtung Steinbruch, ohne den Komfort plattgetretener Pflanzen zu nutzen. Dennoch, überlegte Astra, muss sich der Mann hier sehr gut auskennen, denn er geht zielstrebig in die richtige Richtung.

Was ist geschehen? überlegte sie weiter. Offenbar hatte dieser Trigone zumindest zeitweilig in ihr Kontinuum Einblick, denn als er sie angerufen hatte, hatte ihn dazu nur diese Voraussetzung befähigt, das durfte als sicher gelten. Dann ihr Schreck, der ihm diese Fähigkeit wieder genommen zu haben schien. Womit hatte sie nun zu tun? Mit der Psyche des Erdenmenschen oder mit ihrer? Oder mit beider?

So unangenehm ihr dieser Gedanke einerseits war, als so faszinierend empfand sie ihn andererseits. Ob der Mann seine Hellsicht wiedererlangen würde? Sie musste sich eingestehen, dass sie darauf brannte, mit ihm ins Gespräch zu kommen. Wichtig war vor allem, ob er der einzige seiner Spezies war oder ob jede Menge dieser Menschen herumliefen, während sie und ihre Tetragonen nie daran gezweifelt hatten, dass die Trigonen biologisch unfähig wären, der höheren Ebene teilhaftig zu werden.

Warten wir's ab, dachte sie, während ihre Kathedrale der Vollkommenheit entgegenstrebte. Am Tag nach dem beschriebenen Ereignis stand Astra davor, auch den Türmen ihre Schlusssteine zu setzen. Es handelte sich um eine knifflige Arbeit, die dadurch erleichtert wurde, dass sie je nach Bedarf die Größe ihres Objekts zu manipulieren wusste. Hielt sie sich ganz oben auf, hatte sich ein Maßstab von 1:200 als praktisch herausgestellt. In einem Meter Höhe waren alle unfertigen Teile mühelos erreichbar. Sie freute sich, wenn ein Steinchen ein sattes ‚klack' von sich gab, denn das bedeutete, dass es ‚saß'. Sie vertieft sich häufig in eine gewisse Detailverliebtheit und steigert sich dann derart in sie hinein, dass sie nichts mehr um sich herum wahrnimmt. Auch heute nicht und dass seit einiger Zeit ein Mann dicht hinter ihr stand.

Entdeckung

Am Sonntag legte sich Melchior unchristlich früh am Waldrand auf die Lauer. Er bestrich mit dem Fernrohr, mit dem er sich wie vorgesehen bewaffnet hatte, das Gelände und fixierte vor allem die Stelle, an der er sich am Vortag ins Gebüsch geschlagen hatte.

Seine Entschlossenheit wurde bald belohnt. Er sah eine Frau mit Schubkarre ins Freie treten und zielstrebig auf eine frische Bruchstelle zusteuern. Melchior war gespannt, ob sie einfach Abraum auflesen oder sogar frisch heraushauen würde. Er stellte seine Sehhilfe so scharf es ging und fest, dass die Frau tatsächlich ‚abbaute', aber nicht, wie sie das bewerkstelligte. Mit bloßen Händen? Er mochte sich noch so anstrengen: Er sah keine Hilfsmittel, mit denen die Frau hantierte.

Bald hatte sie ihre Karre voll und begann diese zurückzuschieben. Melchior versuchte die Größenverhältnisse abzuschätzen. Alles kam ihm normal vor, nur nicht, wie eine normal gewachsene und kräftige Frau es schaffte, eine vermutlich tonnenschwere Schubkarre im Gleichgewicht zu halten und raschen Schrittes vorwärtszubefördern. Etwas Geheimnisvolles ging hier vor, das betrachtete er als sicher.

Kaum war die Gestalt außer Sicht, eilte Melchior über die Freifläche und drang in den ihm bereits bekannten Durchgang ein. So vorsichtig ihm möglich war schritt er vorwärts, bis er vor sich ein lautes Pfeifen vernahm, das auf menschliche gute Laune schließen ließ. Bald sah er den Rücken der Frau, die ihn deswegen nicht hörte, weil sie selbst genügend Geräusche verursachte, um nichts von ihrer Umgebung mitzubekommen. Offenbar fühlte sie sich sehr sicher.

Recht bald öffnete sich eine Lichtung, in die Melchior beinahe hinausgestolpert wäre, wäre er sich ihrer nicht gerade rechtzeitig bewusst geworden. Mit einem Satz sprang er hinter einen Baum, denn es war klar, dass die Frau ihr Ziel erreicht hatte und möglicherweise beginnen würde, sich umzuschauen. Bevor Melchior sich auf das konzentrierte, das die Lichtung dominierte, kontrollierte er auf dem Navi seines Smartphones den aktuellen Standort und erstarrte. Er befand sich vier Kilometer vom Steinbruch entfernt und war gefühlt höchstens eine Viertelstunde von dort bis hierher unterwegs gewesen. Wie war das möglich?

Es war unerklärlich und deswegen hatte es keinen Sinn, eine Erklärung zu suchen. Melchior verstaute das Smartphone wieder im Halfter und sah genauer an, woran das Geschöpf sich zu schaffen gemacht hatte. Kein Zweifel, es handelte sich um den Kölner Dom oder vielmehr ein Modell davon, denn die Frau überragte ihn um mehr als einen Kopf.

Melchior holte sein Fernglas wieder hervor und versuchte herauszufinden, was genau die Baumeisterin trieb. Sie setzte in ungeheurer Geschwindigkeit Steinchen um Steinchen in die beinahe fertigen Türme, als vervollständigte sie ein 3D-Puzzle. Aber sie hatte doch nur rohe Klötze aus der Felswand geholt?! Wie konnten diese jetzt als winzige, kunstvoll behauene Bausatzteile genau in die vorgesehenen Nischen passen?

Ein versehentlicher Blick zum Himmel führte dazu, dass Melchior vor Schreck beinahe erstarrte. Er wusste genau, wo er sich befand und welchen Stand die Sonne auf welche Tageszeit hinwies. Und das, was er sah, deutete auf den späten Nachmittag. Dabei war er der Frau bereits am frühen Morgen hierher gefolgt und befand sich jetzt höchstens seit einer Stunde auf seinem Beobachtungsposten. Er sah auf sein Smartphone. Tatsächlich, vier Uhr nachmittags!

Unbewusst pfiff er durch die Zähne. Dann hätte er eine Erklärung für einige der Merkwürdigkeiten, denen er heute begegnet war: Im Bannkreis des – Wesens, Geschöpfs? – verging die Zeit anscheinend deutlich schneller als in seiner Sphäre. Oder langsamer? Einerseits bewegte sich die Frau wie im Zeitraffer, dem er nichtsdestoweniger zu folgen vermochte, andererseits geschah an einem Tag in diesem Bannkreis mehr als in seiner gewohnten.

Wie dem auch sei: Melchior war wild entschlossen, mit dem Wesen in Kontakt zu treten, denn obwohl er dessen Gesicht bisher nie wirklich von vorn zu sehen bekommen hatte, gab es keinen Zweifel, dass es sich um das einer schönen Frau handelte. Auch die Proportionen stimmten und stellten alle Signale auf ‚begehrenswert'.

Aber wie beginnen? Ein gerufenes „hallo" zerstörte die Illusion, das hatte Melchior gestern erfahren müssen. Er hoffte, dass sie nur nicht erschrecken dürfe, damit das nicht wieder geschähe. Ihr Pfeifen hatte sich in ein zufriedenes Summen verwandelt und Melchior sah, als er sich heranschlich, dass nicht mehr viel bis zum krönenden Abschluss des Werks fehlte. Er erkannte auch die Melodie, die seine Angebetete summte: Eine Schnulze der zu jener Zeit angesagtesten Sängerin der Schlagerszene. Melchior war musikalisch und begann in möglichst deckungsgleicher Tonlage mitzusummen. Er stand nurmehr höchstens zwei Meter hinter der Baumeisterin

Seine Hoffnung bestätigte sich. Zunächst bemerkte sie gar nicht, dass sie zweistimmig summte, und als sie es bemerkte, war dieser Erkenntnis bereits der Zahn des Schreckens genommen. Langsam drehte sie sich um und sah ihrer zweiten Stimme ins Gesicht. Die zweite Stimme ihrerseits sah, was sie vermutet hatte. Ein traumhaft schönes Frauenantlitz.

Das Summen erstarb. „Wer bist du?" fragte eine betörende Altstimme. „Melchior. Und du?" „Astra." Der Name weckte bei Melchior eine Erinnerung, deren Zusammenhang ihm in diesem Augenblick entfallen war. Astra zeigte keine Anzeichen von Erschöpfung oder auch nur Schweiß, wie ihre Tätigkeit hätte vermuten lassen; offenbar handelte es sich nach ihrem Maßstab wirklich nur um das Zusammensetzen eines Puzzles. Sie zeigte allerdings auch keinerlei Angst gegenüber dem fremden Mann. Melchior dachte an die Tonnen von Steinen, die das Geschöpf mühelos gestemmt hatte, und wunderte sich darüber nicht.

Die sich wie Kaugummi hinziehende Schweigsamkeit begann peinlich zu werden. „Schön, was du da baust", rang sich Melchior schließlich ab. „Ja, nicht?" Zum ersten Mal zeigte das Gesicht ein Lächeln. Astra drehte sich um und wies auf ihr Werk. Weißt du, was das ist?" „Es sieht aus wie der Kölner Dom." „Das soll es auch werden. Ich habe das Bauwerk immer schon bewundert und mich endlich entschlossen, es nachzubilden."

Melchior hatte Hunderte von Fragen. Woher Astra das Wissen um ihr Vorbild hatte, war dabei die geringste, denn sie stammte zweifellos aus einer anderen, höherwertigen Welt. Diese Welt war es, die ihn brennend interessierte. Er musterte sein Gegenüber, was dieses sich gefallen ließ, ohne dass ihm das unangenehm zu sein schien. Eine attraktive Frau, normal groß und besser als normal proportioniert, war die äußerliche Gestalt. Sie bewegte sich in ihrer Bauarbeiterkluft grazil und sprach fehlerfrei. Gern hätte Melchior sie berührt, um zu spüren, ob sie die normale erotische Spannung hervorrief, die weibliche Haut unter Männerhänden hervorruft.

Er beschloss, aufs Ganze zu gehen. Behutsam streckte er seine Hand vor und berührte so sachte es ihm möglich war ihre Wange. Das Ergebnis war eine Art innerer Explosion. Melchior durchrieselte ein wohliges Gefühl unbändiger Kraft, die ihm über seinen Arm zuströmte. Nein, er hatte keine besonders schöne, aber ‚normale' Frau vor sich, sondern etwas ganz anderes, von einem anderen Stern. In diesem Augenblick fiel ihm ein, was Astra bedeutete: Sterne. ‚Per aspera ad astra' war ein Spruch, den er aus dem Lateinunterricht kannte, ‚durch die Mühsal zu den Sternen'. Astra, das Mädchen von den Sternen.

Melchior begann sanft die magische Wange zu streicheln. Astra zeigte keine Regung und erfreulicherweise auch keine Anzeichen von Widerstand. Er rieb ein wenig intensiver und nahm für die rechte Wange die linke Hand zu Hilfe. Dann zog er das Gesicht zu sich heran und hauchte die ersten Küsse darauf. Bald berührten sich ihre Münder und die Zungen begannen miteinander zu spielen. Plötzlich war Melchior klar, dass ihm alles offen stand, was das Sternenmädchen zu bieten hatte. Er begann, ihren Overall zu öffnen und zunächst sie und dann sich zu entkleiden. Sie standen auf dem letzten Stück Wiese vor dem Bauplatz und Melchior platzierte den Frauenkörper mit aller gebotenen Vorsicht darauf.

Astra wusste genau, was zu tun war. Sie öffnete die Arme, um damit den männlichen Körper zu umschließen, sobald er es sich auf ihrem bequem gemacht hatte, spreizte die Beine in einem Winkel von 180° ab, streckte die Unterschenkel in die Höhe und trommelte mit den Füßen auf

Melchiors Rücken, während ihre Lust dem Höhepunkt entgegeneilte.

Melchior war so heiß, dass er sich beinahe verspritzt hätte, bevor er in Astras Vagina eindrang. Zum Glück schaffte er unter küssen, streicheln und lecken einige weitere Ergüsse, sodass der erste Akt, der seiner eigenen Einschätzung nach und zu seinem Bedauern einer Vergewaltigung geähnelt hatte, abgemildert wurde.

Nachdem Melchior von Astra abgelassen hatte und ihr leidenschaftliches Stöhnen abgeebbt war, flüsterte sie zu seiner Überraschung: „Der Erste war der Beste. So druckvoll hab' ich's von meinen Leuten noch nie besorgt bekommen."

Schlussstein

Astra war in ihre Tätigkeit so vertieft, dass sie zunächst nicht wahrnahm, dass sie zweistimmig summte. Allmählich ging ihr auf, dass etwas anders als bisher war. Sie verstummte und verharrte. Ganz langsam drehte sie sich um und sah, was sie erwartet und befürchtet – oder erhofft? – hatte. Ein Mann stand zwei Meter hinter ihr. Sie musterte ihn und fragte sich, aus welcher Welt er stammen mochte. Es musste die Ihre sein, denn sonst wäre er außerstande, sie zu sehen – das war aber offensichtlich der Fall.

„Wer bist du?" begehrte sie zu wissen. „Melchior. Und du?" „Astra."

„Schön, was du da baust", sagte Melchior nach einer längeren Pause. „Ja, nicht?" Astra drehte sich um und wies auf ihr Werk. Weißt du, was das ist?" „Es sieht aus wie der Kölner Dom." „Das soll es auch werden. Ich habe das Bauwerk immer schon bewundert und mich endlich entschlossen, es nachzubilden."

Ihre Musterung intensivierte sich und was sie sah, hätte ihre Beine beinahe zum Nachgeben veranlasst. Sie hatte einige Male mit ihren Freunden Sex gehabt, aber nie bis zur Neige erfüllt bekommen, was sie sich erträumt hatte.

Melchior sah markant männlich aus und war vielleicht die Erfüllung ihrer Träume.

Voller Hoffnung ließ sie zu, dass Melchior zunächst eine ihrer Wangen streichelte und dann beide. Sie spürte, dass diese heiß wurden und vermutlich rot anliefen. Sie ließ zu, dass er sie zunächst hauchzart und dann immer heftiger küsste, bis ihre Zungen miteinander spielten. Und sie ließ zu, dass er ihren Overall öffnete und sie auf die Wiese platzierte, nachdem sie vollständig entkleidet war. Und sie ließ zu…; nein, sie half tatkräftig mit, dem begehrten Glied Eingang zu ihrer Vagina zu verschaffen.

Nachdem ihre Erregung abgeebbt war, flüsterte sie: „Der Erste war der Beste. So druckvoll hab' ich's von meinen Leuten noch nie besorgt bekommen." Erst jetzt fiel beiden auf, dass sie bisher außer dem eben geäußerten Lob und der Begrüßung beinahe nicht miteinander gesprochen hatten. Gehört sich für eine Dame weniger als nicht, dachte Astra, sich unmittelbar nach der Vorstellung gleich einem bis eben Fremden voll hinzugeben, aber frau überkommt's eben manchmal auch.

Beide kleideten sich wieder an und Melchior begann, Astras Werk zu inspizieren. „Woher nimmst du all' die Mosaikstückchen?" „Aus einem aufgelassenen Steinbruch in der Nähe." „Du wirst es nicht glauben, aber das weiß ich. Die Steine haben aber mit denen, die du hier verbaust, nicht die geringste Ähnlichkeit." Astra musterte Melchior erneut, aber unter einem anderen Aspekt als bisher. War sie bis jetzt überzeugt davon gewesen, mit einem Mann aus ihrer Tetragonenwelt angebandelt zu haben, begannen nun Zweifel an ihr zu nagen. „Du bist doch ein Tetragone?" „Ein was?"

Da Melchior nicht wusste, was ein Tetragone ist, musste er ein Trigone sein und das sagte sie ihm auch. Allerdings vermochte Melchior diesen Begriff ebenso wenig unterzubringen wie den ersten. „Was sagen dir die Präfixe tri und tetra?" „Sie stammen aus dem Griechischen und bedeuten drei und vier." „Unsere Kulturen scheinen sich nicht allzu sehr voneinander zu unterscheiden.

Denn damit hast du die Erklärung. Trigonen sehen und denken drei- und Tetragonen vierdimensional. Vom höheren Kontinuum ist das tiefere sichtbar, aber nicht umgekehrt. Nun zu dir. Du siehst mich und meine Schöpfung, was einem Trigonen normalerweise verwehrt ist. Jeder deiner Artgenossen, der hier vorbeispaziert, spaziert über eine Lichtung und stößt auf kein Hindernis. Die Frage ist folglich: Was unterscheidet dich von ihnen?"

Während Melchior bewundernd mit den Fingerspitzen über die kunstvolle Oberfläche der gotischen Fassade strich, stieß er ein „hm, keine Ahnung" hervor.

Dann drehte er sich zu Astra um und sagte ernst: „Zu Beginn habe ich auch nur Verschwommenes, Geisterhaftes gesehen. Mit offenen Augen überhaupt nichts und durch die Schlitze meiner Lider Bewegungen, die ich aber nicht recht zu fassen bekam.

Dann fand ich niedergetretenes Gebüsch, das mir den Weg zu deinem Trampelpfad wies. Ich legte mich nach ungefähr einem Kilometer auf die Lauer und tatsächlich, bei deiner Rückkehr zum Steinbruch warst du plötzlich eine Frau aus Fleisch und Blut. Völlig arglos trat ich hinter dir auf den Pfad und rief dich an." „Zweimal hallo?" „Genau. Beim zweiten Ruf warst plötzlich nicht nur du, sondern auch der Pfad verschwunden." „Das habe ich beobachtet."

Astra überlegte. „Aus irgendwelchen Gründen kipptest du gestern zum ersten Mal in mein Kontinuum. Die abrupte Begegnung oder mein Erschrecken – das wage ich auf die Schnelle nicht zu beurteilen – katapultierte dich zurück in die drei Dimensionen. Wenn es mein Erschrecken war, bin ich in der Lage, dich an meiner Welt teilhaben zu lassen oder nicht."

Astra lächelte Melchor an. „Offenbar tue ich es nun, denn du bist so manifest wie ich mir selbst vorkomme."

Melchior lächelte zurück. „Handfester als das, was wir gerade durchgespielt haben, geht's wohl nicht. Deine Muschi habe ich sicher nicht geträumt." „Ich deinen Steifen auch nicht. Willkommen in meinen Gefilden."

Nach einigen weiteren intensiven Küssen schob Astra ihren Liebhaber ein Stück weit von sich. „Du darfst in Kürze sooft du willst, aber zunächst möchte ich vollenden, was ich vor längerer Zeit begann. Du siehst ja, dass nicht mehr viel fehlt, nur die Turmspitzen und deren Schlusssteine. Wenn du mir hilfst, werden wir heute noch fertig und dann …"

Melchior erwies sich als geschickter Handwerker, der ohne Anweisung sah, wo Hand anzulegen sei. „Obwohl ich von Beruf Bürohengst bin, habe ich mich immer für das Griffige interessiert. Mein Häuschen habe ich allein entworfen und fast allein errichtet. Darauf, dass der Architekt, der meine Pläne abnehmen musste, diese ohne Abstriche durchwinkte, bin ich heute noch stolz", erklärte er, als er am linken Turm Steinchen auf Steinchen setzte, während sich Astra den rechten vorgenommen hatte.

Dann war es soweit. Beide sahen, dass lediglich die krönenden Spitzen fehlten, und hielten inne. „Das machen wir synchron", bestimmte Astra und kommandierte: „Drei, zwei, eins – drauf!" Ein unisono erklingendes Doppelklack untermauerte den Erfolg der Aktion.

Astra und Melchior strahlten sich an und besiegelten den Abschluss des Werks durch einen endlosen innigen Kuss. So gut hat mir noch nie 'was geschmeckt", hauchte Melchior. Seine Aussage wurde von Astras Seite bestätigt. „Jetzt fehlt eine Modelleisenbahn, die um den Dom herumkurvt." „Wieso Modelleisenbahn, Melchior? Höchstens eine Bahn im Maßstab 1:1." „Wie bitte?" „Na, schau dir doch an, was wir zusammen geschaffen haben."

Widerwillig löste sich Melchiors Zunge aus Astras Mund, um ihrem Vorschlag zu folgen. Was er sah, hätte im beinahe einen Kollaps beschert: Sie standen vor einer ausladenden Freitreppe mit niedrigen Stufen und darüber erhob sich der

Kölner Dom in all' seiner Majestät. Er wirkte so hoch, dass die eben eingesetzten Turmspitzen unendlich weit entfernt schienen.

„Was …, was …?" stotterte Melchior. „Warum bist du so überrascht? Du hast doch selbst daran mitgebaut." „Aber an einem Modell im geschätzten Maßstab 1:200." „Unsinn! Von Anfang an war nicht nur Originalgröße, sondern sogar der Maßstab 0,75:1 geplant. Das heißt, der Dom ist 200 Meter hoch, 300 Meter lang und 70 Meter breit. Komm' mit hinein!"

Fassungslos erstieg Melchior hinter Astra die Stufen und betrat durch ein Riesenportal das Innere. Obwohl die Reliquien, die Gemälde an den Wänden und die kunstvollen Glasfenster fehlten, war der Eindruck überwältigend. „Wie ist das möglich?" Astra lachte. Du bist wirklich ein Trigone. Ich weiß, dass ihr das nicht könnt: Alle Gegenstände auf eine handliches Maß projizieren, um besser an alles heranzukommen, und zum Schluss reprojizieren." „Geht das auch nach der Fertigstellung?" „Sicher. Sollte in 150 Metern Höhe etwas auszubessern sein, schrumpfe ich das Objekt ein – natürlich so, dass ich ausreichend Platz habe – und fange in Brusthöhe an zu flicken."

Melchior war so überwältigt, dass er im Augenblick noch nicht einmal auf das Wort ‚Brusthöhe' reagierte, in das ein Mann bei einer Frau eine andere Bedeutung hineininterpretiert als bei Geschlechtsgenossen, denn ihm fiel etwas ein. „Und besonders feine Arbeiten wie Gold schmieden oder Schräubchen an einem Uhrwerk zu setzen – vergrößert ihr solche Objekte durch Projektion, um auf eine Lupe verzichten zu können?" „Sicher." „Beneidenswert."

Melchior brauchte bis zum Anbruch der Dunkelheit, um sich an allem sattzusehen, was das gewaltige Gebäude zu bieten hatte. „Hast du eigentlich auch die Innenräume nachgestaltet?" fragte er sie. „Natürlich. Wir haben doch alle Räume begutachtet" „Nicht alle." „Welche fehlen denn?" „Na, die Türme oder zumindest der, den du beim Vorbild besteigen darfst. Treppenaufgänge gibt's auf beiden, denn beide sind mit Glocken ausgestattet und der Küster muss diese warten können. Überhaupt: Was ist mit den Glocken?" „Auch die habe ich aus Bronze gegossen." „Dann lass' uns hochgehen und sie läuten."

Das Besteigen des Modells im Maßstab 0,75:1 war anstrengender als das des Vorbilds, denn sie mussten ja nun 170 Meter über steilere Stufen überwinden. Als sie oben standen, waren sie ganz schön ins Schwitzen geraten. Melchior besah sich den Glockenstuhl. „Besser von unten an den Seilen ziehen", urteilte er fachmännisch, „hier oben werden wir taub, wenn wir loslegen."

Als die Glocke erklang, die genauso heißt wie das Gebäude, das sie trägt, befiel Melchior ein Andachtsanfall, obwohl er nicht im amtskirchlichen Sinn religiös war. Der ‚dicke Pitter' lässt eben keinen ungerührt.

Erst als es immer schwieriger wurde, etwas zu erkennen, und die rührselige Stimmung allmählich wich, erinnerte er sich des Versprechens, das Astra ihm gegeben hatte, wenn das Werk vollendet sein würde. Sie erkannte an seinem Gesichtsausdruck, welche Gefühle in ihm Oberhand gewannen, und lächelte verheißungsvoll. „Schön, dass männliches Hormonverhalten zuverlässig ist ", flüsterte sie ihm zu, nahm seine Hände und drückte diese auf ihre Brüste. „Gleich hier?" flüsterte Melchior zurück. „Du hast den Mittelgang sogar mit einem Teppich ausgelegt." „Das ist zwar nicht sein ursprünglicher Zweck, aber wo ein Wille ist, ist bekanntlich ein Teppich."

Nachdem sie sich nach geraumer Zeit voneinander gelöst hatten, begann Melchior unwillkürlich zu lachen. „Lachst du mich aus?" „Nein, natürlich nicht, entschuldigung. Mir kam nur der Gedanke an Laokoon." „Wer ist das?" „Eine Gestalt aus der griechischen Mythologie. Eine berühmte Skulptur verewigte ihn und seine beiden Söhne im Todeskampf gegen zwei Schlangen. Die hatte der Gott Apollo als Bestrafung dafür geschickt, dass der Held seine Frau in seinem, Apollos, Tempel geliebt und ihn so entweiht hatte. Ich hoffe, dass der Christengott ein wenig toleranter ist. Muss er eigentlich, denn er war es schließlich, der unseren Geschlechtstrieb erschaffen hat."

Jetzt begann Astra mitzulachen, aber verhaltener und mit Bewunderung vermischt. „Was du alles weißt. Ich weiß aber auch 'was. Ums Eck herum habe ich eine kleine Hütte, sehr bescheiden, aber mit Wasserspülung, Herd und Bett ausgestattet. Das Bett deutlich nachgiebiger als Teppich auf Stein, breit genug für uns beide und so stabil, dass du auf mir herumturnen kannst so heftig du willst. Ich freu' mich drauf.

Zunächst habe ich aber Hunger und Durst."

Auch Melchior besann sich, dass er seit seinem Frühstück nichts mehr zu sich genommen hatte.

Schall und Rauch

Melchior wunderte sich, dass in der Parallelwelt, in die er geraten war, seine mitgebrachten Utensilien reibungslos funktionierten. Am Montagmorgen aktivierte er sein Smartphone und informierte seinen Vorgesetzten, dass er auf Grund plötzlicher und dringender Familienangelegenheiten diese Woche Urlaub nehmen müsste. Sein Chef knurrte ein bisschen, gewährte ihn aber letztendlich.

„Ich hab' dir doch erklärt, dass abwärts alles kompatibel ist", begegnete Astra seiner Verwunderung, „nur anders herum nicht." „Langsam habe ich eine Vorstellung davon, woher unsere Geistergeschichten ihren Ursprung haben", sinnierte Melchior, „denn ich gehe davon aus, dass außer mir auch der eine oder andere Trigone sensibel genug ist, eure Anwesenheit zu spüren. Ein Schatten, eine Stimme, und schon sind Gerüchte im Umlauf." „Ich hab' auch Ärger bekommen, mich dir so zu offenbaren, denn wir wollen unerkannt und ungesehen bleiben. Vielleicht bist du jetzt für immer einer der Unseren und es besteht gar keine Gefahr, dass du über uns plauderst."

Der Gedanke, gar nicht mehr zurück zu dürfen, bereitete Melchior einige Bauchschmerzen. Einerseits die betörende und begehrenswerte Astra, die auch ihn zu begehren schien, andererseits der Freundeskreis seiner alten Welt, in dem er sich durchaus wohl fühlte.

Zunächst schob er die Entscheidung vor sich her, zumindest für die ihm zugebilligte freie Woche. Astra führte ihren Liebhaber in ihre Gesellschaft und ihre Clique ein. Das lief nicht ganz ohne Nebengeräusche ab. Mammo sah sich ausgerechnet von einem Trigonen ausgestochen, einem seiner Meinung nach minderbemittelten Exemplar der Gattung homo sapiens. Indes nützte ihm das nichts; Astra hatte seine großspurige Art noch nie gemocht und nun ihrer Meinung nach deutlich Besseres als einen Angeber ohne Substanz errungen.

Melchior wunderte sich, wie unspektakulär gewöhnlich der Alltag der Tetragonen ablief. Außer ihrer Fähigkeit, Gegenstände nach Belieben vergrößern und verkleinern zu können, schienen sie ihm nichts voraus zu haben und ihm an sexueller Kraft sogar unterlegen zu sein, wenn er Astras rückhaltlosen Schwärmereien Glauben schenken durfte – was er gern tat.

Diese hatte ihre Fähigkeit genutzt und die Blockhütte, die ihr während des Kathedralenbaus als Nachtlager gedient hatte, als Modell auf ihrer Kommode platziert, nachdem sie ihre Stadtwohnung wieder bezogen hatte. Fehlt nur noch eine Modellbahn, dachte Melchior zum wiederholten Mal.

Nach und nach waren alle Tetragonen zum Kölner Dom gepilgert, um das fertige Kunstwerk ihrer nunmehr prominentesten Mitbewohnerin zu bewundern. Hier zeigte sich die weitere Fähigkeit der Tetragonen, die sie den Trigonen überlegen machte und mit der Melchior gleich zu Beginn seines Abenteuers konfrontiert worden war: Ihre Beherrschung der Raumkrümmung über die höhere Dimension, das heißt ihre Fähigkeit, kilometerweite Entfernungen mit wenigen Schritten zu überbrücken.

Die Woche näherte sich ihrem Ende und Melchior sah sich gezwungen, einer Entscheidung ins Gesicht zu sehen. „Du willst nach Hause", sagte ihm Astra auf den Kopf zu und zeigte dabei ein Mittelding zwischen Enttäuschung und Verständnis. „Am liebsten nähme ich dich mit in meine Welt und dich zu meiner Frau." „Beim zweiten Teil würde ich zusagen, aber ich verlöre meine Heimat, denn ich habe keine Ahnung, ob für mich eine Möglichkeit zur Rückkehr besteht. Mir wäre zudem schleierhaft, wie ich den Übertritt meistern sollte" „Kann ich eigentlich zurückkehren? Ich meine, werden mich meine früheren Kumpel überhaupt sehen? Du bist für sie ein Geist und bleibst es wahrscheinlich auch."

Astra wurde nachdenklich. „Während ich als Tetragone festgelegt bin, bist du wahrscheinlich ein Wanderer zwischen den Welten. Falls das so ist, müsste dir eine Transformation zwischen den Kontinua jederzeit möglich sein. Leider weiß ich nicht, wie du sie durch Willenskraft in Gang setzen kannst, denn das erste Mal geschah sie wohl durch ein nicht nachvollziehbares Zusammenspiel mehrerer Zufälle.

Weißt du was? Wir fragen Gilman; der ist Experte für solche Dinge und bereits unter den Euren gewandelt, weiß also, wie das geht."

Auch Gilman blieb vage. „Es ist eine Sache der Konzentration", dozierte er. „Bei mir genügt die Willenskraft, sozusagen ein gedanklicher Ruck, und ich bin ‚drüben'. So, wie du deinen Übertritt schilderst, Melchior, war es wohl dein unbedingter Entschluss, in dem alten Steinbruch des Rätsels Lösung zu ergründen. Und der Übertritt geschah nicht ruckartig – jedenfalls das erste Mal nicht –, sondern zunächst durch die zu einem Schlitz verengten Lider. Als du die erste Transformation geschafft hattest, genügte ein Erschrecken Astras, um dich zurück zu katapultieren. Mittlerweile sind dir aber beide Kontinua geläufig. Ich kann dir zwar nicht sagen, wie du den Sprung zu uns schaffst, aber du wirst ihn schaffen – da bin ich ziemlich sicher.

Nur vor einem sei gewarnt: Unsere Existenz bei deinen Leuten auszuplaudern. Mir ist bewusst, dass Männer zum Prahlen neigen und dass du deine schöne Eroberung gar zu gern herumzeigen möchtest, aber das würde deine Wandlungsfähigkeit sicher beenden."

Am Sonntagabend nahmen Astra und Melchior einen ungewissen Abschied voneinander. Ihre Küsse, die sie eng umschlungen austauschten, gingen rasch in einen Austausch von Körperflüssigleiten über, aber irgendwann war es unwiderruflich soweit. Astra hauchte ein „tschüss" und lief an der Kathedrale vorbei zurück zu den Ihren. Melchior wandte sich in Richtung Wald und stellte fest, dass es sich um den dichten Bewuchs handelte, den er von früher her kannte. Auch kein Trampelpfad wies ihm mehr den Weg und er schlug sich genauso durch wie damals, als ihm Astra unversehens abhanden gekommen war.

Seine Ortskenntnis trog ihn auch heute nicht. Bald hatte er den aufgelassenen Steinbruch erreicht, von dem, wie er wusste, seit nunmehr einer Woche kein Stein mehr entfernt worden war. Unter einer überhängenden Wand gewahrte er einen Gegenstand, der ihn an eine weit in der Vergangenheit liegende Aktion erinnerte: Seinen Klappstuhl, auf dem ein Kissen lag. Offenbar war seit acht Tagen hier niemand vorbeigekommen oder nur ehrliche Menschen, die darauf verzichtet hatten, sich herrenlosen Guts anzunehmen, um es vor Dieben zu bewahren.

Einige hundert Meter weiter fand Melchior auf dem allen Einheimischen bekannten wilden Parkplatz sein Auto. Er verstaute Stuhl, Kissen und Fernrohr im Kofferraum, setzte sich hinein und startete den Motor. Als er nach einer ereignislosen Heimfahrt ausstieg, um sein Garagentor zu öffnen, wusste er, dass er im Augenblick des Abschieds von Astra die Transformation Tetragone zu Trigone durchlaufen hatte. Er versuchte sich ins Gedächtnis zu rufen, ob er irgendwelchen körperlichen Empfindungen wie Schwindelgefühl oder Übelkeit ausgesetzt gewesen war, vermochte aber nichts dergleichen abzurufen. Er zuckte hilflos mit den Schultern.

Als Melchior am Montag wieder an seinem Schreibtisch saß, war ihm zwiespältig zumute. Einerseits, als wäre nichts geschehen, andererseits, als wären Jahre vergangen, seit er zum letzten Mal hier gesessen hatte. Zum Glück fragte ihn niemand nach seinen dringenden Familienangelegenheiten, die er als Grund für seine Abwesenheit vergangene Woche angegeben hatte, denn er hätte keine Notlüge zu nennen gewusst. Auch sein Donnerstagsstammtisch hatte längst die Diskussion verdrängt, die ihn vor 14 Tagen mit Klappstuhl und Kissen zum Steinbruch getrieben hatte, und widmete sich frischen politischen Aufgaben, die die kompetenten Herren mühelos zu bewältigen wüssten, ließe ‚man' sie nur dran.

Es spielte sich ein, dass Melchior regelmäßig am Freitagabend sein Fahrzeug auf dem wilden Parkplatz abstellte, der während des einwöchigen Verweilens der Tetragonenwelt demselben Zweck gedient hatte, bis Montag früh verschwand, wie aus dem Nichts plötzlich wieder auftauchte und zu seinem Brötchengeber brauste.

Als er beim ersten Mal in den Wald eintauchte, war ihm mulmig, ob er Astras Welt wiederfinden würde. Rasch entdeckte er jedoch den Trampelpfad zur Kathedrale und wusste, dass die Transformation stattgefunden hatte. Ebenso schnell gelangte er in die Tetragonensiedlung, da ihm nun die vierte Dimension die lästige Entfernung bis dorthin in wenigen Schritten zu überbrücken verhalf. Er wandte sich sofort zu Astras Wohnung, die ihn bereits sehnlich erwartete. Ab dem zweiten Besuch verabredeten sie sich unter dem Portal der Kathedrale. Diese diente ohne Umschweife einem leidenschaftlichen Schäferstündchen, nachdem kein strafender Gott nach der ersten Blasphemie Würgeschlangen zu ihrer Bestrafung geschickt hatte. Astra pflegte sich provozierend in durchsichtiger Bluse und handbreitem Minirock ohne 'was ‚drunter' für den Kampf zu rüsten. Nachdem sein Sperma erfolgreich das Gefäß gewechselt hatte, ritt Melchior der Übermut und er rang dem dicken Pitter einige wohltönende Glockenschläge ab.

Eines Tages fiel einem Stammtischbruder aus heiterem Himmel die Sache mit dem Steinbruch wieder ein. „Und, hast du 'was 'rausgefunden, Melch?" „Quatsch, Gonzo. Ich bin gar nicht hingegangen, nachdem mir bewusst wurde, wie kindisch das Ganze ist." „Irgendjemand hat das aber versucht, scheint mir. Ich kam irgendwann dort vorbei und sah einen verwaisten Klappstuhl mit Kissen drauf herumstehen. War das nicht deiner?" „Das wüsste ich."

Monatelang blieb der status quo erhalten. Dennoch begannen Gerüchte die Runde zu machen. Erstaunlich, denn Melchior lebte allein und wurde im Allgemeinen nicht beobachtet. Was er nicht beachtet hatte, war das Sozialverhalten einer Kleinstadt. Nicht beobachtet wurde nämlich nur jemand, der sich allem Anschein nach normal verhielt. Jemand, der am Wochenende regelmäßig abwesend war und dessen fahrbarer Untersatz ebenso regelmäßig auf einem einsamen, halblegalen Parkplatz abgestellt stand, ohne dass von seinem Besitzer eine Spur zu entdecken war, fiel über kurz oder lang auf.

Der Stammtisch wurde immer lauter. „Gib doch zu, Melch, dass du eine Freundin hast, die im Wald lebt!" trumpfte Gonzo auf. „Und wenn es so wäre? Was ginge dich das an?" „Einen feuchten Dreck, keine Frage. Nur: Was ist an ihr so geheimnisvoll, dass du sie niemandem preisgibst. Ist sie so hässlich?" Dröhnendes Gelächter belohnte Gonzos Schlussfolgerung. „Genau, das muss es sein; das ist die einzige Erklärung!" scholl es nun von allen Seiten.

Leider hatte Melchior bereits ein paar Bier zu viel intus, um gelassen zu bleiben. „Sie ist die schönste Frau der Welt!" brüllte er in die Runde. „Na, dann bring' sie doch mit, damit wir sie bewundern können." Der Stammtisch, muss an dieser Stelle hinzugefügt werden, besteht nicht immer nur aus Männern. Allerdings verhalten sich Frauen deutlich zurückhaltender, weil sie meistens erst gegen Ende der Tagung auftauchen, um ihre nicht mehr fahrtüchtigen Gebieter nach Hause zu chauffieren oder, seltener, wenn eine vorgeführt wird, weil sie ‚die Neue' ist. Es war klar, dass der Klub der

Nobelpreisträger eine solche Zurschaustellung nunmehr auch von Melchior erwartete. Gruppendruck, zu viel Bier, der Wunsch, Astra endlich an ‚seinem' Leben teilhaben zu lassen, was immer die Ursache war: Melchior beging den verhängnisvollsten Fehler seines Lebens, indem er verlautbarte: „Euch werden die Glubschaugen 'rausspringen. Wir holen sie gemeinsam ab. Morgen Abend!"

So stand Melchior 20 Stunden später mit fünf zweifelnden Kumpeln, darunter sein Lieblingsfeind Gonzo, neben dem aufgelassenen Steinbruch am Waldrand und versuchte den ihm bekannten Eingang zu finden. Ohne Erfolg. „Was zum…", murmelte er zum wiederholten Mal. Na gut, sagte er sich, ich weiß ja die Richtung. Ziehen wir los.

Fluchend kämpfte sich seine Gefolgschaft mit ihm durchs Dickicht. Allmählich überfiel Melchior die Verzweiflung. Er war sich darüber im Klaren, dass es bis zur Kathedrale mehrere Kilometer waren, die zu überwinden auf diese Weise mühsam würde.

Mehrmals war ihm bereits zugerufen worden, es endlich aufzugeben, aber dank seiner Überredungskünste gelang ihm immer wieder, die Truppe bei der Stange zu halten. Endlich waren sie da, worum immer es sich handelte. Die Hügelkette im Hintergrund bewies, dass der Standort der Kathedrale erreicht war; indes stand dort keine, nicht einmal eine richtige Lichtung zeigte sich. Immerhin standen hier die Bäume weit genug auseinander, um einen gewissen Durchblick zu gewähren.

Melchior war fassungslos und den Tränen nahe. Ihm war bewusst, was geschehen war. Entgegen dem Rat Gilmans hatte er das Geheimnis des 4D-Kontinuums seiner Welt preisgegeben und damit die Fähigkeit verloren, die Grenze dorthin zu überschreiten. Für immer? Das war zu befürchten. Der Gedanke, sein Sternenmädchen nie mehr in die Arme schließen zu dürfen, zerschmetterte ihn förmlich. Kaum drangen die Frotzeleien der anderen an sein Ohr. „Und nun, großer Meister? War wohl nichts mit deiner Elfe?"

„Silvanus, der Herr der Wälder! Scheint ein Hirngespinst zu sein."

Geistesabwesend gestand er zu, allen für seinen Bluff ein Bier auszugeben und schloss sich unbeholfen stolpernd dem Rückzug an. Nach und nach verschwand die Gruppe aus seinem Gesichtskreis und er fand sich allein. Darüber hinaus stellte er fest, dass er von der direkten Linie abgekommen war und sich vor jener uralten, knorrigen Eiche wiederfand, von der ein abgestorbener Ast wie ein Dorn in geringer Schräge die Landschaft durchsticht und in den er versehentlich einmal hineingelaufen war.

Das betrachtete Melchior als Wink des Schicksals. Sein Leben oder wenigstens das, das er erstrebte, war verwirkt und es gab keinen Grund, den erbärmlichen Ersatz, der ihm verblieben war, weiterhin aufrecht zu erhalten. Seine Kumpel würden vergeblich auf das versprochene Freibier warten.

Eine leichte Anhöhe in passendem Abstand stellte sich als ideale Vollzugsbasis heraus. Melchior entledigte sich seiner Oberkörperbekleidung, um bar jeglichen Schutzes zu sein, schloss die Augen und sprang.

Schreckliche Gewissheit

Voller dunkler Ahnungen hastete Astra durch den Wald. Warum hatte ihr Geliebter seine Verabredung nicht eingehalten? Es gab nur die eine Erklärung, dass er sein Versprechen gebrochen, ihr gemeinsames Geheimnis ausgeplaudert und als Folge davon seine durch Empathie und Einfühlungsvermögen erworbene Fähigkeit verloren hatte, ihre Heimat zu sehen und an ihr teilzunehmen.

Sie näherte sich der Stelle mit dem spitzen, drohend in die Landschaft ragenden Eichenast, von der ihr Melchior erzählt und den er als treffliches Mittel geschildert hatte, dem eigenen oder dem Leben eines ungelittenen Zeitgenossen ein Ende zu setzen. Ob er ...?

Astras schlimmste Befürchtung bewahrheitete sich. Leibchen und Hemd lagen sorgfältig zusammengelegt neben dem leblosen menschlichen Überrest, dessen Oberkörper von besagtem Ast beinahe vollständig durchbohrt war.

Astra schluchzte hemmungslos. „Ich kann zwar zwischen verschiedenen Kontinua hin- und herwandeln", sagte sie nach einer Weile stockend dem, der sie nicht mehr zu hören vermochte, „aber zu dem, in dem du dich jetzt befindest, habe auch ich keinen Zugang."

Sie löste den entseelten Leib behutsam von dem zweckentfremdeten Spieß und drückte ihn an sich. Das Blut, das sich auf ihre Garderobe übertrug, war ihr nicht nur gleichgültig, sondern führte zu ihrem Entschluss, diese zum Andenken an Melchior ungewaschen aufzubewahren. Eins ist sicher, dachte sie, dass er wieder in meinem Kontinuum und für seine Genossen auf rätselhafte Weise verschwunden ist. Sie hob eine Grube aus, bestattete die sterblichen Überreste samt dem Kleiderbündel darin und bedeckte das Ganze liebevoll mit Erde.

Von Ferne hechelten Suchhunde und brachen durch Gehölz. Beinahe rang sie sich so etwas wie ein Grinsen ab. „Niemand wird dich je finden", versicherte sie dem Grab und sich selbst. „Du gehörst mir ganz allein."

Als der Trupp den mit einer roten, geronnen Flüssigkeit besudelten Ast untersuchte, wurde Astra von ihrer höheren Daseinsschicht aus ungesehene Zeugin, wie sich die Trigonen in Vermutungen ergingen, was Melchior wohl zugestoßen sein mochte. Sie würden es nie erfahren und die Ermittlungen der örtlichen Polizei zu keinen Ergebnissen führen.

Im Lenz des Folgejahrs gebar das Sternenmädchen einen gesunden Knaben, den es aus nachvollziehbaren Gründen Melchior taufte.

FMF

Ich frage mich seit meiner Geschlechtsreife, was falsch an mir ist oder ich falsch mache. Wenn ich mich im Spiegel betrachte, sind ein Allerweltsgesicht mit zu großem Mund – zum Glück interessiert das die Männer am wenigsten –, appetitliche Formen und kerzengerade, lange Beine mit schönen runden Knieen und schlanken, aber substanzhaltigen Schenkeln als Aktiva zu nennen.

Was langt da nicht? All' den genannten Attributen unterhalb der Halskette zum Trotz erhält meine Muschi nämlich nicht die Futterportionen, die sie begehrt.

Ich vergaß mich vorzustellen. Ich bin Waltraud Willich, als Modedesignerin in einer gut ausgelasteten Agentur angestellt und ausreichend bezahlt, um mir mehr als Margarine und Pellkartoffeln mit Salz leisten zu können. Dass ich nicht überkandidelt herumlaufe, sondern mich mit Jeans zu jeder Jahreszeit und T-Shirts im Sommer und Sweatshirts im Winter begnüge, führt regelmäßig zu Frotzeleien von Seiten meiner Kolleginnen. „Der Schneider trägt bekanntlich die schäbigsten Kleider", schmettere ich das Getuschel erfolgreich ab.

Andererseits: Könnte es daran liegen? Ich betrachte mich wieder im Eckspiegel meines Badezimmers. Der Vorbau verdient seinen Namen und auch die Beckengegend ist gut ausgebaut. Allerdings, wie ich vor mir selbst zugeben muss, sind beide Regionen nichts Besonderes. So laufen Frauen zu Tausenden auf der Straße herum.

Im Minirock sieht das Ganze schon besser aus, denn darin punktet mein Fahrgestell. Es ist beachtlich genug, sodass bei einer Versteigerung dieses Bauteils nur noch wenige mitbieten dürften. Ich drehe mich mehrmals um die eigene Achse und stelle fest, dass wie erwartet eine weite Hülle zwar besser der Fliehkraft gehorcht als eine enge, diese aber die Rundungen des Hinterteils aufreizend betont, was den Männern eher gefallen dürfte – ich kann mich schließlich nicht auf offener Straße ständig im Tanzschritt drehen.

Das Schlüsselerlebnis bestand darin, dass ich einen meiner Jeansfummel eine Stufe zu heiß wusch und entsetzt feststellte, dass er eingelaufen war. Das Entsetzen dauerte allerdings nur kurz, denn es gelang mir unter Drücken und Zerren, mich hineinzuzwängen. Ich vermochte mich darin zunächst zwar kaum zu rühren, aber nach einer Weile gab der Stoff ein wenig nach und ich schaffte es, mich unter Preisgabe meines letzten Geheimnisses zu setzen. Gern hätte ich einen Typen gefragt, wie ihm die Vorstellung zusagte, aber es war keiner greifbar. Mich überfiel die gänsehauterregende Vision, dass einer vor mir stünde und sich zwischen meine Schenkel drängte. Ich öffnete diese soweit es mir möglich war und fragte mich, ob er …

Meine Finger sorgten für kümmerlichen Ersatz, aber auch die begründete Hoffnung, dass es gehen müsste. Ich befreite mein Becken von der Zwängerei und befestigte das wenig verbergende Textil auf dem Trockenseil im Bad. Ich suchte ein Etwas, das als Merlins Zauberstab durchgehen mochte, fand dieses Etwas in Form eines Zeigestocks für Diavorführungen, baute mich theatralisch vor meinem geschrumpften Wäschestück auf, schwang den Zeigestab und beschwor in meiner tiefstmöglichen Tonlage: „Ab jetzt, du geilster aller geilen Jeansminis, sollst du die Männer anlocken und bei deinem Anblick in jedem, der mir gefällt, den unwiderstehlichen Drang erwecken, deine Trägerin an Ort und Stelle von hinten zu ficken. Deshalb heißest du ab sofort Fick-mich-Fummel."

Ich trat zurück und horchte in mich, ob eine Veränderung eingetreten war. Dumme Kuh, schalt ich mich, was soll um alles in der Welt nach Aufsagen eines selbsterfundenen Zauberspruchs schon passieren?!

Die erste Woche tatsächlich nichts, denn ich zog den FMF, wie ich das Ding in meiner Fantasie getauft hatte, natürlich nicht im Geschäft an – er hätte auch gegen unseren Dresscode verstoßen.

Am Samstag nach meiner spielerischen Hexerei beschloss ich, die Probe aufs Exempel zu wagen. Da ich nicht dadurch öffentliches Ärgernis erregen wollte, dass ich unten herum blank loszog und im Fall, dass ich mich aus irgendeinem Grund zu bücken genötigt sah, meine Schinken in den sozialen Medien wiederfände, erstand ich für die erhofften eiligen Fälle einige Slips, die im Schritt aufknöpfbar waren.

Und jetzt, Waltraud, auf die Straße!

Dass die Blicke der Männer je nach Typ verstohlen oder unverhohlen meine freiliegende untere Etage musterten, betrachtete ich nicht als ungewöhnlich. Ich selbst verzichtete zunächst darauf, meinerseits die Männer zu mustern.

Ich war dem Einkaufszentrum entschlüpft und näherte mich dem nahegelegenen Park, um meine erworbene Beute zu begutachten. Dabei fiel mir ein Mann auf, der sich offenbar ärgerte. Ich wusste auch worüber. Ich hielt meine voluminöse Tasche nämlich in der Hand, die seiner Seite zugewandt war, und verdeckte ihm mit ihr die Sicht auf das Wesentliche. Ein Seitenblick meinerseits klärte mich auf, dass es sich, wenigstens was das Äußere anging, um ein brauchbares Exemplar der Gattung Mann handelte. Ich entschloss mich, meine Tragehand zu wechseln.

Was immer es war: Unmittelbar nach meiner Aktion durchfuhr das Exemplar ein sichtbarer Ruck. Es steuerte stracks auf mich zu und beschleunigte dabei sichtbar seinen Gehrhythmus. Vorsichtshalber schritt auch ich rascher aus. Nach wenigen Minuten artete das Ganze in eine Art Wettlauf aus, den ich, glaube ich, gewonnen hätte, hätte ich das gewollt – mein Lendenschurz hinderte mich nämlich keineswegs an raumgreifenden Sätzen. Ich glaube, dass meine sportlich federnden Muskeln die sexuelle Fantasie meines Verfolgers ungemein anregten.

Ich wollte aber nicht – den Wettlauf gewinnen, meine ich. Der Park birgt einige erstaunlich dichte Büsche, in denen ich mich versehentlich verhedderte. Zu allem Überfluss wäre ich beinahe vornüber gefallen, hätte ich nicht einen rettenden starken Ast ergriffen, der mir Halt gab, mir aber dummerweise eine gebückte Haltung aufzwang.

Wenige Sekunden später hatte die personifizierte Geilheit aufgeschlossen. Ich spürte, dass sie Mühe hatte, meine straffe Beckenumhüllung nach oben zu schieben. Endlich schaffte sie das und machte sich an meinem Höschen zu schaffen. Ich spreizte die Beine und zischte: „Siehst den Knopf da?"

Der Mann sah. Für einen Sekundenbruchteil bekam meine Lusteinrichtung frische Luft; dann füllte sie sich mit einem heißen, harten Gegenstand, der nur eines Ursprungs sein konnte. Ich schloss die Augen und unterdrückte ein Stöhnen, während die kühle Samenflüssigkeit in meine Gebärmutter spritzte und mir ein an- und abschwellendes Jucken bescherte, das gemeinhin Orgasmus genannt wird. Boah, noch eine Welle! Und noch eine! Alle Achtung, ganz schön ausdauernd! Ein Schnurren vermochte ich nicht länger zu unterdrücken, das zum Glück keiner der harmlosen anderen Passanten vernahm. Hoffe ich wenigstens, denn mir ist bekannt, dass das Gebüsch, das den Vögeln zum Nester Bauen dient, immer einmal wieder für vögeln unter unserer Spezies, sozusagen zum Menschen zweckentfremdet wird. Nicht zuletzt von mir im Teenageralter, muss ich zugeben. Pubertierende Jungs sind nicht wählerisch und bedienen sich auch bei einer Gesichtsfünf jedes haarumflorten Lochs, das sich ihnen anbietet.

Irgendwann lässt sich der Härteste erweichen und entgleitet seiner Dose. Ich erhob mich, drehte mich um und sah einen sympathischen Typ mit hochrotem Schädel, der stotterte: „Ent…; entschuldigen Sie. Ich weiß nicht, was in mich gefahren ist. Glauben Sie mir …" Ich lächelte ihn an. „Lass' gut sein. Du warst Opfer eines Experiments. Ich hoffe, es hat dir Spaß gemacht." „Ja. Ja." Er nestelte seinen Schlitz zu, während er sich auf den Rückzug begab, der rasch in eilige Flucht ausartete. Flugs hatte er sich verdünnisiert. Schade, denn einer baldigen Neuauflage fachmännischer Steckverbindung war ich alles andere als abgeneigt.

Ich knöpfte meinen Slip wieder zu und tupfte mir mit vorsichtshalber mitgebrachten Taschentüchern die Brühe, die sich dreisterweise bereits auf den Abstieg zu den Schuhen begeben hatte, von den Innenseiten meiner Schenkel. Am plätschernden Brunnen in der Parkmitte säuberte ich meine Hände, aber natürlich nicht …

Auf dem Weg nach Hause vermied ich jeden aufreizenden Blick, huschte ins Bad, nachdem ich die Wohnungstür hinter mir geschlossen hatte, entledigte mich des FMF, hing ihn auf die Leine und sagte zu ihm: „Mein lieber, du wirst mir unheimlich. Deine erste Bewährungsprobe hast du bestanden, aber dein Preis blieb mir verborgen." Meine beinahe bis zum Bund durchnässte Hose wanderte in die Waschtrommel und der Waschlappen nahm sich meiner klebrigen Beine und der zum ersten Mal seit langem wieder wohlgefüllten Lustgrotte an.

Während der folgenden Arbeitswoche geschah naturgemäß nichts und ich versuchte, alle Gedanken an den FMF zu verdrängen. Am Samstag schlug dieser Versuch allerdings fehl, denn ohne mir dessen bewusst zu werden, holte ich ihn aus der Ecke, in die ich ihn vorgeblich achtlos gestopft hatte, wieder hervor und zog ihn mir über. Woran es lag, blieb mir verborgen, aber als ich mich vor dem Eckspiegel um die eigene Achse drehte, kam er mir gar nicht mehr so eng und aufreizend vor. Ich zuckte die Schultern, nahm meine Einkaufstasche und trat auf die Straße.

Es begann ähnlich harmlos wie in der Woche zuvor, aber kaum hatte ich eine Gruppe Männer angeschaut, die an der Bushaltestelle warteten, kam Bewegung in diese. Es war unwahrscheinlich, dass sie sich kannten, aber wie auf Kommando verließen sie ihre Posten und spazierten hinter mir her. Insgesamt waren es vier, die anscheinend dasselbe Ziel hatten, und schnell war mir klar, dass dieses Ziel Waltraud hieß.

Was sollte ich tun? Das mit dem einen vorige Woche war gerade noch glimpflich verlaufen, aber eine Massenkopulation dürfte der Öffentlichkeit kaum verborgen bleiben. Ich beschloss, in die Offensive zu gehen, drehte mich um und fragte provozierend: „Was wollt ihr?" „Na, dich ficken." Ich war sprachlos. Der FMF schien alles in meiner Umgebung zu enthemmen.

Ich schluckte. „Wie stellt ihr euch das vor?" „Ums Eck 'rum ist ein öffentliches WC", sagte einer, „und dort ist gesetzeskonform eine dritte Kategorie für ‚Diverse' eingerichtet. Da zählen wir uns einfach zu."

Ich schluckte wieder. Da ich nicht hoffen durfte, den Typen zu entwischen, fand ich mich mit dem Bevorstehenden ab und nickte. „Führ' uns hin." Mir fiel ein, dass meine Ersteroberung vorige Woche sich besonnen hatte, nachdem er abgeladen hatte und meine leise Angst begann sich in frohe Erwartung zu verwandeln. Was sollte mehr passieren als ein paar Schüsse zwischen die Schenkel und die würde ich verkraften, um nicht zu sagen genießen?! An meine Würde als Frau verschwendete ich in diesem Augenblick keinerlei Gedanken.

‚D' war erstaunlicherweise ausreichend geräumig, sodass wir alle Fünf problemlos hineinpassten. Es stand sogar eine Art Kommode darin, über die ich mich bückte. „Dann los!" kommandierte ich und mich durchströmte die angenehme Gewissheit, wieder Herrin der Lage zu sein.

Die Männer waren wie hypnotisiert, denn es gab keinerlei Diskussion, wer als Erstes dürfe und offenbar brandete auch keinerlei gegenseitige Eifersucht auf. Sie nahmen mich in der Reihenfolge, in der sie sich zufällig eingefunden hatten, und packten nach Vollzug ihre Schwänze wortlos wieder ein. Keiner von ihnen erreichte die Durchschlagskraft meines Gebüschstechers, registrierte ich enttäuscht. Hatte ich zu viel erwartet?

Nachdem alle durch waren, standen die Vier herum und schauten sich an, als wüssten sie nicht, wie sie hier herein gelangt waren. Ich beschloss, vorsichtshalber nicht aufzutrumpfen und bemühte mich um Fassung und Höflichkeit. „Würden die Herren das Etablissement bitte verlassen?"

Und wahrhaftig, unter gemurmelten Entschuldigungen verdrückten sie sich anstandslos.

Die Tür fiel ins Schloss und ich fand mich allein. Wenigstens in einer pieksauberen Anlage mit funktionierender Wasserversorgung – kein Wunder, benutzt doch sicher niemand die Kategorie ‚D' aus Überzeugung, sondern höchstens, um darin Schweinereien zu veranstalten. Ich riegelte mich ein und säuberte mich in aller Ruhe.

Kurze Zeit später kam ich an der Haltestelle vorbei, an der ich die Kerle vorhin eingesammelt hatte. Richtig, sie hatten ja alle auf irgendeinen Bus gewartet und ihren nächsten aller Wahrscheinlichkeit nach verpasst. Die eisigen Finger des Schreckens griffen nach mir, aber ein Aufruhr wie als Ergebnis meiner ersten Parade blieb aus. Geradezu als Antireaktion blickten die Herren wie beschämt zu Boden und empfanden vermutlich auch Scham. Trotz wie weggeblasenen Kopulationsdrangs war die Erinnerung an unseren Kollektivakt offenbar bestens in ihren Köpfen verblieben.

Allmählich bildete sich ein Muster heraus. Offenbar entfaltete mein FMF seine Wirkung nur einmal am Tag und hatte dann sein Pulver verschossen. Dieses eine Mal schien jedoch keiner Höchstgrenze zu unterliegen. Ich gluckste bei dem Gedanken, mich auf der Rasenfläche eines Fußballstadions den sabbernden Zuschauern zu präsentieren. Ein Wermutstropfen wäre, dass zu dieser ehemals als Proletenvergnügen verschrieenen Sportart mehr und mehr Frauen Zugang finden.

Was wäre überhaupt, wenn ich einen Mann in Begleitung seiner Holden anmachte? Würde ich mir für immer ihren tödlichen Hass zuziehen oder mein Zauber in diesem Fall nicht wirken? Denn dass er wirkte, daran gab es nicht den geringsten Zweifel mehr.

Ich hängte den FMF wieder auf die Wäscheleine und betrachtete ihn nachdenklich. „Was bist du nun, mein Lieber? Einfach so sexy, dass Männern alle Hemmungen abgehen oder tatsächlich verhext?" Keine Antwort. „Ich denke das

Zweite, denn nachdem du einmal deine Wirkung entfaltet hast, bleibt sexy übrig, ohne dass das in Verfolgungsjagden ausartet." Keine Antwort. „Wie auch immer, du bleibst schweigsam. Weißt du was? Ich werde dich mir in Zukunft vom Leib halten."

Der Vorsatz funktionierte unter der Woche, aber am Samstag hatte ich mich wieder in das Ding gezwängt, bevor ich die Anwandlung abzuwehren schaffte. Während ich mit mir rang, es wieder auszuziehen, hatte ich bereits die Straße betreten. Da blieb mir nichts als einzusehen, dass ich den Kampf verloren hatte.

Diesmal waren es sieben, die ich auf der ersten Flaniermeile einsammelte. Das mit dem D-Klo war eine gute Sache gewesen und ich wusste ja, wo ich es fände. Für acht wurde es sehr eng, ging aber gerade noch. Im Wissen um meine Macht hatte ich von Anfang an das Heft in der Hand behalten und war nun gespannt, ob mein Unterleib auch sieben Abgänge wegstecken würde. Ich verrate es: Souverän.

Die Woche darauf zog ich einen Kometenschweif von 20 Kerlen hinter mir her, der nun ernsthaft Aufmerksamkeit erregte. Um die Sache in den Griff zu kriegen, umrundete ich zwanzig Mal den Park, tauchte dann mit dem nächsten in der Schlange in dessen Mitte und ließ mich abfertigen. Wie aus einer Ahnung heraus hatte ich meine Handtasche mit Feuchttüchern vollgepackt, die am Schluss alle aufgebraucht waren.

Ich sah den FMF streng an, als er wieder auf der Leine hing. „Wenn du so weitermachst, blamierst du mich bis auf die Knochen – das heißt, wenn das nicht längst geschehen ist. Körperlich scheint mir die Stakkatobegattung zum Glück nichts auszumachen – im Gegensatz zu den Männern –, aber so geht's nicht weiter. Du musst aus meinen Augen."

Ich nahm ihn und trug ihn auf meinen Balkon. Hier ein offenes Feuer zu entfachen ist zwar streng verboten, aber ich sah keine Wahl und zurzeit waren die meisten Nachbarn einkaufen. Ich hielt ein Feuerzeug unter den Stoff und war entschlossen, es anzuknipsen – allein, ich schaffte es nicht. Er ging einfach nicht, so sehr ich mich mental anstrengte, das Feuersteinrädchen zu betätigen. Der naheliegendere Versuch, den FMF im Mülleimer zu versenken, misslang ebenso: Ich schaffte es einfach nicht, den Deckel anzuheben. „Du sprichst also doch mit mir, du Scheißding", herrschte ich ihn an, „nur nicht mit Worten." Gut, dass diesen versuchten Vernichtungsfeldzug niemand beobachtet hatte.

Ich seufzte, denn mir war klar, dass ich nolens volens am nächsten Samstag wieder auf Bräutigamfang gehen würde. Aber ich sah einen Ausweg über einen Umweg.

Als der bewusste Tag angebrochen war, zog ich mir zunächst lange, wenig Figur betonende Jeans an, bevor ich den Rock darüber streifte. Mann, war das ein Kraftakt, ihn über den Hosenbund zu ziehen! Aber es glückte. Im beruhigenden Wissen, dass ich heute unbehelligt bleiben würde, trat ich ins Freie.

Von wegen! Die Treibjagd unter diesem Stern glich noch mehr einer Massenhatz als alle anderen zuvor. Ich verspürte wenig Lust, meine sorgfältige Verpackung umständlich aufzuschnüren, sondern schlug in dem mir wohlbekannten Viertel einige Ecken, dank deren mir die hechelnde Meute abzuschütteln gelang, kehrte unbehelligt nach Hause zurück und befreite mich unten herum von jeglicher textiler Zwängerei. Immerhin fühlte sich der FMF für heute ausgeführt und gestattete mir, mich in unverzaubertem Outfit, sprich den wenig Figur betonenden Jeans meinem Einkauf zu widmen.

Bevor mir die Lösung einfiel, hatte ich in der Folgewoche ein lustiges Erlebnis. Am Mittwoch anlässlich meines halbjährlichen Routinetermins beim Frauenarzt ritt mich der Übermut, mich in dessen Praxis in meinem FMF zu begeben. Die Arzthelferinnen zeigten naturgemäß keinerlei Regung und der Herr Doktor zunächst auch nicht. Das erwies sich jedoch als Panzer eiserner Disziplin und Beherrschung, denn kaum waren wir allein im Behandlungsraum, wich er von seinem üblichen Vorgehen ab.

Statt in den Untersuchungsstuhl, in den ich mich normalerweise mit gespreizten Beinen zu platzieren hatte, wies er mir die gepolsterte Pritsche an, auf die ich mich setzen sollte, und kurbelte sie auf die passende Höhe. Dann ließ er seine Beinkleider fallen, hieß mich die Schenkel öffnen und penetrierte mich ohne Federlesens. Erst nachdem er keuchend von mir abgelassen hatte, besann er sich, was er getan hatte, und sein Schädel lief hochrot an. Klar, sein unbotmäßiges Verhalten wäre für mich schwer nachzuweisen, aber falls mir das gelänge, wäre er seine Approbation los. Ich dachte natürlich an keine Anzeige, nicht zuletzt, weil seine Mädels jederzeit zu seinen Gunsten aussagen würden; schließlich wollten sie ihren tollen Job nicht verlieren. Außerdem, dachte ich, waren die bestimmt auch schon alle ,dran' gewesen und brachten abseits des Broterwerbs Verständnis für ihren Herrn auf.

Ich beruhigte ihn folglich und versicherte ihm, dass mir diese Art der Untersuchung durchaus zusage. Die Funktionstüchtigkeit meines Mittelbaus sei ja auch so bewiesen.

Als er mich entließ und die nächste Patientin anforderte, war seine Erleichterung unübersehbar. Wäre interessant, kam mir in den Sinn, wenn ich bei einer Ärztin in Behandlung und die lesbisch wäre. Ob solcherart Gestrickte auf den FMF genauso abfahren wie heterosexuelle Männer? Andererseits, führte ich meinen Gedanken zu Ende, will ich nicht unbedingt alles wissen.

Als Lösung fiel mir meine asiatische Freundin Meji ein. Sie ist kleiner und zierlicher als ich – ich schreibe mit Absicht nicht flacher – und ihr erzählte ich wahrheitsgetreu das Missgeschick mit der zu hohen Waschtemperatur. „Probier' ihn mal an", ermunterte ich sie, „bei dir sieht er sicher sexy aus, während er bei mir zu Erregung öffentlichen Ärgernisses führt."

Tatsächlich bedeckte das Textil genau im richtigen Maß Mejis Schenkel und ließ genau die richtige Länge frei, um für Aufmerksamkeit zu sorgen. Kurz und gut, er stand ihr fantastisch. Flach oder nicht, ihre wohlgeformten Beine sind ihr Aushängeschild und das ist ihr bewusst. Freudestrahlend nahm sie das Geschenk an. „Ich hatte mich nie getraut, so ein kurzes Dingelchen zu kaufen, denn was sollten denn die Verkäuferinnen von mir denken?!" Frauen erfinden zuweilen Probleme, die es ohne Selbstzweifel nicht gäbe. Außerdem ist seit einigen Jahrzehnten der Onlinehandel eingeführt, über den sich beinahe anonym sogar Spankingröcke mit ausgeschnittenem Arsch beziehen lassen. Was soll's, dachte ich, umso besser.

Nachdem Meji mit ihrem Dingelchen unter dem Arm davongetrippelt war, jubelte ich. Eine Verschenksperre enthielt mein Zauberspruch offenbar nicht.

Drei Wochen hatte ich Ruhe, für meine Muschi sogar zu viel der Ruhe. „Zappel' nicht", ermahnte ich sie, „du wirst schon wieder an Futter kommen." Ich fragte mich allerdings wie. Gezwungenermaßen begnügte ich mich zunächst wie vor dem Auftauchen des FMFs mit Vaginatrainig im Handbetrieb.

Mein Domizil liegt am Anfang einer Wohnstraße und Mejis an deren Abschluss. Dieser ist blind, das heißt danach folgen nur Äcker. Die Beschreibung deutet dezent darauf hin, dass vor meiner Tür nicht viel los ist, denn der einzige Verkehr – Straßenverkehr, meine ich – besteht aus dem, der eine der zahlreichen Einheitswohnungen gezielt anstrebt.

Eines Samstag Morgens war das anders. Erst vereinzelt, dann immer zahlreicher strömten Fußgänger an meinem Fenster vorbei, und zwar Fußgänger, nicht -innen, sprich: Männer und immer in Richtung Äcker. Das kam mir merkwürdig vor. Ich öffnete einen Flügel und stellte mich so hinter die Wand, dass ich nicht gesehen wurde, aber hoffentlich den einen oder anderen Wortfetzen erlauschen würde.

„Hast du gehört? Da ist eine Asiatin, die sich am Fließband bumsen lässt. Alle sind eingeladen ..."

Ich hatte genug gehört. Scheiße! Ich hatte angenommen, dass der Zauberspruch nicht nur auf das Kleidungsstück, sondern auch auf meine Person beschränkt war. Dem war offenbar nicht so. Arme Meji! Was hatte ich ihr angetan?

Ich verließ meinen Block durch die Hintertür, stolperte an den Absperrungen entlang, die die bescheidenen Gärten abschließen, und setzte mit einem kühnen Sprung über den Zaun, der Mejis Reich abgrenzte. Die Terrassentür stand sperrangelweit offen und bot einer Szenerie Raum, die nur einem richtig schlechten Pornofilm einfiele: Meji kniete auf der Wohnzimmercouch und hinter ihr standen in Reih' und – naja, Glied, die Männer geduldig in einer Warteschlange. Der, der gerade sein Arbeitsgerät ausgepackt hatte, mühte sich redlich ab. Meji stöhnte, wobei ich mir über die Tonlage zwischen schmerzgepeinigt und lustgesteuert kein Urteil abzugeben erlaubte. Über ihre Hüfte geschoben gab, wie nicht anders zu erwarten, mein FMF preis, was für einen Geschlechtsakt preiszugeben nötig war.

Ich trat in den Gesichtskreis der illustren Gesellschaft und rief: „Meji!" Sie hob den Kopf. „Waltraud, Gott sei Dank. Lass' mich hier fertigwerden, dann hauen wir ab." „Du wirst nicht fertigwerden; es strömen immer mehr her." „Was?"

Ich sprang hinzu, schubste ihren aktuellen Stecher beiseite und zerrte sie von der Sitzgelegenheit. „Komm' jetzt!" Bevor die um ihren Einsatz betrogenen Wartenden zu protestieren Gelegenheit bekamen, zog ich Meji hinter mir her, durch die Terrassentür und rannte in die Äcker. Meji hatte sich mittlerweile besonnen und rannte freiwillig mit. Wir schafften es zum nahegelegenen Gestrüpp und duckten uns. „Was um alles in der Welt hast du angestellt?" Meji war den Tränen nahe. „Ich weiß nicht, was in mich gefahren ist. Ich gab in einem einschlägigen Magazin eine Anzeige auf, in der ich für einen spaßigen Massenfick warb." „In deiner Wohnung?" „Hm, ja." „Was war denn in dich gefahren?" „Ich sagte doch, ich weiß es nicht."

Ich schaute sie an und dann auf ihr Becken, das zwar verhüllt war, aber mehr als notdürftig. „Ich glaube, ich weiß es." „Du meinst …" „Ich meine. Mein FMF dürfte die Ursache sein." „Dein was?" „Mein Fick-mich-Fummel. Das Dingelchen, das du da anhast. Ich hatte gehofft, ihm durch verschenken seine Kraft zu nehmen. Er scheint aber jeder, die ihn trägt, die gleiche magische Prostituiertenaura zu verleihen. Das heißt, bei dir ging er noch weiter und gab dir zusätzliche Ideen mit, wie du dir mehr Schwierigkeiten einhandeln könntest als nötig."

Meji blickte zu Boden. „Naja, ich schmachte seit langem und empfand es als immer dringender, mich einmal nehmen lassen. Ich dachte, mit dem, äh, Dingelchen sollte es einfacher sein als vorher."

Ich grinste. „Einfacher als du dir vorstellen konntest." „Das habe ich gemerkt."

Ich sah zu ihrem Haus hinüber. „Allmählich scheint Ruhe einzukehren. Lass' uns zurückgehen. Dann ziehst du dich unauffälliger an und ich nehme den FMF wieder an mich. Ich werde versuchen, über ihn zu obsiegen." „Wie meinst du das?" „Vergiss es. Ich hoffe, deine Muschi hat vorläufig genug Futter eingefahren?!" „Das kannst du laut sagen. Ich habe richtige Unterleibsschmerzen."

Alle Fenster und Türen standen offen, aber die Wohnung war zum Glück menschenleer. Die Freier hatten sich verzogen, nachdem sich das Objekt ihrer Begierde in Luft aufgelöst hatte. Es schien auch nichts zu fehlen. „Komisch. Die Typen wirkten irgendwie geistesabwesend. Die ‚davor' wie hypnotisiert und die ‚danach' wie aus einer Hypnose erwacht." „Das ist nicht ganz falsch, Meji. Vielleicht erzähle ich dir irgendwann einmal die ganze Geschichte. Für heute möchte ich die Sache auf sich beruhen lassen."

Meji reichte mir den Rock. „Soll ich ihn nicht erst waschen?" „Äh …, nein danke, das mache ich selber." Das schlechte Gewissen holte mich ein, denn ich hatte ihn seit der versehentlichen Kochwäsche nicht mehr in die Maschine getan, sondern mich darauf beschränkt, Überbleibsel bestimmter septischer Handlungen mit Fleckentferner zu neutralisieren. Ich hatte ihn Meji dreckig und speckig überlassen wie er nach all' seinen Abenteuern war. Was bin ich doch für ein porcus omnivorus, zu Deutsch Schwein!

Ich hatte bereits einiges an Schmutzwäsche beisammen, sodass das Starten einer 30°-Trommel gerechtfertigt war. Bald war die Sache erledigt und alles, auch der FMF, hing in trauter Einigkeit nebeneinander auf der Leine. Als ich den flatternden Teilen den Rücken kehrte, fiel mir ein, dass ich dem einen bewussten besser eine weitere Kochwäsche hätte angedeihen lassen sollen, denn dann passte er mir garantiert nicht mehr und es wäre mir unmöglich, ihn überzuziehen. Naja, das nächste Mal. Erstaunlich, dass ich diese Eingebung rasch vergaß.

Zunächst merkte ich nichts. Als ich am Samstag in meinem üblichen Räuberzivil meinen Einkaufsbummel startete, fiel mir jedoch ein, dass mich kein Drang überkommen hatte, den FMF überzuziehen. Sollte etwa …? Ich fühlte mich plötzlich frei und stolzierte testweise die bekannten Straßen auf und ab, ohne die geringste Aufmerksamkeit zu erregen. Einerseits schade, andererseits …

Was war anders? Ganz klar, das Waschen! Das Waschen hatte den Rock von dem Zauberspruch befreit und ihn in einen ganz normalen heißen Jeansmini zurückverwandelt. Um mich ganz und gar zu vergewissern, kehrte ich nach Hause zurück und streifte ihn über. Dann begab ich mich erneut an die Öffentlichkeit.

Natürlich starrten die Kerle auf meine Beine, aber das war's auch. Kein sabbern über das normale Maß hinaus, keine gefräßigen Blicke und keine Verfolgungsjagden lagen mehr an. Zum ersten Mal seit langem bewegte ich mich entspannt unter Leuten, denn der Fluch war gebannt. Oder war alles nur ein Traum gewesen? Und wenn, ein guter oder einer, der die Abgründe meiner verderbten Seele bloßgelegt hat? Das Sperma-Sperrfeuer während der letzten Wochen war keinesfalls Träumen entsprungen. Ich rief mir die Schüsse nacheinander ins Gedächtnis, ohne sie lückenlos zusammenzubekommen, und blieb bei einem höchst ergiebigen hängen.

Mir kam der Einfall, mich nochmals auf dezent umzukleiden. Dann wandte ich mich dem Einkaufszentrum zu, von dem aus die erste Treibjagd begonnen hatte. Du musst ja sowieso fürs Wochenende vorsorgen, sagte ich mir. Dennoch: Hoffte ich …?

Äußerlich kühl und unbewegt benahm ich mich wie eine klassische Konsumentin. Lediglich jemandem, der mich ständig beobachtete, wäre aufgefallen, dass ich zwar Ware begutachtete, aber letztlich liegen ließ. Unauffällig sah ich mich um. Würde ich ihn wiedererkennen? Er mich sicher nicht, denn mein glockig geschnittener Rock endete knapp über dem Knie und bot folglich an diesem warmen Tag weniger freie Beinfläche als die meisten meiner Konkurrentinnen, die sich zur Hälfte in kurzen Hosen präsentierten – leider auch die, die besser davon Abstand nähmen. Mein Gesicht hatte er während der wenigen Sekunden, die ich es ihm zugewandt hatte, wohl kaum verinnerlicht – dafür war er zu aufgewühlt und über sich selbst erschrocken gewesen.

Da! War er das? Anscheinend weckte ich in ihm ebenfalls Erinnerungen, die er hoffentlich nicht zugeordnet bekam. Wäre das der Fall, wäre ich auf Grund meines damaligen Verhaltens wertlos und das entsprach keinesfalls meinem Wunsch.

Zufällig standen wir an der Kuchentheke nebeneinander. „Sie sind dran", sagte er zu mir. „Tatsächlich? Vielen Dank. Ich hoffe, ich halte Sie nicht auf, denn ich bin mir noch gar nicht schlüssig, was ich eigentlich möchte." „Da hätte ich einen Vorteil, denn ich stehe auf Schokosahne und die werde ich auch wählen." „Das ist keine schlechte Idee. Mir auch ein Stück, bitte." Gerade rechtzeitig hatte ich der Versuchung widerstanden, deren zwei, nämlich eins für ihn mit zu verlangen.

„Wollen Sie's mitnehmen oder hier essen?" Das war's! Die Bäckerecke bietet einige Sitzgruppen an, die zum sofortigen Verzehr einladen. „Jetzt, da Sie's sagen. In der Hitze wird auf dem Transport die Sahne nicht besser. Für hier und geben Sie mir bitte einen Latte macchiato dazu." Verräterisches Herzklopfen setzte in meinem Inneren ein, als der Mann sagte: „Dasselbe, auch für hier."

Wie vom Schicksal vorbestimmt war genau ein Tisch frei. Ich setzte mich daran, rührte mein Gedeck jedoch nicht an, bis mich sein Blick traf, der wortlos um den zweiten Stuhl bat. Ich nickte wohlwollend und er setzte sich.

Es gelang mir, ruhig zu bleiben und mich zu benehmen. Ich hatte das Gefühl, dass es ihm genauso ginge. Mein Lieber, wenn du wüsstest! Oder weißt du …?

Nach einer Weile wusste ich, dass er Waldemar heißt und er, dass ich mich Waltraud rufe. Unsere Mobilfunknummern zu tauschen waren wir gezwungen, um den Kontakt aufrecht zu erhalten, und wir verabschiedeten uns freundlich, aber zurückhaltend. Im Stillen nahm ich mir vor, irgendwann einmal unseren Gebüschfick nachzustellen, aber am ersten Tag darf frau bekanntlich niemals Sex zulassen.

Es geschah am Sonntag darauf. Außer dem Café war alles geschlossen und die Gegend dementsprechend beinahe menschenleer. Nach Obsttorte, Cappuccino und Prosecco hatte mir Waldemar seinen Premierenkuss aufgedrückt. Nun wandelten er und ich Hand in Hand. Als wir uns dem Park näherten, sagte er plötzlich: „Erinnerst du dich?" Ich sah ihn scharf an. „Dass du dich erinnerst?!" „Weißt du, deine Schenkel, deine Hinterbacken und dein Paradiesgarten waren absolut geil, aber wirklich eindrücklich war dein Gesicht." Ich errötete vor Freude und strahlte ihn an. „Das hätte ich nicht gedacht. Vielen Dank. Und jetzt …?"

„Ich weiß zwar immer noch nicht, was damals in mich gefahren war, aber ich denke gern daran zurück, obwohl ich mich eigentlich schämen müsste." „Ich mich auch, wenn's dich beruhigt. Nimm einfach an, uns hätte ein Zauberspruch zusammengeschweißt." Ich taxierte die Sträucher. „War's der hier?" „Ich glaube."

Kaum entzog uns das schützende Grün dem Blick neugieriger Spaziergänger, drückten wir uns abweichend von dem durch den Zauberspruch erzeugten beinahe brutalen, wenn auch erwünschten Sex vor etlichen Wochen zunächst eng aneinander. Wie freute sich mein Gesicht, nach langem Darben zärtlich beschmust zu werden, und reagierte mit glühenden Wangen, als hätten diese ein halbes Dutzend Ohrfeigen eingefangen. Wie freuten sich meine Brüste, von warmen, feingliedrigen Händen gestreichelt und geknetet und wie freute sich meine Mundhöhle, von einer akrobatischen Zunge bis in ihren hintersten Winkel abgeweidet zu werden. Sie bedankte sich, indem sie außer eigener gleichwertiger Anstrengung von der unteren Etage raschestmögliche Feuchtigkeitsbildung anforderte. Bis zum Zusammenschluss von Stecker und Dose, das war absehbar, würde es nicht mehr lange währen.

Als Waldemar seine Lippen von meinen löste und gestand, dass er seinen klebrigen Segen kaum mehr länger zurückzuhalten vermöge, ortete ich dank unserer engen körperlichen Verbundenheit bestätigenden Widerstand an der betreffenden Stelle, nickte, ließ mein Höschen fallen, stellte mich mit gespreizten Beinen in die bekannte einladende Positur, zog meinen weiten Rock bis zur Hüfte hoch und erwartete ungeduldig den Einsatz entfesselter Männlichkeit.

Während mich die erste wohlige Welle beglückte, öffnete sich mir das Tor zum siebten Himmel mit Trompeten- und Fanfarenstößen.

Rinxal aus dem Kofferraum

„Es konnte denken", flüsterte Shirley. Sie war entsetzt und Tränen traten ihr in die Augen. „Wir haben ein denkendes Wesen umgebracht. Das ist Mord." Stephen King, ‚Der Buick' (From a Buick 8)

Rinxal: Fremdkörper in der Wildnis

Ich war mit einigen Freunden am Glockmeer unterwegs, wo der Fimmfelsen fast bis an das Wasser reicht. Die Wanderung über ihn gilt als mittelmäßig schwierig, war also gerade recht für eine Gruppe Freizeitkletterer wie uns. Die Klippe selbst ist die eigentliche Herausforderung; war der Sattel dahinter erreicht, würde das Ganze in einen Spaziergang ausarten.

Soweit sollten wir aber nicht kommen. Zwei Entdeckungen sorgten dafür, dass dieser Tag für uns im Allgemeinen und für mich im Besonderen unvergessen blieb. Bevor wir über sie stolperten, beeinträchtigten einzig die unvermeidlichen Grünkäfer unser Wohlbefinden, die sich überall im Gras tummelten und unangenehm bissen, wenn man zu nahe an ihnen vorbeistreifte. Auch vor den fast in unserer Kopfhöhe befindlichen Blüten der Kahllilien mussten wir uns vorsehen, denn sie standen in vollem Saft und neigten dazu, diesen in der Gegend herumzuspucken. Das klebrige Zeug war nicht direkt gefährlich, aber unangenehm und schwer wegzuwaschen. Die über unseren Köpfen kreisenden und auf Fehler bodenverhafteter Kreaturen lauernden Ippsflatterer bedeuteten hingegen keine Gefahr für uns, denn wir sind viel zu groß, als dass sie es wagen würden, uns anzugreifen. Das Wetter war heute ideal, Blitze zuckten in ausreichendem Maß über den spannungsgeladenen Himmel.

Ulexe sah es als erster. „Was ist das?"

Wir wandten unsere Augenrüssel in die angegebene Richtung.

Es war ein komisches Ding. Rund mit einem Rand und von einer Farbe, die keiner von uns zu bestimmen vermochte. Als Yaum den Gegenstand mit seiner Kralle hochheben wollte, stieß er auf Widerstand. Jemand hatte diesen am Boden festgepflockt. Da der Pflock aus Janzholz bestand, stellte zumindest der uns vor kein unlösbares Rätsel.

„Hier ist ja noch 'was!" Im Gras lag ein längliches Objekt, das uns noch fremdartiger vorkam als das runde und aus Metall bestanden zu haben schien.

„Das sieht irgendwie gefährlich aus, wie eine Waffe."

„Die richtet kein Unheil mehr an." Falls das Material einer Veredelung unterzogen worden sein sollte, schützte diese gegen die Einwirkung irgendeiner Atmosphäre, aber nicht gegen die unserer.

„Wollen wir die Sachen mitnehmen?"

„Ich rate ab. Erstens könnten wir sie beschädigen, sodass keine ordentliche Analyse mehr möglich ist, und zweitens würden sie uns bei unserem beschwerlichen Aufstieg belasten. Lasst uns demnächst mit geeigneterer Ausrüstung zurückkommen und die Fundstücke wissenschaftlich untersuchen."

Diese Bemerkung meinerseits fand allgemeine Zustimmung. Wir gedachten gerade weiterzumarschieren, als das nächste Rätsel auftauchte. In wenig mehr als Sichtweite unserer ersten Entdeckungen stand eine Art Schrank von gerade ausreichender Größe, dass ein Exemplar unserer Spezies hineinpasste. Hier wussten wir allerdings, worum es sich handelte.

„Ein Materietransmitter! Mitten in wilder Landschaft!"

Unbehaglich musterten wir das Gerät. „Das gehört nicht hierher", urteilte Ulexe, „Transmitter dürfen nur in eigens dafür ausgerüsteten Laboratorien kontrolliert betrieben werden." Er berührte die Tür. Jetzt erst nahmen wir wahr, dass sie nur leicht angelehnt war.

„Was für eine Schlamperei!"

„Schlamperei? Kriminell! Was da alles passieren oder besser gesagt leicht 'rein und 'raus kann."

„Jedenfalls erklären sich so die komischen Sachen, die in unmittelbarer Nähe herumliegen. Da ist irgendetwas von irgendwoher gekommen."

„Weit ist das Lebewesen – denn das muss es ja gewesen sein – nicht gekommen."

„Und warum nicht, denkst du? So gefährliche Viecher laufen hier nicht 'rum."

„Täusch' dich nicht. Das Lopex Fendri oder das Zufternis können Wesen, die kleiner als wir sind, durchaus gefährlich werden."

„Vielleicht ist dem – äh – Wesen nur unsere Atemluft nicht bekommen."

„Dann müssten mehrere Jahre seit seinem Auftauchen vergangen sein. Seine körperlichen Überreste wären so stark verwest, dass sie praktisch verschwunden sind."

„So genau haben wir ja gar nicht nachgeschaut – das haben wir auf später verschoben."

„Denkt dran, dass das eine Teil mit Holz dieser Umgebung festgepflockt ist. Es muss also von einem unserer Art vorher gefunden worden sein."

„Oder er hat das – Andere – erwartet."

Obwohl wir zu Sechst und angemessen bewaffnet waren, nicht zuletzt, um die von Ulexe geschilderten Gefahren notfalls abwehren zu können, wurde uns noch unbehaglicher zumute.

Es kam der Augenblick, in dem ich einen unentschuldbaren Fehler beging. Ich öffnete die Tür sperrangelweit und sah eine Steuereinheit mitten auf dem Boden des Transmitters liegen. Um sie aufzuheben und zu untersuchen, trat ich zur Gänze ein.

„Pass auf, Rinxal, dass du nicht versehentlich in eine feindliche Welt katapultiert wirst."

„Passt ihr auf, dass ihr nichts anfasst. Ich will mal schauen, ob es Hinweise gibt, worauf der Transmitter eingestellt ist."

Das hingeworfene ,mal' sollte sich zu einem Alptraum entwickeln. Unsere Kopftentakel ermöglichen uns zwar, beliebig feinfühlige Arbeiten zu verrichten, aber ihre Koordination bereitet uns zuweilen Schwierigkeiten. Oder, plakativ ausgedrückt, manche von uns bleiben bis ins hohe Alter recht tollpatschig.

Wer es war, der an den falschen Knopf geriet, weiß ich nicht, aber plötzlich schloss sich die Tür mit einem Zischen und ich verspürte das bekannte Zittern. Oje, dachte ich, hoffentlich komme ich nicht gerade in einem Raubtierkäfig 'raus.

Das Empfangsgerät drohte mich zu zerdrücken. Damit das nicht geschah, war ich gezwungen, mich in die Waagerechte zu begeben. Was ist das denn? dachte ich, als es sich zu meiner Überraschung nach oben öffnete. Das Erste, das ich wahrnahm, war eine erstaunliche Dunkelheit. Mühsam arbeitete ich mich aus dem heraus, das ich als nichts anderes denn einen Käfig zu bezeichnen Anlass habe, und versuchte mich aufzurichten. Meine Kopftentakel stießen an, woraus ich schloss, dass ich mich in einem niedrigen, unbeleuchteten Raum befand. Bevor ich den ersten Versuch starten konnte, mich zu orientieren, brach das Inferno los.

Ein Lichtspalt fiel in den Raum, der bei weitem nicht ausreichte, um mir für meine Fotosynthese genug Energie zu verschaffen. Der Lichtspalt vergrößerte sich und herein stürmten vier äußerst merkwürdige Kreaturen – nein fünf, wobei diese fünfte die merkwürdigste und sicher aggressivste war, denn sie näherte sich mir unter lauter, stoßweiser Geräuschentwicklung offensichtlich, um mich anzugreifen.

Ich rief ihr – nein, allen im Raum Anwesenden zu, sie sollten sich bitte beruhigen, ich täte doch nichts, aber sie schienen mich nicht zu verstehen oder verstehen zu wollen. Die anderen Vier waren wesentlich größer als das vorderste Wesen, ein Eindruck, der sich vor allem dadurch ergab, dass sie aufrecht standen, während das vorderste sich flach am Boden bewegte. Ich wich zurück, erkannte aber, dass das ein Fehler gewesen war, denn ich hatte mich in eine Sackgasse manövriert, da es nach hinten zu immer enger wurde, zu eng für mich. Noch zwei Mal sprach ich das Tier – denn dass es sich um ein solches handelte, war mir mittlerweile klar geworden – an, aber es nützte nichts. Es versuchte mich anzuspringen, sodass mir nichts anderes als es anzuspucken übrig blieb, in der Hoffnung, dass es zurückweichen würde. Das tat es auch im ersten Augenblick, aber dann siegte sein Hass und seine Verzweiflung und es rammte mir scharfe Waffen in meine Weichteile, zum Glück in keine lebenswichtigen. Ich hob meinen Sehrüssel, das bei uns als Geste gilt, um Aufmerksamkeit zu erringen, aber hier vermutlich nichts bedeutete.

Oder doch, denn die vier aufrechten Wesen wurden aktiv. Eins von ihnen, das sich trotz oberflächlicher Ähnlichkeit wiederum von den drei anderen unterschied, sprang vor und zerrte das Ungeheuer unter Aufbieten all' seiner Kräfte zurück. Es rief den anderen etwas zu. Ich sah, dass einer von ihnen ein Ding von einer dem frappanten Ähnlichkeit mit dem, das unsere Wandergruppe vor gar nicht langer Zeit im Gras hatte liegen sehen, in einer seiner mittleren Extremitäten hielt. Nur dass das hier metallisch glänzte, vermutlich also funktionstüchtig war. Die anderen beiden hielten in der gleichen Extremität furchtbar aussehende Teile, die nur Hieb- und Stichwaffen sein konnten, so stabil und bedrohlich sahen sie aus. Alle drei erstarrten, als die Kreatur, die mir am nächsten stand und ihr Tier an einer Art Seil festhielt, auf die anderen einzureden begann. Mir kam es jedenfalls so vor, als spräche sie, denn aus dem Loch in ihrem oberen Wulst, das sich bewegte, kamen modulierte Geräusche, die ich als solche interpretierte. Falls das so wäre, wäre das gar nicht so anders als bei mir, denn mein Mund befindet sich ebenfalls unterhalb meiner Kopftentakel. Die Vier begannen sich miteinander zu unterhalten und mir fiel auf, dass die Tonfrequenz des Wesens, das mich offensichtlich gerettet hatte, höher als die der drei anderen lag.

Eine Art Waffenstillstand war eingetreten. Die Vier ließen mich allein, das heißt Fünf, denn die hochtönende Kreatur zerrte das Tier anscheinend unter größten Mühen hinter sich her aus dem Gebäude. Ich atmete erleichtert auf und begann gleichzeitig zu keuchen. Ich kann zwar recht lange Kohlendioxid in meinen Membranen speichern, aber langsam sollte ich wieder einmal einen Atemzug tun.

Unerwartet geschah eine weitere Erleichterung: Eine der Wände öffnete sich fast gänzlich nach oben und ließ endlich das Licht herein, das für mich lebenswichtig ist. Zwar längst nicht in der Intensität, wie ich es von zu Hause gewohnt war, aber besser als nichts. Außerdem ermöglichte mir diese Aktion, mein Gefängnis zu verlassen.

Ich trat ins Freie.

Das Gras sah ähnlich aus wie ich es gewohnt war, aber alles andere war fremdartig. In nicht erkennbarer Logik waren Dinge, die wie Gebäude, und lagen Dinge, die wie Fahrzeuge aussahen, weil sie auf Rädern standen, über das gewellte Gelände verteilt. Aus einigem Abstand wurde ich von den vier intelligenten – das nahm ich mittlerweile an – Personen argwöhnisch beobachtet, und mir war klar, dass ich hastige Bewegungen vermeiden sollte, wenn ich keinen Angriff provozieren wollte. Das Tier hatten sie zum Glück offenbar weggesperrt, denn ich hörte es zwar noch, sah es aber nicht mehr.

Licht hatte ich, nicht üppig, aber hoffentlich ausreichend; nun fehlte mir noch Atemluft. Mir stieg ein Geruch in meine Kopftentakel, der Rettung bedeuten könnte. Ich ortete ihn von einem der Fahrzeuge, das nicht allzu weit entfernt geparkt war. Ich robbte mich darauf zu und merkte, dass das rettende Gas von ziemlich tief unten kam. Ich musste mich folglich wieder in die Waagerechte begeben, um es zu erreichen und meine Membranen mit hektischen Atemzügen aufzufüllen. Mir wurde bewusst, dass die nächste Zeit mühsam werden würde, sollte ich sie überhaupt überleben. Sämtliche Organe meines Sehrüssels waren geöffnet und ihnen entging nicht, dass eine weitere Person, die ich bis zu diesem Augenblick nicht wahrgenommen hatte, rasch an mir vorbeihastete, erstaunlicherweise, ohne Notiz von mir zu nehmen. Aus seinem oberen Wulst tropfte eine rote Flüssigkeit.

Vanessa: Außerirdischer Besuch

„Was macht das Vieh jetzt denn?" fragte Costa. Er hielt immer noch die Spitzhacke fest in der Hand, mit der er die Kreatur in Stücke zu hacken entschlossen gewesen war, und sah immer noch grimmig aus. Hannes versuchte ebenfalls grimmig zu schauen, wirkte aber mit seinem Rechen, den er als Waffe gegriffen hatte, eher wie Don Quixote vor den Windmühlenflügeln.

„Nenn' es nicht Vieh", wies ich Costa zurecht, „es ist doch klar, dass es am Auspuff atmet. Jedenfalls wüsste ich nicht, was der Außerirdische dort sonst tun sollte."

„Der Außerirdische", spottete Georg, „du baust ja schon eine Beziehung zu ihm auf."

„Du bist ein Trottel. Was soll das denn sonst sein als ein Außerirdischer?"

„Wieso ein Er?"

„Das musste ja kommen, du Tro…. Was ist?"

Costa Melionos hatte laut „Scheiße!" gerufen. Er fügte erklärend hinzu: „Wir haben heute Urs Dussel, einen alten Schulkameraden von mir aufgegriffen, der sich derzeit als rechtsradikales Arschloch profiliert. Den haben wir völlig vergessen. Schaut euch das Fenster unserer grünen Minna an."

Wir schauten. Es war eingeschlagen. Und Dussel abgetaucht, wie wir uns unverzüglich vergewisserten.

Ich ließ die beiden mit ihren Sorgen allein. Costa würde sowieso eine Weile kein anderes Wort als das Nämliche zu entlocken sein.

Deswegen zunächst zu meiner Person. Ich bin Funkerin der Polizeistation D im Kreis Statenhorst, Niedersachsen, und kümmere mich um eingehende Meldungen und Notrufe. Während der vergangenen halben Stunde hatte ich meine Pflicht sträflich vernachlässigt, gerade am heutigen Freitag im Sommer 1988, der es in sich hatte.

Als Erstes hatten sich unsere Jüngsten, Toni Schmitti und Georg Gisi spielerisch wegen irgendeiner Wette gebalgt, spielerisch, aber so intensiv, dass ich ihnen mit meiner Tasse Kaffee in der Hand nicht auszuweichen schaffte, sie mich schubsten und die schwarze Flüssigkeit mir meinen wirklich hübschen, kürzlich bei C & A für 35 D-Mark erstandenen Rock besudelte, dessen Saum ich gestern Abend im Schweiß meines Angesichts umgenäht hatte. Schmitti und Gisi zur Ehre sei hinzugefügt, dass sie den Schaden mehr als gutmachten, aber normalerweise hätte das Ereignis gereicht, meine Laune für den Rest des Tages in den Keller zu schicken.

Dann kam es knüppeldick. Ein Esso-Tankwagen war im Kreis Rhauderfehn unmittelbar vor seinem Ziel mit einem Schulbus zusammengestoßen, hatte dessen Fahrerin getötet und auf dem Rasen vor dem Gebäude der Grundschule Gertenschwik, auf dem sich die Kinder mit Töpfern beschäftigten, einen Brand ausgelöst, der möglicherweise Chlordämpfe freisetzte. Ich hatte alle außer Hannes und Costa, die sich – wie ich jetzt wusste – mit Urs Dussel beschäftigten und Walt' Weber – einfach, weil mindestens ein Uniformierter in der Wache anwesend sein musste, egal was geschah – dorthin beordert. Immerhin sollte sich die Sache im Nachhinein als weniger dramatisch erweisen, als es zunächst ausgesehen hatte. Die befürchteten Chlordämpfe stellten sich als brennender Dieseltreibstoff heraus. Hannes Wodgurka, der als Erster am Unfallort eingetroffen war, beförderte alle Insassen mit einem anderen Bus aus der Gefahrenzone, sodass wenigstens die Schüler unversehrt blieben. Sein Einsatz war bewundernswert selbstlos, da er, als er sich in die Dämpfe stürzte, um zu sehen, ob jemand gerettet werden musste, noch nicht wissen konnte, wie giftig oder ungiftig diese waren. Er erhielt deswegen später zu seiner Verblüffung vom Landrat persönlich eine Medaille ausgehändigt. Zu seiner Verblüffung, weil er seiner Meinung nach nichts weiter als seine Pflicht getan hatte. Mit dieser hingeschluderten Episode versuche ich zu erklären, warum ich auf ‚meine‘ Jungs so stolz bin.

Dazu der entkommene Verdächtige und – ja, das Monster? Der Außerirdische? Herr P. oder mit vollem Namen Herr Proton, unser Maskottchenhund, hatte zuerst angeschlagen und sich wie tollwütig benommen. Apropos: Wo war er eigentlich? Aus der Kaffeeküche hatte er sich befreit.

Da im Augenblick weiter nichts anlag, ging ich wieder nach draußen. „Costa, hast du Herrn P. gesehen?"

„Klar, ach ja, das kannst du gar nicht wissen: Ich hätte ihn fast überfahren. Er kam wie vom Leibhaftigen gejagt um die Ecke geschossen."

Jetzt war es an mir, „Scheiße!" zu rufen. Die Szene lief wieder vor meinem inneren Auge ab, als wäre sie ein Film.

Es war 14:23 Uhr, als das Geblitze in unserem Schuppen B – nicht zum ersten Mal – losging. Aus dem eben geschilderten Grund waren wir nur zu zweit auf dem Gelände, zu Dritt, wenn wir Herrn P. mitrechneten. Da alle unmittelbar anfallenden Aufgaben gelöst waren, rannten Walt' und ich in die bewusste Richtung oder vielmehr rannten wir hinter Herrn P. her, der sich seit einigen Minuten wie rasend benahm und den zu bändigen, das heißt einzusperren mir nicht rechtzeitig gelungen war. Gleichzeitig schoss Streifenwagen 6 mit quietschenden Reifen auf den Hof und Costa und Hannes – Hannes Stankowski, meine ich, nicht Hannes Wodgurka – sprangen so hektisch aus ihrem Führerhaus, dass Costa vergaß, den Motor abzuschalten. Wenn ich mir vorstelle, dass es dieses Versäumnis war, das unserem Besucher fürs Erste das Leben retten sollte …

Die Schuppentür stand offen. Später stritt Reto Waßmer, unser Hausmeister, vehement ab, sie zu schließen vergessen zu haben, denn unser Stationsleiter hatte verfügt, dass der Schuppen nur unter besonderen Sicherheitsbedingungen geöffnet oder gar betreten werden durfte, auf keinen Fall aber von einer Person allein.

Nun waren wir zu Viert, mit Herrn P. zu Fünft und stürzten ins Innere. Es stank infernalisch nach Meerwasser, vergammeltem Kohl und weitaus Widerlicherem, aber das war nicht der Hauptgrund unseres Entsetzens: Der Kofferraum des Mercedes stand offen und hinter ihm stand eine dünne, faltige Schreckensvision, die ein Kopf krönte, der überhaupt kein Kopf war, sondern ein Gewirr rosafarbener Schnüre, die alle zuckten und sich wanden. Darunter sahen wir gelbes, runzliges Fleisch. Aus den Schnüren wuchs ein zuckender, grauer Schlauch, der mit schwarz schimmernden, runden Augen – ja, es waren sicher Augen! – bedeckt war. Eher in Brusthöhe ragte ein weiterer Schlauch oder Rüssel von dem unappetitlichen Körper ab. Die Kreatur war groß, einiges über zwei Meter. Einige ihrer Schnüre schlugen gegen die Deckenbalken, unter denen sie stand. Dabei entstand ein Geräusch wie von Motten, die nachts gegen ein beleuchtetes Fenster flattern. Innerhalb des Gestrüpps aus rosafarbenen Dingern öffnete und schloss sich etwas Schwarzes und Rundes in dem gelben Fleisch, vielleicht der Mund – jedenfalls kamen Töne heraus, die wie Hilfeschreie klangen. Auf was für einer Art von Füßen der Alptraum stand, blieb mir bei diesem ersten Kontakt verborgen; am ehesten ähnelten sie Krallen, von denen ich drei wahrnahm.

Herr P. stand vor dem Wesen, knurrte es unheilverkündend an und machte Anstalten, es anzugreifen. Plötzlich flog eine eklige Masse aus dem, was ich als seinen Mund angesehen hatte, und traf den Hund. Ganz kurz zuckte dieser jaulend zurück, nahm dann aber allen Mut zusammen, stürzte sich auf seinen Feind und biss in eine Falte seiner runzligen, schlaff herunterhängenden Haut.

Da erwachte ich wieder zum Leben. Irgendetwas musste ich tun und ich sah mich hektisch um. Costa hatte sich mit einer Spitzhacke und Hannes mit einem Rechen bewaffnet, während Walt' seine Beretta gezogen hatte und versuchte, an dem Hund vorbei zu zielen. „Nicht, du triffst Herrn P.", rief ich und lief ein paar Schritte nach vorn. Das Wesen hatte sich mit erschreckender Geschwindigkeit hinter das Auto zurückgezogen. Als ich den Hund packte, um ihn zurückzuzerren, hob das Wesen zu meinem Entsetzen den unteren Rüssel, um mich zu…, zu erschlagen?

„Vanessa, um Himmels Willen", rief Walt' verzweifelt, aber ich hatte mich bereits aus dem direkten Wirkungskreis des Fremden weit genug entfernt, um außer Gefahr zu sein. Zum Glück ließ sich Herr P. willenlos wegführen und ich gesellte mich wieder zu den Dreien. Aus heiterem Himmel kam mir eine Eingebung.

„Dieses Wesen kann denken", flüsterte ich, „es ist eine denkende Kreatur. Es zu töten wäre Mord."

Unbehaglich wiegten Walt', Costa und Hannes die Köpfe. Ganz überzeugt wirkten sie nicht. „Ich sperr' jetzt Proton in die Kaffeeküche", fuhr ich fort, „und ihr überlegt's euch. Aggressiv scheint es mir nicht zu sein, nur voller Angst."

Nachdem ich meine Ankündigung wahrgemacht und mich rasch vergewissert hatte, dass keine Notrufe eingegangen waren, übermannte mich die Neugierde – auch Frauen sind davon nicht frei – und ich schaute nach, wie es im Schuppen beziehungsweise draußen weitergegangen war. Zu meiner Erleichterung hatten die Krieger auf mich gehört und sich nicht nur vom Schlachtfeld zurückgezogen, sondern auch dem Wesen seinen Ausgang gegönnt. Nun hatte sich dieses hinter dem Einsatzwagen 6 zu Boden begeben und hing mit seinem unteren Rüssel am Auspuffrohr wie ein Süchtiger an seinem Joint. Fast wäre der Anblick zum Lachen gewesen. Noch war aber ungewiss, ob das Ganze nicht in blutigen Ernst umschlagen würde. Dann begab ich mich in die Kaffeeküche, um mir zur Beruhigung eine Tasse Kaffee zuzubereiten. Zu meinem Schrecken stellte ich fest, dass sie offen war – heute litten anscheinend alle Türen an einem Open-Syndrom. Zornig auf mich selbst schlug ich mir vor die Stirn. Ich wusste doch, dass Herr P. mit seiner Schnauze Klinken hinunterzudrücken vermag, und hatte trotzdem versäumt, den Schlüssel herumzudrehen.

Ich lief wieder nach draußen und tat, als wäre ich die Ruhe selbst. „Costa, hast du Herrn P. gesehen?"

„Klar, ach ja, das kannst du gar nicht wissen: Ich hätte ihn fast überfahren. Er kam wie vom Leibhaftigen gejagt um die Ecke geschossen."

„Scheiße!" Costa sah mich erstaunt an. Normalerweise entfahren meinem Mund solche Wörter nicht. Ich rannte los. Zum Glück fand ich das Tier nicht weit von der Stelle, an der es beinahe überfahren worden wäre. Es wimmerte herzerweichend; offenbar litt es unter starken Schmerzen. Ich wollte Herrn P. streicheln, zog meine Hand aber erschrocken zurück. Wie heiß er war! Das Wesen – dessen Leben ich gerettet hatte – hatte ihn angespuckt. Ich suchte das Fell ab, ob sich eine verletzte Stelle fände. Tatsächlich hatte sich an der Stelle ein Loch in seinen Rücken gebrannt, wo der außerirdische Speichel aufgetroffen war, und breitete sich unaufhaltsam aus. Unschlüssig kniete ich vor dem Hund, da mir jede Idee abging, wie ich ihm helfen könnte. Hoffentlich kam Martin bald zurück, der von uns allen die besten medizinischen Kenntnisse vorzuweisen hat.

Der zunehmende Lärm auf dem Hof holte mich in die Wirklichkeit zurück. Allmählich kamen alle Männer von ihrem Einsatz aus Gertenschwik zurück, mit erleichterten Gesichtern, dass die Sache glimpflich verlaufen war. Als sie des Wesens ansichtig wurden, das sich mittlerweile wieder aufgerichtet hatte und wenige Meter auf dem Gras vor- und zurückwatschelte – oder wie man seine Art der Fortbewegung nennen mochte –, wich ihre Erleichterung Ekel und Entsetzen. Da Costa und Hannes nur glotzten und sich nicht bemüßigt fühlten, die Situation aufzuklären, sah ich mich wieder in der Pflicht, das zu übernehmen. Ich gedachte gerade anzusetzen, als mir etwas auffiel.

„Wo ist Walt'?" fragte ich, vermutlich schriller als ich beabsichtigt hatte.

„Äh…"

„Ach, Männer! Walt' – WALTER!"

Die Tür des Schuppens B öffnete sich quietschend. Walt' trat heraus, als wäre er aus dem Tiefschlaf gerissen worden. Er hielt einen zigarettenschachtelgroßen Gegenstand in seiner rechten Hand.

Unter denen, die sich inzwischen eingefunden hatten, befand sich auch Falk Schumacher, unser Stationsleiter. Er stauchte seinen Untergebenen zusammen. „Herr Vollzugsbeamter Weber, Sie wissen doch, dass niemand allein dort hinein darf?!"

„Ich weiß, Chef, aber ich hatte so ein Gefühl."

„Was für ein Gefühl?"

„Naja, ich wollte wissen, wie das ist, da drin."

„Wo drin? Wie's im Schuppen aussieht, weißt du ja wohl."

„Nein, nicht im Schuppen, im, äh…"

Falk wurde kreidebleich. „Du… du bist in den Kofferraum gestiegen?"

„Ich wollte. Ich war wie hypnotisiert. 'rausgerissen hat mich Vanessa mit ihrem Schrei."

Falk schloss die Augen. Ich betrachte als sicher, dass ein Monumentalfilm hinter seinen Lidern ablief. Dann atmete er tief durch. „Und was hast du da in der Hand?"

„Als ich die Kofferraumklappe schließen wollte, sah ich auf der schlichten braunen Matte da drin, die so tut, als wäre sie eine schlichte braune Matte, das hier liegen. Zum ersten Mal hat ein Wesen, das dieser Mercedes ausspuckt, etwas mitgebracht."

Martin: Herr Protons tragisches Ableben

Ich empfand es als merkwürdig, dass sich alle um Walt' mit seiner komischen Schachtel scharten und unseren – Gast – anscheinend vergessen hatten, obwohl er hoch genug aufragte, um nicht übersehen zu werden.

Ich näherte mich ihm langsam und vorsichtig. Er stank nach Kohl und anderen unerfreulichen Zutaten, was in meinem Hals einen Brechreiz auslöste. Zum Glück bekam ich ihn durch schlucken in den Griff. Wenn die Flecken auf dem unteren Rüssel des Wesens wirklich seine Sehwerkzeuge waren, kam es mir sehr verletzlich vor. Ein Axthieb und es wäre hilflos.

Ich hob beide Arme öffnete die Handflächen, was es hoffentlich als Friedensangebot wertete.

Das Wesen hob beide Rüssel.

Im Unterbewusstsein bekam ich mit, dass die Gespräche um mich herum verebbten. Plötzlich waren alle begierig zu erfahren, wie es weitergehen würde. Ich überlegte. Das Wesen hatte sich an den Auspuff gehängt, offensichtlich, um für ihn geeignete Luft einzuatmen. Woraus bestehen Autoabgase? Neben Hunderten von in Spuren enthaltenen Stoffen sind es vor allem Stickoxide und Kohlenoxid, sowohl das giftige CO in geringen Mengen als auch das Treibhausgas CO_2. Stickstoff konnte nicht das Zauberelement sein, das enthält unsere Atmosphäre zu 78%. Also Kohlenoxid. Das brachte mich auf der Idee der Fotosynthese, die unseren irdischen Pflanzen ihr Leben ermöglicht. Das Alien, eine gehfähige Pflanze? Den gedanklichen Zusammenhang, dass damit der Kohlgeruch erklärt wäre, verwarf ich sofort wieder als typisch menschlichen Versuch zur Vereinfachung.

Dass das Wesen sich wieder einer Bückbewegung unterwarf, um dem Auspuff näher zu kommen, stützte meine These. Groß etwas anderes konnten wir auch nicht unternehmen, um ihm zu helfen. Ich bewegte mich an ihm vorbei in Richtung Garage und blickte gespannt zu ihm zurück.

Es schien mich zu verstehen, denn es richtete sich auf und machte einen Schritt auf mich zu. Ich bewegte mich weiter und es folgte mir, ohne den Abstand zu verringern. Es wollte mir offensichtlich zeigen, dass es keinesfalls anzugreifen gedachte.

Wir erreichten die Garage, in der Einsatzwagen 1, unser ältester, als Reserve abgestellt war. Sehr zögernd folgte mir das Wesen bis unter das Tor. Ich startete das Fahrzeug und ließ es im Leerlauf vor sich hinbrabbeln. Das Wesen schien meine Absicht zu würdigen, näherte sich seinem Rettungsanker und blieb vor dem Auspuff stehen. Ich zog mich zum Tor zurück, vergewisserte mich, dass der Augenrüssel auf mich gerichtet war und führte vor, wie es an dem Hauptgriff auf und ab zu bewegen sei. Ob es dem Wesen möglich war, mir das nachzumachen und wenn ja, wie, wusste ich nicht, aber es sollte das Angebot erkennen, dass es nicht eingesperrt sei. Mehr fiel mir auf die Schnelle nicht ein.

Ich schloss das Tor bis auf einen gut sichtbaren Spalt. Dann war es an der Zeit, mich durch den Seiteneingang zurückzuziehen, denn Abgase mögen für einen extraterrestrischen Fremdling ein Labsal sein, für mich als Menschen sind sie auf Dauer tödlich.

Die gesamte Mannschaft mit Dame sah mir erwartungsvoll entgegen. „Und?" Ich zuckte mit den Schultern. „Nichts und. Ich hab's erst einmal dort untergebracht, wo es hoffentlich überlebt. Wie es weitergeht, kann ich noch nicht sagen." Jetzt erst fiel mir auf, dass mein anfänglicher Ekel vor dem Geschöpf vollständig verschwunden war. Wenn es zu Hause Fisch mit Kohlgemüse und Gurkensalat gibt, riecht das auch nicht immer angenehm, dachte ich.

Falk hatte seine Fassung wiedererlangt. „Alle zur Lagebesprechung ins Hinterzimmer", ordnete er an, „und dann die, die längst Feierabend haben, nach Hause." Wir folgten ihm in besagtes Zimmer. „Wo ist Vanessa?" fragte einer. Wenn die einzige Frau in unserer kleinen Welt fehlt, fällt das sofort auf.

Dann kam sie, untröstlich vor Schmerz und Zorn. „Was ist?" „Herr Proton ist tot", schluchzte sie, „innerlich verbrannt." Das Sprechen bereitete ihr Mühe, immer wieder unterbrach ein Stoß von tief innen ihre Rede. „Ich ging zu ihm, weil ich gemerkt hatte, dass es ihm schlecht ging. Ich konnte ihn gar nicht mehr anfassen, so heiß war er. Dann quoll Rauch aus seinen Nasenlöchern, als hätte er sich eine Zigarette angesteckt. Und dann – und dann hat's nicht mehr lange gedauert. Ich war hin- und hergerissen, ob ich bei ihm bleiben oder einen von euch rufen sollte, der ihm den Gnadenschuss geben würde, aber zu diesem drastischen Schritt rang mich nicht durch. Irgendwie hatte ich noch Hoffnung. Wie albern und dumm, im Nachhinein. Was muss er gelitten haben. Ihr hättet ihn fiepen hören müssen, als begriffe er nicht, warum wir tollen Menschen ihm nicht helfen. Er hat's ja wohl auch nicht begriffen. Dann schlugen Flammen aus seinen Augen und sein Fell begann zu brennen. Dann war es zu Ende. Das Wesen hat ihn angespuckt. Oh, wie ich es hasse!"

Betretenes Schweigen. War es doch Vanessa gewesen, die durch ihr beherztes Eingreifen dessen Leben gerettet hatte. Und jetzt …?

Den naheliegendsten Gedanken traute sich niemand laut auszusprechen. Brennt etwas auf dem Gelände? Vanessa schien ihn erraten zu haben und beantwortete stockend die nicht gestellte Frage. „Nein. Als Proton tot war, erlosch das Feuer sofort. Als hätte es an seinem Leben gehangen."

Falk räusperte sich. Sollte er vorgehabt haben, den kraftvollen Vorgesetzten zu markieren, sah nun jeder, dass dieses Vorhaben wie ein Kartenhaus einstürzte. „Wir werden seine Reste ehrenvoll bestatten", brachte er gerade noch heraus, bevor ihm die Tränen über das Gesicht strömten.

Dann saßen wir stumm in unserer Trauer da. Heute würde es zu keiner Lagebesprechung mehr kommen, soviel war klar. Wie auf ein geheimes Kommando erhoben wir uns und begaben uns nach draußen, dorthin, wo uns der kaum mehr erkennbare Kadaver des treuen Herrn Proton erwartete.

Schaufeln sind auf unserem Gelände genug vorhanden, sodass wir die Beerdigung unverzüglich und an Ort und Stelle in Angriff nahmen. Costa nagelte aus zwei Latten ein Holzkreuz zusammen und kritzelte ‚Herr Proton' mit Kreide drauf. Er war der einzige, der etwas sagte. „Hätte ich ihn doch heute Nachmittag überfahren, dann hätte er weniger gelitten." Dann ein stilles Gebet und wir machten uns nach Hause, in der Hoffnung, dass wir durch unsere tränenbenetzten Augen genug sahen, um keinen Unfall zu bauen. Die Sympathie für unseren Gast in der Garage war auf dem Nullpunkt; für heute musste er sehen, wie er in seiner fremden Umgebung allein zurechtkam.

Rinxal: Energiedefizit

Da stand ich nun im Finstern. Mein vorherrschender Eindruck von dem Planeten, auf den es mich verschlagen hatte, war der geringen Lichts, wenn ich davon ausgehe, dass meine Ankunft bei hohem Sonnenstand geschehen war. Ich hatte nur eine gesehen, während sich bei mir zu Hause drei die Aufgabe teilen, genügend Energie zu liefern; mindestens eine scheint immer. Dazu unsere spannungsgeladene Atmosphäre, die dafür sorgt, dass uns jederzeit genügend natürliche Ressourcen zum Leben zu Verfügung stehen.

Und jetzt war ich in einem finsteren Raum in einer dunklen Welt gestrandet. Zum Glück besaßen die Wesen Geräte, die mir das Atmen ermöglichten. Um meine Nahrung schien es hingegen schlecht zu stehen. Unvoreingenommen beurteilt waren meine Überlebensaussichten gering. Zwar rechnete ich damit, dass die Fremden sich weiterhin um mich kümmern würden, aber wie sollte ich ihnen klarmachen, was ich brauchte – vorausgesetzt, sie hatten nicht vor, mich als Versuchsobjekt zu betrachten und letztlich zu sezieren, was zwangsläufig meinen Tod bedeutete.

In einer Seitenwand befanden sich zwei Fenster, durch die etwas Helligkeit drang. Ich hatte mich so postiert, dass mich ihre Strahlung möglichst intensiv bestrich. Schnell hatte ich bemerkt, dass mein Lebenselixier sich bewegte; das bedeutete, dass auch dieser Planet seiner Sonne nicht immer dieselbe Seite zuwendet. Und konnte bedeuten, dass diese möglicherweise eine Zeit lang vollständig verschwinden würde.

Meine Befürchtung bewahrheitete sich. Ich komme zwar recht lange ohne Nahrung aus, aber irgendwann musste ich ausreichend Nachschub erhalten und ich hatte keine Ahnung, wie lange eine ‚Nacht' hier dauert.

Ich befingerte den Mechanismus, den das einheimische Wesen mir kurz gezeigt hatte und der mir zu ermöglichen schien, meine Bleibe zu verlassen, wenn ich es wünschte. Leider musste ich mich dazu wieder beinahe hinlegen, denn hier war alles recht tief angebracht, während meine Spezies über die Kopftentakel arbeiten – handwerken wie atmen – und alles in Deckenhöhe installieren. Ich mühte mich mit dem Hebel ab und tatsächlich, nach ein bisschen drücken ging die große Klappe auf. Ich hätte hinausspazieren können, aber in welche Freiheit? Die Luft draußen war zwar nicht giftig, enthielt aber mein Atemgas in zu geringer Menge, als dass ich hätte dem Erstickungstod entrinnen können.

Mittlerweile war das ursprüngliche Licht gänzlich gewichen und durch solches einer anderen Farbe ersetzt. Offenbar stammte das von einem Mond. Dessen Auswurf war aber so schwach, dass er mir nichts nützte. Es dürfte sich bei ihm lediglich um eine Reflexion dessen handeln, das die eigentliche Sonne absonderte.

Immerhin schienen meine Gastgeber nicht die Absicht zu hegen, mich sofort umzubringen. Zu diesem Schluss kam ich aus der Überlegung heraus, dass sie es dann bereits getan hätten. Ich schloss das Tor und ließ die Ankunftsszene in meinem Gehirn nochmals ablaufen. Dass eins der vier intelligenten Exemplare sich von den übrigen unterschied, war mir auf Anhieb aufgefallen. Es sonderte höhere Töne ab und war irgendwie anders proportioniert. Und genau dieses hatte sich für mein Wohlergehen eingesetzt, während die anderen sich offensichtlich bewaffnet hatten – und zu welchem anderen Zweck als zu dem, mich zu eliminieren? Auf dem offenen Feld waren dann immer mehr Individuen hinzugestoßen, aber keines von der Sorte wie das eine der ersten Begegnung. Ob das ein höhergestelltes war? Die Theorie wurde dadurch entkräftet, dass es eins der Durchschnittsexemplare gewesen war, das den ersten Verständigungsversuch unternommen und mich hierher gebracht hatte.

Als meine Überlegungen soweit gediehen waren, widerfuhr mir etwas, das mir zu Hause nie widerfährt: Ich schlief wie unsere Lopex Fendris und Zufternissen ein. Es muss an der Dunkelheit gelegen haben, die meinen Stoffwechsel veranlasste, in einen Sparmodus überzugehen.

Ein Geräusch weckte mich, das Geräusch des sich öffnenden Tors. Erschrocken versuchte ich mich zu orientieren. Allmählich kehrte mein Gedächtnis zurück und sorgte für einen weiteren Schrecken: Die Gestalt, die sich mir jetzt im Tageslicht präsentierte, besaß keine Ähnlichkeit mit einer jener, die ich gestern gesehen hatte. Anscheinend hatte ich eine unbedachte Bewegung vollführt, denn die Gestalt sprang zurück, hob aber beruhigend eins seiner mittleren Gliedmaßen und benutzte das zweite, um an seinem oberen zu ziehen. Zu meinem Entsetzen löste es sich, aber nur, um einem Platz zu machen, das ich von gestern kannte; dem, dessen Besitzer mich hierher geführt hatte. Rasch stülpte sich das Wesen sein zweites Gesicht wieder über. Ich verstand: Die Atmosphäre, die hier drin für mich geschaffen worden war, war für meine Gastgeber so giftig, dass sie sich davor zu schützen gezwungen waren.

Das Wesen holte einen Gegenstand hervor, der unzweifelhaft aus meiner Welt stammte: Die Fernbedienung für den Sender, die dort auf dem Boden gelegen und die ich ganz vergessen hatte. Wie auch immer sie sich hierher verirrt haben mochte: Ich hüpfte freudig in die Höhe, denn außer der rein technischen Möglichkeit, nach Hause zurückzukehren, bewies die Geste, dass die hiesige Spezies sie mir auch zu verschaffen gewillt waren. Zum Glück war mein Hopser nicht missverstanden worden, denn mein Gegenüber blieb ruhig stehen.

Bald sollte ich erfahren, dass er Martin oder einfach Mart' hieß, und auch die Namen seiner Artgenossen, die mich vereinzelt besuchten, lernte ich schnell. Der Wellenlängenbereich, in dem wir miteinander sprachen, war zum Glück identisch. Die Tonlage meiner Stimme schien den Menschen, wie sie sich selbst nennen, zu Anfang unangenehm hoch zu sein, aber anscheinend gewöhnten sie sich daran. Ab dem dritten oder vierten Tag war von Widerwillen jedenfalls nichts mehr zu spüren. Ich teilte ihnen mit, dass ich Rinxal hieße.

Sie führten mich zu dem Empfänger, der mich ausgespuckt hatte, und schienen aufzupassen, dass niemand außer ihnen selbst, denen meine Anwesenheit bekannt war, mich zu sehen bekam. Sie gestatteten deshalb weitere Ausflüge auch nur, wenn sie sich vergewissert hatten, dass sich kein – für sie – Fremder in ihrem Gelände aufhielt. Die Vorsichtsmaßnahme geschah zwar zu meinem Schutz, verhinderte aber, dass ich erfuhr, wie die Welt außerhalb der Polizeistation aussah, in die es mich verschlagen hatte. Meine Kollegen würden mich angesichts dieser wissenschaftlerunwürdigen Trägheit in der Luft zerreißen, sollten wir uns je wiedersehen. Insgesamt fühlte ich mich indes träge. Zwar hatten die Menschen ein neues, voluminöses und leistungsfähiges Gerät in meine Unterkunft geschafft, das für bessere Luft sorgte, aber die Mangelernährung und auch, dass ich bei der Untersuchung meiner Transportmaschine lange den Atem anhalten musste, setzte mir auf Dauer zu. Außerdem schien mein Gastplanet kleiner oder wenigstens leichter als mein eigener zu sein, denn die Atmosphäre war deutlich dünner, ungefähr wie auf einem hohen Berg. Der angenehme Nebeneffekt dieses Umstands bestand darin, dass ich weniger als zu Hause wog. Die zuvor geschilderten Umstände verhinderten allerdings, dass ich mich beschwingt bewegte.

Die Verletzung, die das Tier meinem Rumpf zugefügt hatte, beeinträchtigte meinen Zustand zusätzlich. Während meiner Ausflüge ins Freie fiel mir auf, dass es nirgendwo zu sehen war. Da es sich mir gegenüber extrem feindselig verhalten hatte, vermutete ich, dass es woandershin gebracht wurde, sobald ich meinen Unterschlupf verließ. Die Wunde schloss sich schlecht und die Menschen versuchten nicht, ihren Heilungsprozess zu beschleunigen; sicher verfügten sie über Medikamente und Salben, aber ebenso sicher würden die mir mehr schaden als nützen. Wahrscheinlich war der hohe Anteil des aggressiven Sauerstoffs in der Atmosphäre meines Gastplaneten, den ich auf ein Fünftel schätze, für diese Verzögerung verantwortlich. Immerhin bin ich mir sicher, dass seine Bewohner ihn dringend zum Leben brauchen.

Der Sauerstoffanteil trieb mich zur Eile, denn Material meiner Heimat widersteht diesem Element schlecht. Einer der Menschen, Walt', hatte zu allem Übel an der Steuerung herumgespielt, sodass ich schauen musste, sie erst einmal in den Originalzustand zurück zu versetzen.

Die Verständigung mit den Menschen schritt erfreulich fort. Sie benutzten bewegliche Tafeln, die sie in einer für mich angenehmen Höhe an die nicht von Fenstern durchbrochenen Wand hefteten und auf die sie zeichneten, was sie mir mitteilen wollten, und durch gesprochene Worte untermalten. Mir hielten sie einen dicken Stift entgegen, den ich mit einem meiner Tentakel bequem ergreifen und mit dem ich meine Anforderungen darstellen konnte. So gelang mir, ihnen klarzumachen, dass ich einige Werkzeuge brauchte.

Da nicht alles in dem von mir gewünschten Format greifbar war, musste ich improvisieren. So versuchte ich aus Drähten, aber auch aus Schrauben und Muttern Brauchbares herzustellen. Eins wunderte mich.

„Das ist alles aus Metall. Das müsste kaputt gehen. Der Sauerstoff!"

„Tut es auch. Wir müssen alles veredeln, sonst rostet es."

Eine Offenbarung war der Schraubendreher, den sie mir brachten. Mit dem Ding konnte ich fast so arbeiten wie mit heimischem Werkzeug. „Sehr gut, danke!"

„Du musst alles über Kopf machen. Ist das nicht anstrengend?"

„Für mich normal. Ich brauche die Tentakel für Arbeit und für Energie. Die kommt von oben. Sonnen."

Wenn ich mich bei dem aufhielt, was sie ,Mercedes' nannten, musste ich mich beim Sprechen einschränken, da mir sonst die Atemluft noch schneller knapp wurde als es ohnehin der Fall war. Auch die Zeichenmedien standen mir dort nicht zur Verfügung. Für ausführliche Diskussionen mussten wir zurück in die Garage.

Mart', Willi und Walt' waren zugegen, geschützt durch ihre Atemmasken. Ich hatte zu meiner Verblüffung herausgefunden, dass die Menschen gar nicht so aussahen, wie sie auszusehen schienen, denn sie bedeckten ihre Körper mit etwas, das sie ,Kleidung' nannten. Ohne vertrugen sie anscheinend ihre eigene Umgebung nicht. Manchmal sahen sie gleich aus, wenn sie ihre ,Uniform', manchmal völlig unterschiedlich, wenn sie ,Zivil' trugen. Dummerweise waren ausgerechnet die Masken alle gleich gestaltet.

„Und?" fragte Mart' neugierig. Immerhin blieben ihre Größe und Haltung gleich, aber die für mich sichersten individuellen Erkennungsmerkmale waren ihre Stimmen.

„Ein Materietransmitter, ganz klar. Sieht nur nicht so aus, sieht aus wie eins eurer Fahrzeuge. Tarnung."

„Was hat das für einen Sinn?"

„Weiß nicht. Böser Streich. Oder böse Absicht."

Wir rekapitulierten, was dem Gerät bereits aus dem, das einem Kofferraum nachempfunden war, entsprungen war. Als erstes strichelte Mart' Kahlilien auf den Papierbogen. Hier schien es ein ähnliches Gewächs zu geben, das auch ähnlich hieß. „Uns ähnlich", sagte ich, „lebt von Fotosynthese, kann sich aber nicht fortbewegen."

„Das gibt es auf der Erde viel. Allerdings keine Pflanze, die geht. Warum ist eure eingegangen, ich meine, kaputt gegangen?"

„Zu wenig CO_2. Unsere haben viel mehr Stoffwechsel."

Als nächstes malte Mart' einen Ippsflatterer. Er nannte sie Fledermaus. Natürlich hatten die Menschen alle Besucher aus der fremden Welt nach dem benannt, was ihnen hier auf der Erde am ähnlichsten war. Grünkäfer waren wohl ständig herumgesprungen, aber das nächste Tier, das mir Mart' präsentierte, stellte mich kurz vor ein Rätsel. Dann kam's mir.

„Ein Krotoxfisch. Aus ganz tiefer Tiefe." „Er ist geplatzt." „Eben. Er braucht den hundertfachen Druck wie wir." „Wie kommt er in den Kofferraum?"

In der Tat schien hier jemand ein ganz böses Spiel mit den Menschen zu spielen versucht zu haben. Er musste den Meeresbewohner gefangen – was wahrhaftig nicht einfach ist –, unter Druck an die Oberfläche gebracht, in den Transmitter geworfen und diesen aktiviert haben. Ohne Vorsatz war das nicht möglich. Nun galt es erst recht, nach Hause zu gelangen und der Sache auf den Grund zu gehen.

„Ist das Ding, also der Transmitter, eigentlich in Ordnung?"

„Nicht ganz", antwortete ich, „es sind ja auch Dinge, Tiere und sogar ein Mensch verschlungen worden – vermutlich in meine Welt –, ohne dass das jemand veranlasst hat."

„Und wenn jemand von – euch – es doch veranlasst hat?"

„Das wäre ein schweres Verbrechen. Und der Täter müsste hier, auf dieser Seite sein."

Ich merkte, dass diese Aussage Betroffenheit auslöste. Das Rätsel zu lösen vermochte ich leider nicht.

Ich werkelte und werkelte und merkte nicht, wie die Zeit verging. Mart' wies mich darauf hin, dass ich Glück gehabt hätte, dass gerade Hochsommer herrschte. Durch die Neigung der Erdachse wird es offenbar für längere Zeitabschnitte zyklisch warm oder kalt und hell oder dunkel. Hätte es mich während der Kaltzeit – im sogenannten Winter – hierher verschlagen, hätte ich keine Überlebenschance gehabt.

Interessant war das zweite helle Gestirn. Bei ihm war ein Zyklus unterschiedlicher Ansichten zu beobachten, der offenbar damit zusammenhing, welchen Winkel die Sonne des Nachts hinter der Erde einnahm.

Ich erinnere mich nicht mehr, ob mich Mart' zuerst fragte und ich antwortete oder ich die Sache mit den Fundstücken vor dem Transmitter auf meiner Seite von mir aus erzählte: „Dann wissen wir's", waren jedenfalls Martins Worte, und sie klangen bestürzt, „bei dem Fund handelt es sich um den Hut und die Waffe von Roland Mayerink, dem Kollegen, der am Tag der Entdeckung des Mercedes verschwand. Das eine Biest – der Mercedes – hat ihn eingesaugt und ein anderes Biest bei euch ihn verschlungen. Was für ein entsetzlicher Tod!" Ich glaube, sie haben dann eine Trauerfeier für ihn veranstaltet.

Bevor ich mit meinen Arbeiten fertig wurde, hatte ich meine zweite Begegnung mit dem anders gebauten Menschen, dem, dem offenbar die Fortpflanzung obliegt. Ganz verstanden habe ich das Prinzip nicht, aber Vanessa unterschied sich auch mit Gasmaske deutlich von ihren Artgenossen. Sie kam am letzten Tag vor meiner Heimreise zum ersten Mal in die Garage, zeichnete etwas, das wie das Tier aussah, das mich angegriffen hatte, und sagte etwas, das ich nicht verstand.

Vanessa zeichnete das Tier erneut. Diesmal stellte sie es auf dem Rücken liegend dar und durchkreuzte es mit dicken Strichen. Das war klar. „Tot", sagte sie. „Tot", wiederholte ich. Ich erinnerte mich, es angespuckt zu haben, weil ich keinen anderen Ausweg gesehen hatte, mich zur Wehr zu setzen. Anscheinend hatte das Tier meine Attacke nicht überlebt. Die Augen der Menschen befinden sich in ihrer oberen Extremität, dem Kopf, dessen Vorderteil, das Gesicht, über ihr Empfinden Auskunft gibt. Ich verstand darin nicht perfekt zu lesen, aber wenn wie jetzt bei Vanessa die

Augen nass werden, geht ihnen etwas nahe. Ich versuchte mein Bedauern auszudrücken.

„Es ist gut", sagte Vanessa, „ich hätte verhindern müssen, dass er dich beißt. Er hieß Proton. Herr Proton."

Ich wusste nicht recht, was Vanessa von mir erwartete, und kramte in meinen Zellen nach passenden Ausdrücken. „Es tut mir leid." War das richtig?

Anscheinend, denn Vanessa sagte: „Mach's gut, Rinxal", trat an mich heran und legte mir ihre Hand auf mein Fell. Sie war der erste Mensch, der mich zu berühren wagte, und sollte außer Mart', als er mich im Transmitter verstaute, der einzige bleiben. Meine Ankunft war für ein Lebewesen tragisch verlaufen, und das hatte Vanessa am meisten getroffen. Ich bin glücklich, dass sie versöhnt ist.

Martin: Lagebesprechung

Am Tag nach Herrn P.s Beerdigung holten wir die Lagebesprechung nach, die unseren Gast aus fernen Welten zum Hauptthema hatte.

„Wir saßen hier vor genau neun Jahren, im Juli 1979, schon einmal zusammen, um zu besprechen, wie wir weiter vorgehen sollten", hub Falk an, „und heute ist es nicht anders."

Vor neun Jahren, als das, was wie ein himmelblauer Mercedes 190, Baujahr 1961 vom Typ W 110 – dem Typ mit angedeuteten Heckflossen und Pendelachsen, die die Hinterräder beim ersten Gepäckstück, mit dem er beladen wurde, in die Grätsche zu gehen veranlassten – aussah, bei Egons Tankstelle an der Ecke Niedersachsenallee und Mühlenstraße einbog, der Fahrer, fast vermummt in seinem schwarzen Regenmantel und seinem ebenso schwarzen, breitkrempigen Hut, ausstieg, „volltanken" sagte und hinter dem Haus verschwand, zur Toilette, wie Benno Büttelbier, der anwesende Hilfstankwart zunächst vermutete. Nur, dass der Mann nicht wiederkam. Nie wieder.

Damals hatte ich als Frischgebackener zusammen mit Roland Mayerink Dienst und wir wurden zu dem Ding – ich nannte es recht bald so – gerufen. Es stellte sich heraus, dass es fahruntüchtig war.

„Bist du sicher, dass es aus eigener Kraft vorgefahren ist?" bohrte Roland.

„Ich hab' gelesen", gab Benno zu Protokoll. „Als die Klingel ertönte, die Kundschaft meldet, sah ich den Mercedes 190 – ein toller Oldtimer, wirklich! – die Auffahrt hochkommen und vor der zweiten Zapfsäule für Superbenzin halten."

Du und gelesen, dachte ich, Bilder in einer Pornozeitschrift angeschaut, weil dein Chef heute nicht da ist. Die Zeitschrift lag jetzt sicher in der Schublade zuunterst.

Wir nahmen das Teil mit, konfiszierten es sozusagen. Vergehen: Treibstoffdiebstahl, in diesem Fall im Wert von elf D-Mark. Es fand vorerst im Schuppen B Platz, der unmittelbar vor seinem Abriss stand, steht dort bis heute – und der Schuppen auch –, malträtiert uns in langen, nicht vorhersehbaren Zeitspannen mit Lichteruptionen, die unser Kommunikationssystem einschließlich Fernseher komplett lahmlegen, lässt alltägliche Dinge zum Verschwinden bringen und exotische, genauer gesagt unirdische Dinge in Erscheinung treten, die, sofern sie bei ihrem Auftreten leben, regelmäßig kurz danach – nach ihrem Auftreten – sterben.

Außer unser Gast in der Garage.

Die übelste Verschwindibus-Geschichte war die meines damaligen Teamkollegen Roland. Um sieben Uhr desselben Tages, an dem wir den Mercedes ‚eingebuchtet' hatten, fiel uns auf, dass er verschwunden war. Er blieb für immer verschwunden. Ob der Vertreter jener anderen Welt, den wir jetzt in unserer Obhut hatten, uns über ihn Auskunft geben konnte und wollte, falls er etwas wusste?

Ich hatte natürlich bereits nachgeschaut, wie es um ihn stand oder besser gesagt, ob er überhaupt noch da war. Er war es und es schien ihm leidlich gut zu gehen. Ich hatte ihm zu bedeuten versucht, dass ich mich später um ihn kümmern würde. Was so ein Geschöpf wohl für einen Lebensrhythmus haben mochte? War für ihn ungefähr gleich viel Zeit vergangen wie für uns, eine Ewigkeit oder nur eine Sekunde?

Nachdem ich mich vergewissert hatte, dass der Treibstoff in unserem im Leerlauf vor sich hin giftenden Einsatzwagen 1 noch eine Weile reichte, zumindest bis nach unserer für gleich anberaumten Krisensitzung, galt es, mich auf sie und die Ausführungen des Stationsleiters zu konzentrieren. Ich konnte mir fast denken, was kommen würde, denn Falk hatte während der letzten neun Jahre seine Meinung zu unserem Geheimnis nicht geändert. Dass wir jetzt deren zwei hüteten, würde sie sicher nicht erschüttern, sondern eher verstärken.

„Wollen wir nicht langsam mal ein paar Wissenschaftler anfordern?" Hannes – Wodgurka, nicht Stankowski – war es, der die Frage stellte.

„Hannes, du kennst meine Meinung." Die Antwort hätte ich mitsprechen können. „Wissenschaftler sind die großen Giftsprüher", hatte er vor neun Jahren gesagt, „deren einziges Lebensziel darin besteht, überall Gift zu versprühen und den Leuten zu erzählen, sie könnten davon so viel essen, wie sie wollten. Das wäre nämlich Wissen und würde ihnen nicht schaden, sondern sie befreien. Wir sind Polizisten, wir sind verschwiegen. Wissenschaftler nicht. Guckt euch bloß an, wie schnell diese Idioten die Atombombe über die ganze Welt verbreitet haben. Wer nicht ganz plemplem ist, weiß, dass die Russen sie auch ohne die Rosenbergs zwei Jahre später ebenfalls gehabt hätten. Und wieso? Weil die Herren Wissenschaftler Plaudertaschen sind. Das nennen sie ‚kollegial sein'."

Heute fügte Falk eine weitere Sicht an.

„Und jetzt haben wir nicht nur ein Ding, sondern einen lebenden, allem Anschein nach denkenden Außerirdischen in unserer Garage, den wir loswerden wollen, und zwar auf humane Weise: Er oder es oder was-weiß-ich soll nämlich so schnell wie möglich wieder nach Hause. Das ließen Wissenschaftler keinesfalls zu; sie würden es untersuchen, sein Innerstes nach außen stülpen und es zum Schluss töten und auseinanderschneiden, garantiert." Er schaute herausfordernd in die Runde. Niemand sagte etwas.

„Mart', hast du schon nach ihm geschaut?" Mir war klar, dass mir, dem bis jetzt unangefochtenen Mercologen, Falk soeben nahtlos den Doktortitel in extraterrestrischer Biologie verliehen hatte.

„Sicher, Falk. Ich konnte im Vergleich zu gestern keinen Unterschied feststellen. Es – er wirkte auch genauso friedfertig. Ich hatte nur den Eindruck, er sei traurig."

„Das wäre ich in seiner Situation auch. Meinst du, es wäre ein Er?"

„Pure Gewohnheit. Wenn meine erste ins Unreine gedachte Analyse stimmt, ist das nämlich egal."

„Und wie sieht deine Analyse aus?"

„Dass er von Fotosynthese lebt wie unsere Pflanzen. Dass er CO_2 oder auch CO, das aber in geringer Konzentration, atmet. Das würde allerdings bedeuten, dass er als Nahrung Licht braucht. Vermutlich benutzt er zum Tanken seine Kopftentakel, die haben eine schöne große Oberfläche. Damit stecken wir in einem Dilemma. Damit er atmen kann, muss er sich in einem geschlossenen Raum aufhalten; um sich zu ernähren, muss er 'raus ans Sonnenlicht. Wenigstens kriegt er es hin, recht lange die Luft – seine Luft – anzuhalten oder zu speichern, wie unsere Delfine oder so ähnlich. Sonst hätte er nach seinem Auftauchen nicht so lange durchgehalten, bis er den rettenden Auspuff fand – oder roch." Verstohlen sah ich mich nach Vanessa um und versuchte an ihrem Gesichtsausdruck abzulesen, ob ihr gestriger Hassausbruch wegen Protons Tod mittlerweile nüchternem Abwägen gewichen war. Immerhin brachte ich zum Ausdruck, dass ich entschlossen war, ihr Hassobjekt zu retten.

Eine Frau hat viel feinere Sensoren als ein Mann. Vanessa hatte meinen Blick gespürt oder meine Gedanken gelesen oder was weiß ich; jedenfalls antwortete sie direkt auf meine nicht gestellte Frage: „Ist schon gut, Mart'. Es – er konnte nicht anders, denn er wurde angegriffen. Ich hätte gestern nachdenken und Herrn P. erst einsperren müssen, bevor ich einfach hinauslief. Jetzt, da klar ist, dass – er – nicht angreift, wenn er nicht angegriffen wird, bereue ich nicht, mich gestern für ihn eingesetzt zu haben. Er ist offensichtlich ein denkendes und fühlendes Wesen."

Ich atmete auf.

Falk ergriff wieder das Wort. „Also, Leute: Wie gehabt nichts Schriftliches. Und von uns weiß keiner 'was. Bevor ich mich mit dir, Mart', über das weitere Vorgehen bespreche, was unseren Gast angeht: Hat jemand noch etwas?"

Hannes – Stankowski, nicht Wodgurka – meldete sich: „Was ist mit unserem Arsch... – ich meine mit Dussel, unserem entflohenen Gefangenen?"

„Ach richtig, Sch...! Habt ihr gestern eigentlich noch nach ihm gesucht?"

„Hm, ja, ein bisschen. Er kann eigentlich nur in das Unterholz hinter unserem Gelände geflohen sein, garantiert nicht Richtung Straße. Ich kann mir nicht vorstellen, dass er Wert darauf legte, gesehen zu werden."

„Er war der einzige von außerhalb, der das gestrige Spektakel mitgekriegt hat", warf ich ein.

„Das sollte ihn gerade angespornt haben, sich möglichst schnell zu verdünnisieren."

„Unterschätz' die menschliche Neugier nicht. Und Dussel brauchte so schnell wie möglich ein Versteck.

Walt'", wechselte ich meinen Gesprächspartner, „als du..., äh, versuchtest, in den Kofferraum zu klettern: Was hast du gespürt?"

Walt' war es sichtlich unangenehm, auf seinen gestrigen Aussetzer angesprochen zu werden. Mir war die Antwort aber wichtig. „Du bist doch der Meinung, das Ding atmet aus und wieder ein – und beim Einatmen nimmt es mit, was zu nah dran ist", doppelte ich nach, „und gestern? Es hatte ja schon ausgeatmet – wir haben das Ergebnis in unserer Garage. Gestern, danach? Hattest du das Gefühl, es wolle einatmen?"

Walt' schnaufte. „Nein, gar nicht. Es hatte sich beruhigt. Sonst – sonst wäre ich heute nicht mehr hier."

„Ist die Vermutung völlig abwegig, dass es schon eingeatmet hatte?"

Falk schloss sich Walt's Schnaufen an. „Wir können das hier und jetzt nicht aufklären. Wir schreiben ins Buch: ‚Urs Dussel wurde auf Grund unbotmäßigen Verhaltens mündlich ermahnt. Dann erhielt er seine Papiere zurück und durfte fahren'."

„Und die kaputte Seitenscheibe?"

„Was geht, lassen wir so billig wie möglich unter der Hand reparieren oder reparieren es selbst. Den Rest nehmen wir aus dem Notfallfonds. Noch 'was?"

Alles Nicht-Außerirdische war nunmehr abgehakt. „Okay", wandte sich Falk an mich, „dann hecheln wir mal durch, wie es mit unserem Freund weitergeht."

„Ich hab' eine Frage an die anderen." Die Kollegen waren schon aufgestanden und verharrten nun erwartungsvoll in halb geduckter Pose. „Ich ging ja gestern voraus und sah mich mit Absicht nicht um, als unser Gast mir folgte. Jetzt verratet mir: Wie um alles in der Welt bewegt er sich auf oder mit seinen drei Krallen?"

Willi Kordal, der stellvertretende Stationsleiter, beschrieb es am besten: „Er hat ja keine richtigen Beine. Er lässt die Krallen in einer Art Walzertakt unter sich durchlaufen. Es sieht erstaunlich geschmeidig aus, ein bisschen wie wenn ein Kettenpanzer fährt."

„Und kann auch sehr schnell sein, wie Walt' erzählte. Ach Walt', überlässt du mir deinen Fund, dieses Ding, das wie ein Transistorradio aussieht? Ich denke, unser Gast kann damit mehr anfangen als wir. Hast du damit eigentlich etwas damit gemacht?"

„Da hat so ein Stab hervorgeragt. Auf den habe ich gedrückt."

„Und?"

„Er verschwand im Gehäuse. Dann habe ich auf das Loch gedrückt, worin er verschwunden war. Da kam er wieder heraus."

„Das war's?"

„Hm, ich versuchte es noch einmal – drücken, meine ich. Es geschah aber nichts mehr, egal, was und wie ich fummelte."

„Hoffentlich hast du nichts unwiederbringlich demoliert. Umso ratsamer scheint mir, dass wir es dem Eigentümer – falls unser Außerirdischer es sein sollte – zurückgeben."

„Wahrscheinlich hast du Recht. Ich hol's dir – oder ihm."

Das Hinterzimmer leerte sich. Ich blieb mit Falk und Willi zurück. „Wie siehst du dein weiteres Vorgehen?" begehrte Falk zu wissen

„Wie du sagtest, Falk, ist unsere Aufgabe, unserem Besucher schnell die Rückkehr zu ermöglichen – falls wir das überhaupt hinkriegen. Dazu muss er als erste Priorität überleben; als zweite müssen wir versuchen, uns mit ihm zu verständigen, nicht zuletzt, weil er uns vielleicht einige Informationen liefern kann über all' das, was uns mit dem Mercedes bisher widerfahren ist, und als dritte müssen wir verhindern, dass ihn irgendjemanden zu Gesicht bekommt, der nicht zu unserer Station gehört. Ich möchte ihn nicht einsperren, aber er muss trotzdem unter Verschluss bleiben; die Quadratur des Kreises! Denn ich stelle mir vor, dass er zwischen dem 190er und seiner ,Wohnung' hin- und herlaufen muss, um eventuelle Reparaturen durchzuführen."

„Reparaturen?"

„Meines Erachtens ist der Mercedes ein ganz normales Bauteil aus seiner Welt. Es ist aber nicht ganz in Ordnung, sonst wäre es besser analysierbar. Eine Fledermaus, ein

Fisch, Blumen, dann er?! Das alles ist zu unlogisch, als dass es eine normale Funktionsweise wäre. Finde ich."

„Da ist 'was dran. Hoffen wir das Beste. Beginnen wir mit Punkt 1: Sein Überleben sichern."

„Da macht mir eins große Sorgen."

„Was? Zu wenig CO_2, zu wenig Licht?"

„Denk' an ‚Krieg der Welten'."

„Ein genialer Roman von Herbert George Wells und ein geniales Hörspiel von Orson Welles. Aber was hat das mit unserem Gast zu tun?"

„Woran sind die Marsmenschen gestorben?"

„An den Mikroben unserer ... – ah, jetzt weiß ich, worauf du hinaus willst."

„Eben. Wir haben keine Ahnung, wie empfindlich unser Gast auf Viren und Bakterien reagiert. Kann sein, dass er jetzt schon tot ist – naja, das glaube ich nicht, dann hätte er schon die Nacht nicht überstanden –, oder bald an einer Krankheit eingeht. Kann aber genauso gut sein, dass er völlig immun ist."

„Und was willst du tun?"

Ich zuckte mit den Schultern. „Nichts, denn ich habe nicht die leiseste Ahnung, ob und wie ich ihn impfen könnte. Wir können nur das Beste hoffen." Ich wandte mich zum Gehen. „Mal sehen, was sich machen lässt. Als Nächstes werde ich unseren vor sich hin nagelnden Einsatzwagen 1 durch das Notstromaggregat ersetzen. Bei dem besteht wenigstens nicht die Gefahr, dass es verrußt, sich abwürgt und unseren Gast dem Erstickungstod aussetzt."

Walt' platzte herein und übergab mir das Teil von einem anderen Stern. Ich schaute es mir an. Es war ungefähr so groß wie eine Zigarettenschachtel, aber deutlich schwerer. Die Oberfläche war fein gemasert und wirkte organisch, ein bisschen wie Rindsleder, und als erster von allen Auswürfen unseres Mercedes beinahe angenehm zum Anfassen. Ich steckte es bedenkenlos in meine Uniformjackentasche.

Vanessa: Heimkehr?

Es währte einige Zeit, die Rinxal an seinem Gerät herumschraubte – oder was auch immer er damit tat. Eines Tages, der uns viel zu schnell gekommen zu sein schien, war er sich sicher, alles in Ordnung gebracht zu haben. Uns war klar, dass der Tag seiner Abreise unmittelbar bevorstand und dass diese endgültig sein würde. Nur wenige Wochen waren seit seiner Ankunft verstrichen und uns kam es wie ‚immer schon' vor, dass wir einen exotischen Gast in unserer Garage beherbergten. Martins Befürchtung hatte sich als unbegründet und unser Schützling aus fernen Welten für irdische Krankheitserreger als unangreifbar erwiesen.

Es war soweit. Niemand wäre auf die Idee gekommen, Rinxal zurückhalten zu wollen, aber hier und da meinte ich die starken Männer unserer Station beim Gedanken an seinen Abgang eine Träne in den Augenwinkeln zerdrücken zu sehen. Bei mir war die leise Wehmut durch Herrn P.s Tod neutralisiert, auch wenn ich längst eingesehen hatte, dass Rinxal nicht anders gekonnt hatte als sich zur Wehr zu setzen. Ich war die dumme Kuh gewesen; hätte ich den Hund zuverlässig weggesperrt, bevor ich damals losrannte, wäre ihm nichts geschehen. Ob er sich je an Rinxal gewöhnt hätte, ist eine andere Frage; sein Instinkt hätte es ihm auf jeden Fall schwerer gemacht als uns, die wir zwischen instinkt- und intellektgesteuerten Geschöpfen zu unterscheiden wissen.

Als Abschiedskomitee waren Falk als Stationsleiter, Willi als stellvertretender Stationsleiter, Mart' als Operator und ich als die gute Fee, die durch ihren Einsatz zugunsten des schrecklichen Wesens erst dessen Überleben gesichert hatte, vorgesehen; ich sah aber – und Falk, Willi und Mart' natürlich auch –, dass sich die Truppe unvorschriftsmäßig ihre Nasen an den Fenstern plattdrückte. „Hoffentlich läuft jetzt kein Notruf ein", schoss es der Funkerin in mir durch den Sinn, aber rasch gewann die gute Fee wieder die Oberhand.

Rinxal kletterte in den Kofferraum – den Begriff bekamen wir nicht aus unserem Sprachgebrauch getilgt, obwohl wir mittlerweile wussten, was das Ding in Wirklichkeit war –, begab sich in die Waagerechte – was wir Menschen als hinlegen bezeichnen würden, bei unserem Gast aber irgendwie überhaupt nicht passte – und versuchte seine Extremitäten darin unterzubringen. Mart' fummelte fast liebevoll hier und da herum, um irgendeine Hautfalte sicher hinter den Abgrenzungen des bald zuschlagenden Deckels zu verstauen. Die Erinnerung, wie sehr wir uns zu Beginn vor diesem Außerirdischen – dieser Kreatur, vor allem seinen Rüsseln – geekelt hatten, verführte mich zu der fast philosophischen Frage, warum sich Menschen so selten intelligent verhalten. Vor allem Männer, scheint mir, weisen in diesem Punkt häufig Defizite auf. Es gibt natürlich Ausnahmen wie Mart'.

Rinxal quietschte kläglich. Ganz verstanden wir ihn nicht, aber dass seine Töne auf „beeilt euch!" hinausliefen, schien sonnenklar. Er war in dem Kofferraum des Mercedes 190 W 110, in den ein erwachsener Mensch ohne allzu große Verrenkungen hineinpasst, wie eine Sardine in ihrer Büchse zusammengequetscht. „Ganz ruhig, alles bestens", beruhigte Mart' ihn und tatsächlich ragte nichts mehr über die Reling. Er knallte den Deckel zu und beeilte sich, auf den Knopf zu drücken, den zu drücken ihn Rinxal angewiesen hatte. Er beeilte sich dermaßen, dass ich das Gefühl hatte, er überliste sich selbst gegen die Versuchung, die Abreise zu verzögern oder gar zu verhindern.

Rinxals Abgang geschah unendlich unspektakulärer als seine von Blitzen begleitete Ankunft. So unspektakulär, dass wir uns ungläubig ansahen. War die Abreise tatsächlich erfolgt? Weder Falk noch Willi noch Mart' trauten sich, sich zu vergewissern, sodass wieder einmal ich die Initiative ergriff, auf das Ding zustapfte und die Klappe aufriss.

Ein bisschen bedauernd, aber hauptsächlich erfreut stellte ich fest, dass das eingetreten war, was auch hatte eintreten sollen: Der Transmitter war bis auf das, das wie eine Fuß-matte aussah, leer. Rinxal hatte – hoffentlich – den Weg in seine Heimat zurückgefunden.

Das erleichterte Ausatmen Falks, Willis und Martins war deutlich und die gleiche Zwerchfellbewegung aller, die als Zaungäste ausharrten, leise zu vernehmen. Oder bildete ich mir das nur ein? Dann bemerkte ich, dass ich immer noch die Luft anhielt und gönnte auch meiner Lunge endlich frischen Sauerstoff.

„Und nun?" fragte Willi Kordal, der stellvertretende Leiter unserer Station.

„Was denkst du wohl, was nun kommt?" knurrte Falk Schu-macher, der amtierende Leiter unserer Station.

„Ich ahne es."

„Alltag, schäbiger, rauer, unappetitlicher Alltag. Wir werden uns wieder mit Rasern, Besoffenen, Drogensüchtigen, gewalttätigen Schlägern und sonstigen Kriminellen herum-schlagen. Und das gern tun werden, weil …"

„… weil uns das hier sehr schnell wie ein kollektiver Traum vorkommen wird", vervollständigte Martin Ansaldo den Satz seines Vorgesetzten. Dann brach er in Tränen aus.

Der Rest der Truppe drang in Schuppen B ein.

„Was schaut ihr so entgeistert?" bellte Falk, unschlüssig, ob er seine Leute angesichts ihrer Pflichtvergessenheit zu-sammenfalten oder in Anbetracht der außergewöhnlichen Umstände, die sich ja nie wiederholen würden, fünf gerade sein lassen sollte.

„Dreh' dich mal um."

Wir hatten im einsetzenden Tumult das leise Quietschen und Krachen hinter uns zwar gehört, aber nicht wirklich wahrgenommen. Wir starrten auf das, das bisher wie ein in tadellosem Zustand abgestellter Mercedes 190 von 1961 ausgesehen hatte. Vor unser aller Augen zersetzte sich das Ding und löste sich in für uns nicht interpretierbare Einzelteile auf.

„'raus", befahl Falk, „wenn, gucken wir uns das Schauspiel von draußen an. So sicher wissen wir nicht, was hier noch abgehen wird."

Ohne zu murren gehorchten alle, sogar Mart'. Mich überkam das merkwürdige Gefühl, dass er mehr wusste als wir anderen, die fassungslos zusahen, wie sich das Mysterium des Schuppens B neun Jahre nach seinem Auftreten erst in Schrott und dann buchstäblich in Luft auflöste. Nach einer Woche war davon nichts übrig, wirklich nichts – auch die gründlichste Putzkolonne hätte den verlotterten Raum nicht sauberer bekommen als er jetzt von selbst glänzte. Im Lauf der kommenden Wochen und Monate normalisierte sich sein Zustand allerdings dadurch, dass irdischer Staub und Dreck es wieder schaffte, sich auszubreiten.

Die menschliche Psyche ist wirklich bemerkenswert. Wie Falk prophezeit hatte, verblasste die Erinnerung an das Größte, das Vertretern der Spezies homo sapiens widerfahren kann, nicht gerade zu einem Traum, aber zu einem Erlebnis unter vielen anderen.

Martins Ehe läuft jetzt besser, sein Junge und seine kleine Tochter sehen ihren Vater häufiger als früher und bald verkündete er glücklich, dass ein drittes Kind unterwegs sei. Dennoch empfand ich, dass er insgeheim um einen guten Freund trauere.

„Da empfindest du richtig", vertraute er mir eines Tages an, „ich kann immer noch nicht fassen, wie überlegen uns Rinxals Kultur sein muss. Was hätten wir alles von ihm lernen können."

„Eigentlich wahr. Nein, nicht eigentlich, wirklich wahr. Falls es je zu einem zweiten Kontakt kommen sollte, werden wir das leider nicht mehr erleben. Immerhin hegen wir die begründete Hoffnung, dass Rinxal seine Reise nach Hause unversehrt überstanden hat. Mehr können wir nicht erwarten."

„Alles, was er mir erzählt hat", spann Mart' seinen Faden weiter, „habe ich auch nicht verstanden, aber er hatte begriffen, dass dieses Ding aus seiner Welt hier nur Unheil anrichtet. Er hegte zwar die Hoffnung, dass das aufhören würde, nachdem er dessen Defekte repariert hätte, meinte aber, dass es besser sei, wenn es ganz verschwände. Er programmierte deshalb sein Modem darauf, dass sich der Transmitter durch eine Art automatischen Rostfraß nach dem ersten Einsatz selbst zerstören sollte."

„Ich hatte mir direkt gedacht, dass du Bescheid wusstest, als die Zersetzung begann. Du wirktest nicht im mindesten überrascht."

„Weibliche Intuition, wie immer; das hätte ich berücksichtigen müssen. In meiner ersten Euphorie fand ich Rinxals Idee gut; erst später wurde mir bewusst, was er zu unserem Wohl für ein Risiko einging."

„Inwiefern?"

„Überleg' mal; wenn der erste Versuch nicht geklappt hätte, wäre er auf diesem Planeten hängengeblieben. Auf Dauer hätte er das nicht durchgehalten."

„Beruhigenderweise sieht es aus, als hätte es geklappt."

„Zumindest spricht nichts dagegen. Glaub' mir, ich gäb' viel dafür, Gewissheit zu haben."

Rinxal: Zu Hause!

Platz, hurra! Es war weiterhin dunkel, aber ich konnte mich wieder in die Senkrechte strecken. Über mir waren – wie es für unsere Kopftentakel angenehm ist – die in so einem Apparat üblichen Schaltelemente angebracht. Wo sich der Türöffner befindet, war mir bekannt, und mühelos öffnete sich der Blick auf meine geliebte Welt, auf Blitze und Helligkeit im Überfluss. Die Menschen hatten immer von Hunger geredet und jetzt erst wurde mir klar, was sie damit gemeint hatten. Die Lichtenergie, die mir auf ihrem Planeten gefehlt hatte, hatte mich vermutlich genau das verspüren lassen. Wie beschrieben hatte ich mich auf der Erde immer kraftlos und ausgelaugt gefühlt. Hier, zu Hause, war ich schlagartig wieder der durchtrainierte und kräftige Rinxal, der ich immer gewesen war. Auch die Bisswunde spürte ich in meiner gewohnten Atmosphäre kaum noch. Ob es sich mehr um einen psychologischen als physiologischen Effekt handelte, weiß ich nicht.

Ich schaute mich um.

Natürlich war niemand da. Die interessante philosophische Frage ging mir durch den Kopf, wieviel Zeit mittlerweile hier vergangen sein mochte. Der schreckliche Gedanke durchfuhr mich, dass alle meine Freunde und Kollegen längst tot seien. In die Vergangenheit hatte es mich gewiss nicht verschlagen.

Ich schaute mich genauer um.

Es sah genau so aus wie damals, als es passierte. Auch die beiden ... Ich stutzte. Statt der beiden außerweltlichen Gegenstände, die unsere Gruppe gesichtet hatte, erblickte ich nunmehr vier. Der eine war Roland Mayerinks Luger oder besser deren Reste und sein Hut, von einem weiterhin Unbekannten festgepflockt. Ich würde mich um diese Dinge kümmern, sofern meine Wanderbrüder das nicht inzwischen erledigt hatten. Ein Stückchen weiter lag aber ein anderes, neues Artefakt, das zweifellos aus meiner Gastwelt stammte.

Ich näherte mich ihm oder besser gesagt beiden Teilen, bis ich unmittelbar vor ihnen stand. Zunächst hob ich eine Kette mit einem Anhänger aus dem Gras. Der Anhänger stellte ein Kreuz mit Fortführungen im rechten Winkel dar, ein sogenanntes Hakenkreuz; offensichtlich ein Schmuckstück, das sich in stark angelaufenem Zustand befand. Unsere Atmosphäre hat nicht nur das für uns wichtige CO_2 zu bieten, sondern auch Chlor und Methan. Diese Zutaten können Metall ganz schön zusetzen. Für uns unschädlich nützen sie Mistviechern wie Ippsflatterern, Lopex Fendris oder Zufternissen, die Methan- beziehungsweise Chloratmer sind. In diesem Zusammenhang fiel mir mein Rucksack ein, den ich damals, vor Betreten des Transmitters, ins Gras gelegt hatte; Waffen, meine Kamera, die Wegbeschreibung und mein mobiles Sprechgerät waren dessen Inhalt gewesen. Meine Leute hatten ihn natürlich an sich genommen, was ich in der augenblicklichen Situation vor allem wegen der Waffen bedauerte.

Ein Stück weiter sprang mir eine weitaus dramatischere Botschaft aus jener anderen, mir nun recht gut bekannten Welt in die Augen. Und eine, an die ich mich dunkel erinnerte.

Als ich mich zum ersten Mal aus dem Schuppen B herauswagte, hatte ich zuerst nach Atemluft geschnuppert, die ich im Auspuff von Costas Einsatzwagen 6 fand. Meine Lage war sehr unbequem, da dieser tief unten angebracht ist. Dennoch hatte ich mit meinem Augenrüssel gesehen, wie sich eine offenbar verletzte Person hastig an mir vorbeibewegte. Wirklich gesehen hatte ich allerdings nur bestickte Cowboystiefel mit hohen Absätzen.

Einer davon lag nun vor mir im Gras, zum Teil bereits von diesem überwuchert. Ein Stück Knochen steckte darin, sonst nichts. Ich näherte mich dem grausigen Fund. Über seinen früheren Besitzer hatte Mart' einmal gesprochen; hieß er Arschloch und war Dussel seine Charakterbeschreibung oder war es umgekehrt? Wie dem auch sei: Den Abdrücken am oberen Ende des Knochens nach war es das Werk eines Zufternis mit seinen Reißzähnen.

Mir wurde ein bisschen mulmig. An sich bin ich für das Tier ein zu großer Happen, aber ich hielt es dennoch für sinnvoll, langsam aufzubrechen. Auch ohne Karte ist es ein Leichtes, den Rückweg in die Zivilisation zu finden, denn bis hierher war ein deutlich gekennzeichneter Wanderpfad vorhanden. Das schwierige Stück hatte ja erst vor uns gelegen.

Ein paar Stunden würde ich Zeit haben, einige Gedanken zu wälzen, ohne die Umgebung zu vernachlässigen. Einen Aspekt des ganzen Abenteuers hatte ich bei Mart' und seinen Leuten nicht angesprochen, denn ich wollte ihnen keine Sorgen bereiten; tatsächlich war er mir selbst erst vor kurzem eingefallen.

Die Funktionsweise eines Materietransmitters ist leicht zu erklären. Die Molekularstruktur eines Lebewesens oder eines leblosen Objekts wird kopiert und an anderer Stelle wieder zusammengesetzt, wobei sich die Quelle auflöst – sonst gäbe es mich jetzt ja doppelt. Mein Ausflug hatte die seit langem ungeklärte Frage beantwortet, ob auch die Materieübertragung der Lichtgeschwindigkeit unterworfen ist oder sich das Gegenstück im selben Augenblick beim Empfänger manifestiert, in dem sie der Absender startet. Experimente auf unserem Planeten wiesen zwar in Richtung der zweiten Theorie, aber die Oberfläche eines Himmelskörpers oder die Entfernung zu einem benachbarten bieten so winzige Messstrecken, dass deren Toleranzen die ermittelten Ergebnisse überdecken. Nun ist sie unter der Voraussetzung schlüssig bewiesen, dass seit meiner Abreise ungefähr dieselbe Zeit vergangen ist wie auf meinem Gastplaneten. Schade, dass ich meines Mobiltelefons nicht habhaft war, sonst hätte ich mich unmittelbar vergewissern können.

So weit, so gut.

Aber bevor ein Transmitter bereit ist, seine Arbeit aufzunehmen, muss er zunächst an den Ort verfrachtet werden, an den die Materie gesendet werden soll, und zwar physisch. Irgendwie, auf einem Lastwagen, einem Boot, einer Rakete oder sonst etwas. Irgendjemand hatte dieses Teil, das in menschlichen Augen wie ein Mercedes 190 aus dem Jahr 1961 ausgesehen hatte, von hier aus auf die Erde gebracht. Oder von woanders? Wieso war es in diesem Fall auf die Adresse in der hiesigen Wildnis eingestellt?

Mit mir bekannter Technik, auch der fortschrittlichsten, ist das nicht möglich. Nach gängigem Wissen vermag kein Raumschiff genügend Energie zu bunkern, um weit über ein Planetensystem hinaus zu kommen, und selbst wenn, bräuchte es Reisezeiten, die kein Individuum überdauert. Die schöne Idee der interstellaren Touristik mit Hilfe von ‚Beamern‘, wie Mart' diese Dinger unter Berufung auf eine populäre Fernsehserie seiner Welt genannt hatte, muss leider begraben werden.

Oder doch nicht? Der Mercedes. Ein Ding, das nicht nur für die Menschen, sondern auch für meine wissenschaftlichen Kollegen und mich eine Unmöglichkeit ist. Wir sind noch lange nicht am Ende unserer Wissenskette angelangt, sondern haben gerade ihren Anfang zu fassen bekommen.

Geschenk des Himmels
Frei nach Jules Verne

Wer versucht, in dieser Erzählung ein Motiv zu finden, wird gerichtlich verfolgt; wer versucht, eine Moral darin zu finden, wird des Landes verwiesen; wer versucht, eine schlüssige Handlung darin zu finden, wird erschossen.

Vorsatz zu dem Roman *Huckleberry Finns Abenteuer* von Samuel Langhorne Clemens alias Mark Twain

⌘

Während Kometen Trabanten sind, die, ähnlich den Planeten, in meist weitgestreckten Ellipsen die Sonne umkreisen und häufig erst nach Jahrhunderten wieder zu ihr zurückkehren, sind Meteore frei durchs All treibende Gesteinsbrocken. Diese können auch Absplitterungen zerfallener Kometen sein, denn deren Zusammenhalt ist selten stabil. Sind sie von geringer Masse, verglühen sie bei Eintritt in die Erdatmosphäre und bilden Sternschnuppen; sind sie von größerer, schlagen sie auf der Erdoberfläche auf und erzeugen Schäden unterschiedlicher Tragweite.

Für die Astronomen sind deshalb die Tausende kleinster Himmelskörper, die am Firmament umherschwirren, Alltag. Die Entdeckung eines neuen, der sich in mehreren Lichtstunden Entfernung befindet, nicht minder. Für die beiden Schwestern Louise, genannt Loo, und Jennifer Hudelson, genannt Jenny, waren sie nicht einmal das, sondern mental inexistent, obwohl beider Väter Astronomen sind.

„Langsam habe ich es leid, um Gordon herumzuscharwenzeln", sagte Loo gerade frustriert. Auch in Whaston, Virginia, begannen sich aus Europa herübergeschwappte Kaffeesorten wie Latte macciato und Cappuccino durchzusetzen und es galt als trendig, sich ihnen hinzugeben. Was blieb folglich dem eher biederen Café ‚Virginia Plain‘, das vor urdenklicher Zeit, genauer gesagt 1972 im Kielwasser des gleichnamigen Hits von Roxy Music gegründet worden war, anderes übrig, als in teure Maschinen zu investieren, die besagte Kaffeesorten in hervorragender Qualität auszuspucken sich brüsteten?

„Nun gib nicht gleich auf", versuchte Jenny ihre Schwester zu trösten, „es finden sich sicher weitere Gelegenheiten, ihn auf dich aufmerksam zu machen. Notfalls werde ich ..."
„Ach hör' auf, Jenny! Es würde so ablaufen wie immer. Das Perfide an Gordon ist, dass er sich durchwegs korrekt verhält. Wenn ich ihn um einen Gefallen bitte, erfüllt er ihn mir unverzüglich. Versuche ich dann, ihn mit einem Lächeln zu belohnen, um ihm Hoffnung auf weitere Belohnungen zu machen, guckt er an mir vorbei und sagt etwas Belangloses. Dann verabschiedet er sich höflich und rennt davon, ohne überhaupt meinen Dank wahrzunehmen." „Rennt?"
„Naja, kurz davor. Sein Bestreben, möglichst schnell Land zwischen sich und mich zu gewinnen, ist unübersehbar. Und nie, nie versucht er, mich zu einem Date zu überreden, auf einen Kaffee einzuladen oder sonst 'was. Das beweist doch alles!"

„Ach, Loo." So recht wusste Jenny nicht weiter. Gordon war ein Sohn des zweiten Astronomen, den das bescheidene Städtchen Whaston zufällig zu seinen Einwohnern zählte. So wie sich E. Sydney Hudelson zweier ausgewachsener Töchter erfreute, galt das für Dean C. Forsythe für seine beiden Söhne Gordon und Francis. Da Jenny und Gordon bereits das gesegnete Alter erreicht hatten, in dem sie in der Öffentlichkeit alkoholische Getränke zu sich nehmen durften – nämlich 21 –, fehlten Loo und Francis noch zwei endlose Jahre, bis auch sie sich dieses Privilegs würden erfreuen dürfen. Kurz und gut, Jenny Hudelson und Gordon Forsythe einerseits und Loo Hudelson und Francis Forsythe andererseits waren gleichaltrig.

Damit sind die wichtigsten Sehenswürdigkeiten des Städtchens aufgezählt, nämlich neben dem Café Virginia Plain seine beiden prominentesten Einwohner. Das unvermeidliche Heimatmuseum, die beiden Kirchen, das Gericht und das Rathaus hingegen sind keiner Erwähnung wert. Als Dritter, dem gewisse wichtige Geschäfte obliegen, sei der Friedensrichter und Standesbeamte John Proth erwähnt, der allerdings zum gegenwärtigen Zeitpunkt der Ereignis-abfolge keine Rolle spielt.

Dean Forsythe wirkt segensreich in der Sternwarte von Pittsburgh, Pennsylvania, und Hudelson nicht weniger se-gensreich in der von Cincinnati, Ohio. Beide Observatorien gehören nicht zu den ganz prominenten, sind aber am Gewinn neuer kosmischer Erkenntnisse in bescheidenem Maß beteiligt, zu denen selbstverständlich ihre Direktoren wiederum einen gewichtigen oder, um bei dem Begriff zu bleiben, segensreichen Anteil beisteuern. Manchmal sind es sogar sie persönlich, die einen unbekannten Kometen oder Meteor entdecken und seiner Anonymität entreißen.

Am heutigen 2. April geschah das auch und groteskerweise von beiden zum selben Zeitpunkt, nämlich um 23 Uhr, 37 Minuten und 22 Sekunden. Zufällig hatten die Direktoren Forsythe und Hudelson Nachtschicht und waren es selbst, die den neuen Himmelskörper in ihren Annalen aufzeich-neten. Es handelte sich um einen winzigen Punkt, der bisher mit bloßem Auge nicht wahrnehmbar war und so tat, als könne er kein Wässerchen trüben. Als die beiden mehrfach erwähnten Herren ins Wochenende nach Hause fuhren, taten sie das reinen Herzens und ohne jedes Arg, welcher Aufruhr während der nächsten Monate ihr Leben nachhaltig verändern würde. Es sei Sydney Hudelson an diesem letzten friedlichen Aufenthalt am heimischen Herd nachgesehen, dass ihm in professoraler Zerstreutheit die Betrübnis nicht auffiel, die seine Töchter heimgesucht hatte – Loo litt unter Liebeskummer und Jenny unter sich über-schlagenden Ideen, wie sie ihrer Schwester helfen könne.

Dann hatte die Ältere die eine zündende, die ihrer Meinung nach das Blättchen wenden würde. Zunächst jedoch hatte sie während des freitäglichen Abendessens die Berichte des Vaters über die Ereignisse der Woche zu überstehen, die sich diesmal um den neuentdeckten Meteor drehten, was wenig verwunderlich war. „Ist der denn eine epochale Erscheinung?" fragte Mutter Flora, Interesse heuchelnd.

„Nein, natürlich nicht", entgegnete der nichtsdestoweniger stolze Astronom, „erstaunlich ist höchstens, dass unsere kleine Sternwarte die erste war, die ihn sah und die ersten Messungen erstellte. Jedenfalls machte uns dieses Erstrecht bisher keiner streitig."

„Wird er denn Hudelson-Meteor heißen?" fragte Loo, die kurzzeitig aus ihrer Trübsal hochschreckte.

„Könnte schon sein." Sydney versuchte das in so zurückhaltendem Tonfall wie möglich von sich zu geben.

„Boah, ein Licht am Himmel, der nach unserer Familie benannt ist."

„Naja, eine kurze Zeit lang. Ein Meteor schießt durchs All, passierte den einen oder anderen Gesteinsbrocken wie unsere Erde und verschwindet wieder."

„Könnte er nicht hier auftreffen?"

„Das wäre ein erstaunlicher Zufall, Jenny, aber es ist durchaus möglich."

„Wird er denn die ganze Erde zerstören?"

„Er würde einigen Schaden anrichten, ohne Frage. Die entscheidende ist natürlich, wo. Sicher dort, wo er aufträfe. Ob es eine solche Erschütterung gäbe, dass von ihr auf dem ganzen Planeten etwas zu merken ist, ist zu bezweifeln. Ich glaube das jedenfalls nicht."

„Habt ihr sein Gewicht bereits ermitteln können?" schaltete sich Flora wieder in die Unterhaltung ein.

„Sagen wir Masse; Gewicht erhält das Ding erst, wenn es auf unserem Grundstück liegt", korrigierte Sydney seine Frau sanft. „Und welche Masse hat er dann?" Flora kannte ihren Mann gut genug, um sich durch solche Zurechtweisungen nicht aus der Ruhe bringen zu lassen.

„Ungefähr 20 Millionen Tonnen."

„Also 2½ Kilo pro Erdenbürger." Jenny vermag blitzschnell zu rechnen und lebt ihre Fähigkeit in einem Hang zu abstrakten statistischen Werten aus.

„Wenn du so willst."

Die Hudelsons und die Forsythes hatten Kenntnis von ihrer Existenz, aber die ältere Generation pflegte keinen persönlichen Umgang miteinander. Bei der jüngeren war das einfach dadurch anders, dass sie alle Gelegenheiten zu vorsexuellen Berührungen nutzte. Die Ableger der akademischen Abstammung trafen sich außer im Virginia Plain in der Nachtbar ‚Exodus' und an schönen Sommertagen zu Picknicks auf verschiedenen Wiesen und Waldlichtungen, an denen in der ländlichen Umgebung kein Mangel herrschte. Jenny, Loo, Gordon und Francis waren häufig dabei und deshalb miteinander bekannt, ohne dass die gemeinsamen Berufe ihrer Väter eine Rolle spielten.

Die Hudelsons und die Forsythes wohnten deshalb nicht weit auseinander, weil es in der Kleinstadt Whaston keine Möglichkeit gibt, weit auseinander zu wohnen – in sechs Blocks besteht das Maximum. So war es nicht weiter auffällig, wenn eine Person täglich häufig an derselben Stelle vorbeikam wie Loo in der Elisabethstraße, in der Familie Forsythe ihr Domizil aufgeschlagen hatte.

„Sie streunt schon wieder vor unserem Haus herum", sagte Gordon zu seinem Bruder Francis. „Die Straße ist für jeden zugänglich", wiegelte dieser ab. „Weiß ich auch, Francis. Aber diese Nervensäge macht sich ständig an mich heran, ob ich ihr nicht bei diesem oder jedem Handgriff behilflich sein könnte." „Warum verlegst du dich nicht auf den richtigen Handgriff?" „Blödmann! Meinst du, ich will mich mit solchem pubertierenden Gemüse behängen?" „Hältst du mich auch für pubertierendes Gemüse, Gordon?" „Wie kommst du denn da drauf?" „Weil Loo und ich gleichaltrig sind." „Das ist doch 'was anderes." „So?"

Ungefähr eine Stunde später klingelte es. „Sie wird es doch nicht wagen …?" knurrte Gordon, bewegte sich gleichwohl zur Haustür und sah zu seiner Freude Jenny davor stehen. „Ich will nicht lange stören", erklärte diese ein wenig atemlos, „aber hättest du Lust, Papas neuen Himmelskörper mitzufeiern? Wir veranstalten heute Nachmittag eine kleine Gartenparty."

Gordon stotterte ein „ja, gern", und bevor er sich's versah, hatte sich Jenny bereits umgedreht und schritt davon. Über die Schulter bekräftigte sie: „Um Drei. Danke für deine Zusage." Bevor Gordon seinerseits „danke für die Einladung" heraus hatte, befand sich Jenny bereits außer Hörweite.

„Was denn für einen Himmelskörper?" knurrte Dean Forsythe beim Mittagessen. „Das weiß ich doch nicht", erwiderte sein Sohn, „und es ist mir auch egal. Ich finde Jenny einfach nett." „Du wirst's erfahren, Gordon", grantelte der Vater weiter. „Es ist einfach so, dass auch wir in Pittsburgh einen neuen Himmelskörper entdeckt haben, einen Meteor, der mit ziemlicher Geschwindigkeit auf unsere gute Mutter Erde zu saust."

„Der Forsythe-Meteor?" Ein gewisser Spott lag in Gordons Stimme. Sein Vater war als ernster Wissenschaftler für derartige Feinheiten nicht empfänglich nahm ihn folglich nicht wahr. „Warum nicht? Es wäre ein verrückter Zufall, wenn du nachher zu Hudelsons gingest, um genau denselben zu feiern." „Was auch immer wir feiern; Es wird ein Hudelson-Meteor oder was auch immer sein."

Das weibliche Oberhaupt Martha schüttelte verständnislos den Kopf. „Euch Männern ist nicht zu helfen. Immer wollt ihr euch irgendwo verewigen, sei es im Himmel oder auf Erden." „… oder in der Hölle", setzte Gordon leise genug hinzu, dass ihn sein Vater nicht hörte.

Zur angegebenen Uhrzeit fand er sich in der Morrisstraße 17 ein und stellte zu seiner Enttäuschung fest, dass sich die Teilnehmer der groß angekündigten Gartenparty außer ihm im Nachwuchs der Familie Hudelson erschöpften. Er hatte den Zusammenhang nicht bedacht, dass Loo Jennys jüngere Schwester ist, und schalt sich einen unvorsichtigen

Narren, das nicht berücksichtigt zu haben, obwohl er es sich hätte zusammenreimen müssen, hätte er alle ihm zuvor bekannten Fakten auf die Waagschale gelegt.

Er gab zu, dass der Nusskuchen, den Loo gebacken hatte, ausgezeichnet schmeckte, und ergab sich in sein Schicksal. Dieses hatte es mit ihm gar nicht so böse gemeint, denn die Unterhaltung mit Jenny verlief in die Richtung, die ihm vorschwebte. Sie wusste nämlich ganz genau, welcher Himmelskörper, den ihr Vater entdeckt hatte, nun in dessen Abwesenheit ‚gefeiert' wurde.

„Ein ziemlich schwerer Meteor, der mit ebenso ziemlicher Geschwindigkeit genau auf die Erde zurast", erklärte sie, „und der wohl ‚Hudelson-Meteor' heißen wird, solange er lebt oder sichtbar bleibt."

Gordon erinnerte sich des Auftrags, den wiederum sein Vater ihm mitgegeben hatte, und hakte nach. „Handelt es sich möglicherweise um das Ding, das vorigen Mittwoch um 23 Uhr, 37 Minuten und 22 Sekunden erstmals beobachtet wurde?" „Genau. Das steht wohl bereits im Netz?!" „Das tut es sicher, aber ich weiß es von meinem Papa, der, wie dir bekannt sein dürfte, Astronom in Pittsburgh ist und dieselbe Sichtung machte." „Zu demselben Zeitpunkt?" „Das nehme ich an. Es kann sich allerdings auch um einen ganz anderen Gesteinsbrocken handeln. Meteore schwirren ja zu Tausenden durchs Universum."

Jenny und Gordon wandten sich von dem Thema ab, denn sie wollten jeden Streit vermeiden, wessen Papa möglicherweise den früheren Anspruch des Erstentdeckers auf einen formlosen Trümmer in der Weite des Alls zu erheben das Recht hätte, denn dafür gefielen sie sich zu gut. Über ihre Ausbildungen und daraus resultierenden Zukunftspläne zu sprechen war die weitaus bessere Alternative.

Irgendwann fiel Jenny ein, dass sie das Treffen arrangiert hatte, um Loo Zugang zu Gordon zu verschaffen. Nun war sie in eine angeregte Unterhaltung mit diesem vertieft und ihr wurde bewusst, dass Gordon außer das Lob über den gelungenen Kuchen ihrer Schwester kein Wort gewidmet und sie nicht einmal eines Blickes gewürdigt hatte. Loos zusammengekniffener Mund sprach Bände. Jenny überlegte fieberhaft, wie sie der ganze Sache eine Wendung zum gewünschten Ziel verpassen könnte, ohne dass es zu plump wirkte. Vor allem musste sie sich aus dem Rennen nehmen, so leid es ihr tat.

„Entschuldigt mich, ich ‚muss‘ mal", sagte sie deshalb, entfernte sich und ließ die beiden Unglücklichen allein. Jetzt wäre es an Loo gewesen, etwas Geistreiches zu sagen und Gordons Aufmerksamkeit auf sich zu lenken, aber ihr fiel überhaupt nichts ein. Gordon seinerseits war die Peinlichkeit der Situation nur zu klar, sah sich aber nicht veranlasst, sie mit seiner Hilfe zu beenden. Schließlich war nicht er es, der sie herbeigeführt hatte.

Als Jenny nach einer angemessenen Zeit zu der Gartensitzgruppe zurückfand, erkannte sie unmittelbar, dass ihre Kuppelabsicht mehr als voll danebengegangen war, denn die Zurückgebliebenen starrten verbissen ins Leere. Sie schluckte und wandte sich Gordon in spitzem Ton zu. „Hör‘ mal, sag‘ deinen Eltern und Francis einen schönen Gruß. Ich drücke die Daumen, dass unsere Väter verschiedene Meteore entdeckt haben, sonst könnte das Ganze in einen unerfreulichen Konkurrenzkampf ausarten."

Gordon erkannte, dass Jenny damit die ‚Party‘ für beendet erklärt hatte und setzte zu einem letzten schwachen Versuch an, sich mit ihr unter Ausschluss der überflüssigen Schwester zu treffen. „Wollen wir uns nicht einmal im Virginia Plain auf einen Kaffee …" „Vergiss es!" Jennys Reaktion fiel gegen ihren Willen deutlich heftiger aus als sie vorgesehen hatte, aber der desaströse Ausgang ihres Versuchs versetzte sie in Zorn, den loszuwerden ihr ungeachtet des Adressaten ein innerer Trieb war. Gordon rang sich ein halbwegs höfliches „tschüss" ab und verzog sich außer Sicht, so rasch es ihm unter Wahrung seiner Würde möglich war.

Kaum sah sie sich mit ihrer Schwester allein, brach Loo in Tränen aus. „Da hast du's", schluchzte sie, „ich gefalle ihm überhaupt nicht, aber du bist umso mehr seine Favoritin. Mach' dich doch an ihn 'ran!"

„Quatsch", raunzte Jenny zurück, „was hab' ich denn mit dem Stoffel zu schaffen?!" Leider bewirkte ihre grobe und deswegen durchschaubare Reaktion zweierlei: Dass sie ihre Schwester vor den Kopf gestoßen und offenbart hatte, dass sie sehr wohl herzliche Gefühle für Gordon empfand. Als Loo ruckartig aufstand und ins Haus rannte, ohne ihre Schwester eines weiteren Wortes zu würdigen, erkannte diese, dass sie ungefähr alles falsch angefasst hatte, was falsch anzufassen war.

„Das Panoptikum hier läuft konträr zu allen klassischen Komödien", sagte sie halblaut zu sich, da sich niemand mehr in Hörweite befand. „Dort muss immer die ältere Tochter zuerst weg, bevor die sabbernden Freier um die knackige jüngere werben dürfen. Bei uns ist's gerade umgekehrt."

Zum Glück war der Zusammenhalt zwischen den Schwestern eng genug, dass sie sich versöhnten, kaum dass ihr Vater wieder zu seiner Bude in Cincinnati aufgebrochen war. Dort bewohnt er während seiner Arbeitswoche ein mit dem Nötigsten ausgestattetes Domizil, denn täglich zwei Mal die Strecke Whaston – Cincinnati zurückzulegen liegt nicht im Bereich des Sinnvollen – ein Schicksal, das sein Kollege und Konkurrent Dean Forsythe für die Relation Whaston – Pittsburgh mit ihm teilt.

Sydney Hudelson hatte durchaus gemerkt, dass seine jüngere Tochter bedrückt war, fühlte sich aber außerstande, in die Psyche junger Frauen einzudringen. Seine eigene, Flora, hatte einst ihre romantischen Vorstellungen einer erfüllten Zweisamkeit begraben, bevor sie ihr Ja-Wort gab.

„Gibt's neue Erkenntnisse?" erkundigte sich der Direktor bei seinem Assistenten, James B. Beangrier, der die Wochenendschicht übernommen hatte und sofort im Bild war, was sein Vorgesetzter von ihm zu erfahren begehrte. „Ja, Dr.

Hudelson. Der Meteor nähert sich uns mit atemberaubenden tausend Metern pro Sekunde, also fast der doppelten Geschwindigkeit, mit der die Erde um die Sonne kreist." „Uns?" „Es scheint, dass er tatsächlich auf uns zusteuert. Natürlich ist es zu früh, darüber zu spekulieren, ob er tatsächlich auftrifft und wenn, ob er nicht vorher in der Erdatmosphäre verglüht." „Wär' nicht der Erste."

Ebenso wie Dr. Hudelson in Cincinnati vertiefte sich Dean Forsythe in Pittsburgh in die Unterlagen, die ihm sein Faktotum Thomas O. Wif elektronisch übermittelt hatte. Da besagtes Faktotum der Welt geheim zu halten trachtete, dass das O. für Omikron stand, nannte ihn alle Welt so. Das wäre nicht schlimm gewesen, hätte dem armen Kerl nicht ein Umstand der Natur einen Streich gespielt. Er war nämlich im Zuge des Erwachsenwerdens bei für einen Mann undankbaren 1,63 Metern Körpergröße steckengeblieben.

„Hör' mal, Omikron", sprach ihn Dean Forsythe deshalb an, „das kann doch nicht sein. Bei einer geschätzten Masse von 20 Millionen Tonnen ein Volumen von knapp einer Million m³. Das bedeutete ein spezifisches Gewicht von beinahe 20. So ein kompakter Bolide kam uns noch nie unter. Bist du sicher, dass ihr euch nicht verrechnet oder verguckt habt?" „Ja, Chef. Wir haben sicher 20 Mal nachgerechnet, weil auch uns das unwahrscheinlich vorkam."

Auch Dr. Hudelson saß zweifelnd vor den Ergebnissen, die ihm Beangrier vorgelegt hatte. „Beangrier, wissen Sie, was das bedeutet? 19,7 ist das spezifische Gewicht von Gold." Der Angesprochene, der ebenso ängstlich wie sein Gegenstück in Pittsburgh den vollen Wortlaut seines zweiten Vornamens zu verheimlichen suchte, bestätigte die Aussage mit einem Kopfnicken. „Das weiß ich, Herr Doktor, aber wir haben gerechnet und gerechnet, kamen aber immer wieder aufs selbe Ergebnis."

Hudelson vertiefte sich seinerseits in die Formeln, brummte hier und da Zustimmendes, hier und da Ablehnendes. Dann explodierte er schier. „Bohne! Was lese ich da?! Das

kann ja wohl nicht wahr sein!!" Das war er, der volle Wortlaut der Initiale B. und einzig angewendet, wenn der Chef
mit einer Wende des Schicksals nicht zufrieden war. Bean
bedeutet nämlich Bohne; leider lässt auch die Übersetzung
offen, ob es sich um knusprig geröstete Kaffeebohnen oder
blähende Hülsenfrüchte handeln sollte.

„Was ist denn, Herr Doktor?" erwiderte Beangrier kläglich,
weil er ganz genau wusste, was war.

„Forsythe-Meteor!!" Sydney Hudelson fuhr herum und sah
den Assistenten fassungslos an. Dann fuhr er lautstark fort:
„Bisher nahmen wir an, dass das Ding da oben ein Meteor
wie tausend, nein eine Million anderer ist. Sollte er aus Gold
bestehen, und es spricht einiges dafür, sieht das natürlich
ganz anders aus. Dann wäre sehr wichtig, nach wem er benannt ist, und diese Ehre gebührt ohne Zweifel mir, Doktor
Ernst Sydney Hudelson von der Sternwarte in Cincinnati,
Ohio."

Zeitgleich explodierte auch der Direktor eines konkurrenzie-
renden Observatoriums, als er in den ihm zugeschickten
Unterlagen den untersten Absatz entdeckte. „Hudelson-
Meteor?! Dass ich mich nicht totlache! Keinem anderen als
mir, Doktor Dean Constantin Forsythe von der Sternwarte
in Pittsburgh, Pennsilvanien, gebührt die Ehre der Entdeckung! Welcher Schmierfink von blogger hat denn das
hier in die Welt gesetzt?"

Während neben Tausenden Weiterer die beiden auf diese
Weise ans Licht der Öffentlichkeit gespülten Astronomen
weiterrechneten und extrapolierten, ob und wenn ja, wann
und wo das Goldstück auf die Erdkruste aufschlagen würde,
geriet dieses immer mehr auf den Radarschirm des nach-
richtenhungrigen Publikums. Zunächst wogten in Whaston,
der Keimzelle des unerwarteten Himmelsgeschenks, die
gegenläufigen Wellen von Begeisterung und Entsetzen zunächst unmerklich und dann sicht- und fühlbar immer höher.

Die bekannteste bloggerin Whastons ist Emmilou Jackson,
die ihre follower normalerweise mit Mode- und sonstigen

Outfitneuigkeiten sowie Prominentenklatsch versorgt, hatte als Freundin Jenny Hudelsons Partei für deren Vater ergriffen und den Hudelson-Meteor aus der Taufe gehoben. Der bekannteste männliche blogger ist Wilson Clarish, eigentlich für Motorenöl- und Prozessorenoptimierung zuständig, hatte sich als Freund Gordon Forsysthes selbstredend auf die Seite von dessen Vater geschlagen und den Forsythe-Meteor kreiert.

Die beiden jungen Leute hatten sich noch nie zuvor für die Geheimnisse über ihren Köpfen interessiert, zogen jetzt als lernfähige Exemplare ihrer Generation indes alle Register. Flugs hatten sie sich kundig gemacht, was der Unterschied zwischen Planet, Komet und Meteor ist, und überschütteten nunmehr ihre Anhängerschaft mit Informationen aller Art über deren Unterschiede und damit, wie wichtig es sei, dass Whaston als Entdeckerwohnort der größten Menge Goldes, deren habhaft zu werden im Bereich des Möglichen zu liegen begann, einen gehörigen Anteil daran gebühre.

Nur – wer war der Entdecker? Dummerweise ein Mann, das war sicher, aber hieß er nun Dean Forsythe oder Sydney Hudelson? Die Wohnstraßen der Familien, die Elisabeth- und Morrisstraße, verliefen im rechten Winkel zueinander und trafen sich genau auf dem Rathausplatz, der nicht nur seinem namensgebenden, sondern auch dem Gerichtsgebäude seine Adresse verlieh. Vorläufig konzentrierten sich die jeweiligen Jünger in den Straßen ihrer Idole, berührten sich nicht und verhielten sich erstaunlich friedlich. Das lag wahrscheinlich daran, dass sich Emilous follower eher aus weiblichen und Wilsons eher aus männlichen Elementen zusammensetzten.

Und daran, dass sich im Stillen unterschiedliche Wünsche manifestierten. Die Männer forderten von Dean Forsythe immer lautstärker, gefälligst dafür zu sorgen, dass ‚sein‘ Meteor in Whaston zu landen habe, damit keine Neider aus anderen, unwichtigen Teilen der Erdkugel auf den Gedanken verfielen, auch sie hätten Anspruch auf einige Gramm des Whaston'schen Goldes, während besorgte Frauen eine Petition in der Morrisstraße 17 abgaben, in der sie Sydney Hudelson inständig baten, den Goldklumpen in eine ausreichende Entfernung zu lenken, denn – so ihre Argumentation – ein Brocken der errechneten Dimension würde wohl einigen Schaden anrichten, sollte er es sich zum Beispiel einfallen lassen, auf einen der Kirchtürme zu stürzen.

Es bedarf keiner Erwähnung, dass sowohl die Sternwarte von Cincinnati als auch die von Pittsburgh an ihr Personal die Parole ausgegeben hatte, dass der Fund geheim zu halten sei; es ist jedoch hinlänglich bekannt, dass schon bei einer einzigen wissenden Person zu viel die Ausbreitungsgeschwindigkeit einer brisanten Information die eines Lichtquants überschreitet und exponentiell zur Anzahl weiterer wissenden Personen ansteigt. Wer glaubt, dass es sich dabei um ein Phänomen der digitalen Medienwelt handelt, befindet sich allerdings in einem Irrtum. Bereits im alten Rom überholte die Gerüchteküche stets die Pferde der offiziellen reitenden Boten.

Sei zunächst der kümmerliche Rest der Welt, die sich in gebührendem zeitlichen Abstand zu Whaston immer mehr in eine Art Weltraum-Goldrausch hineinsteigerte, außen vor gelassen und das Augenmerk auf die Elisabethstraße 27 und die Morrisstraße 17 fokussiert, denn es liegt auf der Hand, dass weder Jenny und Loo Hudelson noch Gordon und Francis Forsythe von den Auswirkungen der sich hochschaukelnden Ereignisse unberührt blieben.

Loo hatte über Gordon unverblümte Schimpftiraden vom Stapel gelassen, die dieser allerdings nicht hörte, sondern sich über ihre Schwester Jenny ergossen: „So ein Depp. Nur weil sein Papa Unsinn über einen goldenen Meteor ablässt, haben wir jetzt ständig Gelärme ums Haus."

Jenny versuchte begütigend auf ihre temperamentvolle Schwester einzuwirken. „Erstens ist Gordon Gordon und nicht sein Papa und zweitens hat unserer ja Ähnliches verkündet." „Schon, aber geheim zu halten versucht." Jenny zuckte hilflos mit den Schultern. Wenn Loo in Fahrt war, war sie in Fahrt.

Gordon brachte seinerseits zwar nicht Loo ins Spiel, aber sehr wohl den Konkurrenten seines Vaters. „Dieser Hudelson", deklamierte er, „ist ein rechtes Rindvieh. Posaunt seine angeblichen Erkenntnisse hinaus, von denen er nicht weiß, ob sie überhaupt stimmen, und unabhängig davon, wie brisant sie sein mögen."

Auch ihn versuchte sein Bruder Francis von der Straße des Zorns auf die der Gelassenheit zurück zu bugsieren. „War unser Papa besser? Auch aus Pittsburgh sickerten ähnliche Behauptungen durch." „Behauptungen? Sag' bloß, du bist der Meinung, dass Papa freihändig Behauptungen und keine gesicherten Erkenntnisse verkündet?" „Offiziell hat er ja gar nichts verkündet, übrigens genauso wenig wie sein Konkurrent und unser Nachbar Sydney Hudelson."

Über ein gewisses Maß gedieh die Empörung der beiden jungen Leute nicht, denn ein Rest von Zuneigung für Gordon war in Loo verblieben, während dessen Zuneigung zu Jenny immer höher aufloderte. Er dachte bereits darüber nach, welche Aktionen er starten könnte, um das Haus in der Morrisstraße 17 vor allzu viel Unbill zu bewahren.

Es begannen sich nämlich die Forsythe- und Hudelson-Anhänger zu vermischen, nachdem sie sich zunächst auf die Straßen ‚ihres' Idols beschränkt hatten. Darüber hinaus gesellten sich mehr und mehr gestandene Persönlichkeiten und Rentner zu der Rotte der ursprünglich jugendlichen und skandierten mit: „Forsythe, Forsythe!" oder eben „Hudelson, Hudelson!" in kürzester Zeit kam es dazu, dass vor den Fenstern der Elisabethstraße 27 Plakate mit ‚Forsythe go home!' und vor ihren Gegenstücken solche mit der Aufschrift ‚Hudelson go home!' auftauchten. Lediglich in einem Punkt waren sich die Kontrahenten einig, nämlich dass der Goldnugget Whaston und ganz allein Whaston gehöre. Man hatte mit dem alten, verlassenen Steinbruch auch schon einen idealen Landeplatz bestimmt. Der dortige Grund bestand ohnehin aus Trümmern und verbrennen konnte auch nichts. Denn eins hatte sich herumgesprochen: Dass ein Himmelskörper, der seinen Weg durch die Erdatmosphäre bis zum Grund findet, eine recht heiße Sache ist.

Loos Zorn hatte sich in Furcht und Entsetzen gewandelt. „Bald dringen sie in unser Haus ein und zerstören alles, was wir besitzen. Wenn wir Pech haben, bringen sie uns auch noch um."

Wieder fühlte sich Jenny hilflos, denn für ganz grundlos hielt sie Loos Sorge nicht. Mutter Flora hatte sich ihnen zugesellt und versuchte beruhigend auf ihre jüngste Tochter einzuwirken, was ihr aber aus dem einfachen Grund auch nicht gelang, dass sie dieselben Befürchtungen hegte.

Plötzlich sagte Jenny: „Hat es da nicht an der Gartentür geklopft?" Flora versuchte sich zu konzentrieren, vermochte aber die Frage nicht zu beantworten. „Mach' ja nicht auf", kreischte Loo, „sie warten bereits am Hintereingang auf uns, um uns zu lynchen." „Wenn sie das vorhätten, hätten sie wohl kaum höflich geklopft", erwiderte Jenny, schritt zur Tat, das heißt zur Gartentür, und riss sie auf.

Ihre freudige Überraschung drang bis zum Wohnzimmer durch, das Mutter und jüngere Tochter zu verlassen nicht gewagt hatten. „Gordon! Francis! Kommt 'rein!"

Die jungen Männer begrüßten die erleichterten Frauen und rückten gleich mit dem Sinn ihres Besuchs heraus. „Wir haben unsere Mutter vorsichtshalber zu ihrer Schwester nach Charlottesville geschickt, solange die Straße passierbar war", erklärten sie, „und hielten es für besser, euch zu warnen und aufzufordern, es uns gleichzutun und abzuhauen."

„Warum seid ihr nicht mit eurer Mutter …?"

Gordon räusperte sich. „Naja, wir wollten euch nicht eurem Schicksal überlassen. Wir kennen einige Schleichwege abseits von Elisabeth- und Morrisstraße und trauen uns zu, uns auf jeden Fall heil und gesund durchzuschlagen."

Jenny sah Gordon und Loo Francis verliebt an. „Da wissen wir gar nicht, wie wir euch danken sollen. Habt ihr ein Auto?"

„Klar, meins", verkündete Gordon mit einigem Stolz, „und wir haben uns das eine oder andere Lebenswichtige eingepackt. Ich rate euch, dasselbe zu tun."

Es stellte sich heraus, dass sich die Frauen längst ebenfalls auf eine Flucht vorbereitet hatten. Schnell waren deren Gepäckstücke im geräumigen Kofferraum der Limousine, die auf einem für Fahrzeuge dieser Kategorie nicht zugelassenen Gartenweg geparkt war, verstaut und Gordon bugsierte sein Gefährt geschickt durch weitere derartige Gassen auf eine Wohnstraße, die sich zwischen dem gleichseitig-rechtwinkligen Dreieck, deren Katheten die Elisabeth- und die Morrisstaße bildeten, hindurchwand, sich, nachdem sie zur Hälfte überwunden war, zielstrebig der Hypotenuse jenes Dreiecks näherte und diese durchbrach. Bald wich die Bebauung Acker- und Weideland und ein Schild wies darauf hin, dass die Fünf in diesem Augenblick Whaston city limits hinter sich gelassen hatten.

Sie hatten es geschafft! Gordon hatte Flora auf den Beifahrersitz komplimentiert, während sein Bruder mit dem normalerweise undankbaren Mittelplatz auf der Rückbank Vorlieb zu nehmen hatte. Normalerweise undankbar, denn Francis genoss als seitliche Stützen zwei anschmiegsame Mädchenleiber und seine Hände fanden leider nirgendwo anders eine Parknische als entweder auf den Schultern der beiden Stützen oder auf deren Oberschenkeln. So getröstet fand er sich mit seinem schrecklichen Schicksal gern ab.

„Wo fährst du eigentlich hin, Gordon?" fragte Jenny. „Ich habe vor, zunächst euch nach Cincinnati zu schaffen, wo euer Pa wirkt, und selbst nach Pittsburgh weiterzufahren, wo …; naja, unser Pa die Welt oder zumindest Whaston ins Unglück gestürzt hat."

Sie hatte es nicht sagen wollen, aber eine Freud'sche Fehlleistung veranlasste Jenny, traurig zu bemerken: „Schade, dass wir nicht zusammenbleiben." Sie sprach so leise, dass sie hoffte, nicht gehört worden zu sein. Gordon hatte sie indes sehr wohl gehört und verstanden.

Dass die Angelegenheit in Whaston nicht weiter ausartete, war zwei Umständen zu verdanken. Erstens bestand, wie weiter oben bereits bemerkt, die von Emmilou Jackson ins Leben gerufene Fraktion zugunsten Sydney Hudelsons beinahe nur aus Frauen und die von Wilson Clarish zugunsten Dean Forsythes ebenso beinahe nur aus Männern. Nun haben die Vertreter des sogenannten starken Geschlechts Hemmungen, in aller Öffentlichkeit gegen die holde Weiblichkeit gewalttätig zu werden und wenn, treten umgehend Kavaliere auf den Plan, die dem Treiben Einhalt zu gebieten suchen.

Zweitens wandte sich Friedensrichter und Standesbeamter John Proth endlich von der Pflege seiner Rosen ab und dem Lärm zu, der seit Tagen vor seinem Haus zu vernehmen und seinem Wohlbefinden abträglich war.

Er war ein hochgeachteter Mann, der seine Stadt seit seinem Amtsantritt in einen Hort der Friedfertigkeit und des gesitteten Umgangs miteinander verwandelt hatte. Als er nun vor die Tür trat, wurde das Geschrei zunächst leiser und verstummte nach einer Viertelstunde völlig. „Was ist denn los?" fragte er arglos in die Stille.

„Ja, wissen Sie es denn nicht, Herr Richter?"

„Was sollte ich wissen?"

„Dass in unserem Steinbruch ein Meteor niedergehen wird, der aus vielen Millionen Tonnen Gold besteht."

„Soso. Viele Millionen Tonnen. Ist das denn gesichert?"

„Wir haben doch zwei Astronomen in unserem Ort, die das gemeinsam herausgearbeitet haben, Herr Richter."

„Ich weiß, die ehrenwerten Herren Forsythe und Hudelson. Nun, nehmen wir einmal an, dass das alles stimmt. Dann wird sich nach dem Niedergehen des Goldmeteors nichts ändern."

Wären Blicke Pfeile, wäre Richter Proth auf der Stelle tot umgefallen, denn sämtliche Einwohner Whastons starrten nunmehr auf seine Brust und in sein Gesicht. Die Spannung war so greifbar, dass es der Frage Emmilou Jacksons gar nicht bedurft hätte: „Warum das?"

Der Richter räusperte sich. „Warum ist Gold wertvoll?"

„Na, weil es selten ist."

„Eben. Wenn ein Meteor herunterfällt, der viele Millionen Tonnen davon enthält, ist es das nicht mehr. Ich schätze in diesem Fall den Goldwert im Vergleich zu Kaffee auf 2:1, das heißt ein Kilo Gold auf den Gegenwert von einem Pfund Kaffee. Sollte das Ding tatsächlich im alten Steinbruch niedergehen", und damit wandte sich John Proth bereits von der Menge ab, weil seine Rosen nach Wasser lechzten, „ist es am gescheitesten, dass ihr das geheim haltet."

Er ließ eine fassungslose Gemeinde zurück. Daran hatte niemand gedacht! Die Lider gesenkt, als wäre ihnen peinlich, zugegen zu sein, schlichen sich alle Teilnehmer des Spontanaufstands nach Hause und taten, als wäre eben erst Aufstehzeit und überhaupt nichts geschehen.

Nichts von all' dem bekamen die Verursacher der Aufregung in den Elfenbeintürmen ihrer Observatorien mit. Erst als am Mittwoch Sydney Hudelson seinen Dienstschluss antrat und ein Auto erblickte, das ihm vage bekannt vorkam, nahm er zwangsweise Kontakt mit der Wirklichkeit auf. Es war nämlich seine Tochter Loo, die ihm „hallo Papa" aus dem Fondfenster zurief. Wie von einer Wespe gestochen zuckte der Astronom zusammen.

„Loo?! Was um alles in der Welt machst du hier? Warum bist du nicht zu Hause am Lernen?" „Weil uns zu Hause der Boden zu heiß geworden ist." „Was sagst du da? Was soll das bedeuten?"

Bis zu Sydneys studentenbudenartiger Bleibe waren nur wenige Schritte zurückzulegen und bald quetschten sich sechs Personen auf allen verfügbaren Sitzgelegenheiten darin zusammen. Zunächst knurrend hatte der Gastgeber die Söhne seines Widersachers begrüßt und sich schließlich ein „danke" abgerungen, nachdem er erfahren hatte, dass diese seiner Familie selbstlos zur Flucht verholfen

hatten. Allmählich ging ihm auf, zu welch' atemberaubenden Konsequenzen seine Entdeckung und die von Dean
Forsythe geführt hatte

„Das darf doch nicht wahr sein", murmelte er immer wieder
vor sich hin und schüttelte pausenlos seinen Kopf.

Dann kehrte er in die Aktualität zurück. „Wie um alles in
der Welt kommt ihr darauf, dass der Meteorit – er vermied
mit Absicht, sein Baby mit seinem Namen zu bezeichnen –
ausgerechnet auf dem aufgelassenen Steinbruch in der
Nähe von Whaston niedergehen wird?" „Wir doch nicht.
Plötzlich war der kollektive Glaube da." „Das ist natürlich
ein Irrglaube." „Wissen wir selbst. Aber was hätten wir
machen sollen? Wenn wir Pech haben, sind in unseren
Häusern sämtliche Fensterscheiben zerschlagen, das Un-
bewegliche verwüstet und das Bewegliche geplündert."

Papa Hudelson sah seine Frau und die vier Jugendlichen
fassungslos an. „Ich hätte mir nie träumen lassen, dass ein
harmloser Gesteinsbrocken im All zu einem Bürgerkrieg
führen würde." „Das wäre wohl auch nicht passiert, wenn
es sich bei dem harmlosen Gesteinsbrocken nicht um einen
solchen aus Gold handeln würde.

Außerdem, lieber Pa", fuhr Jenny ungerührt fort, „hast du
dir selbst wohl auch einen Minikrieg mit deinem Kollegen
Forsythe geliefert. So ganz ins wissenschaftliche Nirwana
darfst du dich folglich nicht zurückziehen."

„Hm." Der liebe Pa kratzte sich am Kinn. Rückhaltlos aus
sich herauszugehen mochte er angesichts Gordons und
Francis' Anwesenheit nicht. Nun meldete sich zum ersten
Mal einer von ihnen, Gordon, zu Wort. „Wie sieht's denn
tatsächlich aus, Herr Dr. Hudelson?"

Der Angesprochene atmete auf, denn er sah Land in Sicht,
auf dem sich sicher zu bewegen ihm vergönnt sein würde.
Er holte seinen Laptop aus der Aktentasche und klappte
ihn auf. Er pflegte ihn mit sich auf die Bude zu nehmen,
weil ihm, sollte ihm eine zündende Idee zur Fortentwicklung

der Menschheit kommen, notfalls im Bett zu weiteren Berechnungen zu schreiten möglich war.

„Recht schnell hatten wir die Geschwindigkeit von tausend Metern pro Sekunde errechnet, mit denen sich das Objekt bewegt. Zunächst stand nicht fest, ob es sich wirklich auf uns zubewegt, aber auch das wurde rasch zur Gewissheit. Es kreuzt also unsere Planetenbahn, was aber nicht heißen musste, dass es das zu dem Zeitpunkt tut, während dem sich unser Planet genau dort befindet."

Sydney Hudelson ließ eine bedeutungsschwangere Kunstpause folgen. Dann fuhr mit erhobener Stimme fort „Bald darauf war auch das unumstößliche Tatsache." „Und das mit dem Gold?" „Ein bisschen Geduld, liebe Loo. Zunächst ging es darum, Aufprallort und -zeitpunkt zu bestimmen."

„Und wo und wann …?" Auch Gordon wurde zappelig. Der Wissenschaftler erkannte, dass sich die Geduld seiner Zuhörerschaft allmählich erschöpfte. Deshalb spulte er seine letzten Informationen wie ein Automat ab: „Ein Tag besteht aus 86.400 Sekunden. Aus der erwähnten Geschwindigkeit folgt, dass sich uns der Hudel…, äh, der Komet um ebenso viele Kilometer pro Tag nähert. Im Augenblick – das heißt, als ich ihn das letzte Mal beobachtete, hatte er die Distanz von fünf Millionen Kilometer unterschritten."

„Kannst du einen Vergleich sagen, wieviel das ist?"

„Gern, Loo. Unser Mond ist 384.000 Kilometer von uns entfernt. Daraus lässt sich leicht errechnen, dass der Komet die ungefähr 13fache Entfernung von der Erde trennt."

Gordon navigierte auf dem Taschenrechner seines Smartphones herum. „Viel wichtiger scheinen mir zwei Fragen: Wann kracht es und wo? Die erste Frage habe ich mir soeben selbst beantwortet: In knapp 58 Tagen.

Können Sie uns die zweite beantworten, Herr Dr. Hudelson?"

Herr Dr. Hudelson räusperte sich. „Nur die Linie, denn bei der genauen Minute sind wir noch nicht. Sie verläuft über die Nordhalbkugel, und zwar über Kanada, Russland, die skandinavischen Länder und Grönland. Das entscheidet sich vermutlich erst wenige Stunden vor dem Ereignis."

„Warum ist das so schwierig? Ich meine, warum handelt es sich um eine Linie und keinen Punkt?"

„Weil die Erde sich um die eigene Achse dreht und das mit einer um 23,44° zur Senkrechten im Verhältnis zur Sonne, zur sogenannten Eklipse geneigt, Flora. Wenn du auf einem Kirmesstand auf eine sich drehende, schiefstehende Kugel schießt, kannst du zwar die Höhe, sozusagen den Breitengrad bestimmen, den du triffst, aber nicht den Punkt. Setzt du ein Sperrfeuer an, wirst du nach Anhalten der Kugel eine Wellenlinie vorfinden, die die Treffer abbilden. Die Länder, die ich gerade nannte, bilden diese Wellenlinie."

„Demnach geht der verlassene Steinbruch von Whaston leer aus?"

„Geht er sicher, Loo. Wer hat denn diese absurde Theorie ins Spiel gebracht?"

„Vermutlich ein kollektiver Wahn wie die Marienerscheinung in Fatima anno 1917", warf Jenny ein. „Wenn schon ‚unsere‘ Astronomen das Ding entdeckt haben, werden sie wohl dafür zu sorgen wissen, dass es auch hier herniederfällt oder so."

Sydney Hudelson lachte aus vollem Hals, was er selten tat. „Wenn ich oder auch Dean Forsythe solche Fähigkeiten hätten, wären wir mitnichten Angestellte einer Sternwarte der C-Klasse.

Weitere Fragen?"

„Kann er nicht ins Meer fallen, Pa?"

„Kann er, Loo. Da die gedachte Linie sich jedoch über ein Gebiet großer Landmassen zieht, ist das eher unwahrscheinlich. Auch Island gehört in den in Frage kommenden Bereich. Nur ist durch deren begrenzte Ausdehnung kaum wahrscheinlich, dass ausgerechnet diese Insel Empfänger des Himmelsgeschenks wird."

„Gehört das Gold ..., ich meine der Rohstoff dem Land, auf dessen Territorium es niedergeht?"

„Ich bin mir nicht sicher, ob das wirklich internationales Recht ist, aber bisher wird – meist gegen Entgelt – jeder Meteorit dort gezeigt, wo er aufschlug, und bisher gab es dagegen keine Proteste, Gordon. Ob das bei einem Goldklumpen von 20 Millionen Tonnen Gewicht genauso friedfertig anerkannt bleiben wird, wage ich schlechterdings zu bezweifeln. Wenn es richtig böse ausgeht, erweist sich das Geschenk des Himmels als Danaergeschenk. Die Ereignisse in Whaston, von denen ihr mir berichtet habt, sind ein erstes und deutliches Warnzeichen."

„Woher wisst ihr das eigentlich alles, Pa? Die technischen Einzelheiten, meine ich."

„Der Körper weist das vierfache spezifische Gewicht auf wie das durchschnittliche der Erde beträgt, Jenny. Wir können es drehen und wenden, wie wir wollen: Alles deutet auf massives Gold hin."

„Wie ist das möglich; Herr Dr. Hudelson?"

Hier zuckte der Astronom zum ersten Mal hilflos mit den Achseln. „Wenn wir Gottes Hand aus dem Spiel lassen, bleibt ein Rätsel übrig. Wo und wie sich ein solches Phänomen bilden konnte, ist mit gängigen Theorien unerklärlich."

Zum Abschied bot Sydney Hudelson den beiden jungen Männern das Du an, das diese dankend annahmen. „Wir werden alles dafür tun, dass ihr – also du und unser Pa – in Zukunft zusammenarbeitet. Am selben Seil in entgegengesetzte Richtungen zu zerren ist eine sinnlose Ressourcenverschwendung." „Danke, Gordon. Fahrt ihr zu ihm?" „Morgen. Für heute Nacht sind wir mit deinen Töchtern im Hotel gegenüber abgestiegen."

Die Lösung war den Umständen geschuldet, denn Sydneys Unterkunft bot Flora Platz, bei ihrem Mann zu bleiben, aber niemandem darüber hinaus. So hatten sich Jenny und Loo und Gordon und Francis theoretisch je ein Doppelzimmer genommen.

Theoretisch. Während im Nachbarraum das Quietschen der bejahrten Liegestatt, Loos wechselweises Stöhnen und Kichern und Francis' Keuchen darüber Auskunft erteilten, dass die beiden bereits zusammengefunden hatten, trauten sich Jenny und Gordon vorerst nicht über die Anwärmphase hinaus. „Loo scheint darüber hinweg zu sein, dass sie bei dir nicht landen konnte", sagte Jenny, während sie Gordons Streichel- und Schmuseeinheiten durch anmutiges Winden ihres schlanken Körpers zu intensivieren suchte. „Und? Bist du froh darüber?" „Sehr froh.

Sowas, jetzt ist mein Höschen 'runtergerutscht. Was sagst du? Ach so, ich soll mich bücken und die Beine …; nuschel' doch nicht so!"

Auch Jenny und Gordon hatten die Anwärmphase definitiv hinter sich gelassen.

Während die Familien Hudelson und Forsythe auf privater Ebene immer besser harmonierten, geriet die Ankunft des Forsythe/Hudelson-Meteors allmählich in den Fokus der Öffentlichkeit. Längst hatten die bekanntesten Observatorien wie Cruz del Sur im chilenischen Combarbalá, Mount Palomar bei San Diego und natürlich auch das Weltraumteleskop die Berechnungen der kleinen Sternwarten Pittsburgh und Cincinnati bestätigt und lieferten sich mit diesen ein mediales Wettrennen um den genauen Bestimmungsort und -zeitpunkt des Goldgabentages.

Der Finger dessen, der auf den 16. April, an dem die Erklärungen in Sydney Hudelsons Unterkunft verlautet waren, 58 Tage draufrechnet, wird unweigerlich auf den 13. Juni stoßen, an dem das denkwürdige Ereignis, der Heiligabend des Himmels seinen Lauf nehmen wird.

Bleiben die genaue Uhrzeit und der Ort. Je näher das Datum rückte, desto hektischer steigerten sich die Spekulationen über diese Parameter. Es war klar, dass die Betuchten mit allen Mitteln versuchen würden, frühzeitig vor Ort zu sein, um sich einen gewaltigen nugget, um diesen alten Goldgräberausdruck wieder ins Leben zurückzurufen, aus der

Masse heraus zu hacken. Die ganz Begüterten hingegen überlegten bereits Methoden, den Brocken exklusiv für sich zu sichern. Dazu würde es nötig sein, ein genügend großes Grundstück rings um die Einschlagstelle zu erwerben und einzuzäunen und dazu noch vordringlicher, jene Stelle als Erste zu erfahren. Je nach Land, das heißt nach herrschender Verfassung galt es, die Fäden auf rechtskonformem Weg zu ziehen oder einfach die zuständigen Regierungsmitglieder zu kaufen. Zahlreiche der angedeuteten Klientel bedauerten, dass die gedachte Linie nicht durch Afrika und Südamerika verlief, denn Kanada und die skandinavischen Länder würden nicht beim ersten Wedeln mit einem Dollarbündel kapitulieren.

Umgekehrt proportional zum Rest der Welt hatte sich die Situation im Städtchen Whaston dank John Proths weisen Worten auf eine beinahe gespenstische Ruhe reduziert. Zu ihrer Freude hatten die Familien Forsythe und Hudelson ihre vier Wände und deren Inhalt unversehrt vorgefunden. In keinem Fenster war ein Riss zu entdecken und nicht der kleinste Fußabdruck in den Gärten wollte vom Eindringen eines Unbefugten künden. Alsbald normalisierte sich das Leben der Bewohner in der Morrisstraße 17 und der Elisabethstraße 27. Lediglich zwischen Söhnen und Töchtern hatte eine Art zyklischer Vertauschung stattgefunden. So wie Loo Hudelson nunmehr häufiger in der Elisabethstraße als in ihrem eigenen Domizil anzutreffen war, galt das umgekehrt für Gordon Forsythe und die Morrisstraße.

„Ein Glück, dass die Sternwarten unserer Väter nur kleine Fische sind", erklärte Gordon, während er eine Meldung im Netz aufmerksam durchlas.

„Warum?" fragte Jenny. „Sie hätten es gern ein bisschen größer."

„Nach dem Ereignis sei es ihnen gegönnt. Im Augenblick ist es besser so wie es ist, glaub' mir. Ich lese nämlich gerade, dass die großen – Observatorien, meine ich – von gewissen Kreisen bedrängt werden, ihre Berechnungen unter Verschluss zu halten und nur denen anzuvertrauen, die sich an sie gewandt haben. Wobei die Mittel, die diese Gruppen anzuwenden gedenken, zwischen versprochenen Unsummen und aktiver Gewalttätigkeit, sprich Mord schwanken."

„Was sind das denn für Gruppen?"

„Das erklärt sich beinahe von selbst. Von Milliardären bis zum organisierten Verbrechen dürfte jede Nuance dabei sein. Namen stehen hier natürlich nicht."

„Du bist sicher, dass es sich nicht um ein Fake handelt? Wenn einer behauptet, viel zu wissen, aber nichts preisgibt, bin ich immer misstrauisch, ob er wirklich 'was weiß."

„Das ist nicht ganz von der Hand zu weisen, Jenny. Allerdings finde ich die Meldung überhaupt mutig. Zwischen die Mühlsteine Großkapital und Mafia zu geraten ist selten gesund. Ich hätte den Mut nicht."

„Einer wagt sich immer aus der Deckung, Gordon. Das ist das Paradoxon der digitalen Medien. Sie totalisieren Demokratien, weil alles überwachbar wird, und demokratisieren Diktaturen, weil sich keine brisante Information auf Dauer unterdrücken lässt."

Gordon sah seine Freundin an, als sähe er sie zum ersten Mal. Eine Studentin der Sinologie und Japanologie, die unmittelbar vor ihrem Bachelor steht, hatte er zwar für durchaus gescheit eingeschätzt, aber nicht reif zur punktgenauen Analyse politischer Wetterlagen. Er wusste nicht, ob er darüber froh sein sollte oder verärgert, dass ein vermeintliches Wissensmonopol möglicherweise gar kein Monopol war und nie gewesen war. Verhalten brummend zog er sich mit der Bemerkung zurück, dass er ein wenig für seinen Physik-Bachelor zu lernen gedenke.

Mittlerweile war der Mai mit den ersten richtig heißen Tagen für die nördliche Hemisphäre angebrochen. Noch tickte die Weltwirtschaft annähernd so, wie es einstige Ökonomiestudenten und nunmehrige Konzernvorstände für normal hielten. Milde Ausschläge des Goldindex' gelang ihnen als sich im Rahmen des Üblichen bewegende Tagesturbulenzen zu erklären. Die Familien Forsythe und Hudelson nahmen sie überhaupt nicht wahr, denn sie hatten sich nie auf Spekulationen größeren Umfangs eingelassen und Gold besaßen sie außer in Form weniger Schmuckstücke zur Verschönerung ihrer Frauen schon gar nicht.

Wer etwas wahrnahm, war die dänische Admiralität. Haarscharf in internationalem Gewässer kreuzten alle möglichen Jachten, die zwar alle in Liberia gemeldet waren, aber zweifelsfrei den Tycoons des Erdkreises gehörten. Mitte Mai ist es auf dem 69. Breitengrad ganztags hell, sodass niemand bei Nacht und Nebel Drohnen zu Erkundungsflügen einsetzen kann. Es geschahen zwar welche, aber die fing die dänische Luftwaffe mühelos ab. Heutzutage nützt es wenig, einen Spionagekörper unschädlich zu machen – er strahlt seine Aufnahmen im Augenblick des Auslösens ab und der Empfänger besitzt sie, gleichgültig, ob der Sender nachträglich abgeschossen wird oder nicht.

Alle dunklen Aktivitäten drehten sich um den 69. Grad nördlicher Breite und 53. Grad westlicher Länge nach Greenwich, also ziemlich genau da, wo die Stadt Qeqertarsuaq, die einst Godhavn geheißen hatte, zu finden ist. 31 Kilometer nordwestlich liegt die zweite Siedlung der Diskoinsel, Kangerluk. Nördlich von Qeqertarsuaq erhebt sich die Gletscherplatte des Lyngmarksbræ, auf die sich die Drohnen konzentrierten.

„Wieso das?" fragte Gordon seinen Vater. „Weil ziemlich genau dort der Goldklumpen niedergehen wird", erwiderte Dean Forsythe.

„Ich dachte, das wäre immer noch ungewiss."

„Offiziell schon. In Wirklichkeit wissen wir längst, dass das Ganze am 13. Juni um 8:43 Uhr Ortszeit – also um 4:43 Uhr Eastern Time – über den Lyngmarksbræ-Gletscher hereinbrechen wird. Das wird nur nicht veröffentlicht, weil wir befürchten, dass ein Goldgräberrun losgeht, sobald es bekannt wird."

„Einige scheinen es aber schon zu wissen."

„Das war zu befürchten. Es gibt so viele Observatorien und selbst die kleinsten und unbedeutendsten sind in der Lage, diese Daten auszurechnen. Wenn einer so einem Institut, das ständig an Geldknappheit leidet, mit einem üppigen Dollarbündel lockt, öffnen sich schnell die Schleusen der Beredsamkeit."

„Auch bei euch in Pittsburgh?"

„Das hoffe ich nicht und ich tue alles, um Lecks abzudichten. Aber einige Dutzend Leute beschäftigen wir schon, in die wir nicht hineinschauen können."

Der Himmelskörper hatte mittlerweile den Namen Whaston-Meteor erhalten. Damit waren zwei Fliegen mit einer Klappe geschlagen. Zum Ersten ehrte es gleichwohl den Entdeckerort und zum Zweiten war einer eventuellen Rivalität zwischen Dean Forsythe und Sydney Hudelson ein Riegel vorgeschoben.

Er überstrahlte bereits die Venus und je näher er kam, desto mehr wich die Goldgier konkreter Angst. „Wird sein Aufschlagen nicht die Erde so erschüttern, dass sämtliche Gebäude einstürzen?" war die bange Frage, die sich immer deutlicher aus dem Untergrund der Stimmen heraushob.

„Nein, Loo", erklärte Sydney Hudelson seiner Tochter. „20 Millionen Tonnen hört sich viel an, ist aber im Vergleich zur Erdmasse von knapp sechs Trilliarden Tonnen, als wenn du einen Kieselstein gegen das Matterhorn wirfst. Eine Trilliarde ist eine Eins mit 21 Nullen, eine Million hat nur sechs. Eine Trilliarde ist folglich das Billiardenfache einer Million und in Promille-Nachkommastellen nicht vernünftig auszudrücken.

Lokal kann es natürlich zu Schäden kommen. Sollte unser Freund auf die Lyngmarksbræ-Gletscherplatte donnern, bleibt von dem trotz seiner Dicke von 700 Metern nicht viel bis nichts übrig. Wahrscheinlich werden auch Qeqerdings-bums, von mir aus Godhavn und Kangerluk in Mitleidenschaft gezogen."

„Die haben ja große Angst dort, dass sie von Goldgräbern überrannt werden."

„Ich wäre vorsichtig. Der Whaston-Meteor setzt nicht nur eine unglaublich durchschlagende kinetische Energie frei, sondern wird auch nach seiner Reise durch die Erdatmosphäre glühend heiß sein."

„Wie es aussieht, sind bereits viele auf dem Weg dorthin."

„Selber schuld."

Vor der Erschütterung, die den Lyngmarksbræ-Gletscher heimsuchen würde, erschütterte ein Ereignis Whaston, das in dem verschlafenen Nest nicht wenig Aufsehen erregte. Blogger Wilson Clarish wurde auf offener Straße aus einem vorbeifahrenden Auto heraus erschossen. Amerikaner suchen, wenn sie Zeuge einer Schießerei werden, reflexartig Deckung, sodass niemand Genaues zu dem Täterfahrzeug auszusagen vermochte, als die Polizei den Hintergründen auf die Spur zu kommen versuchte. Es war im Anschluss an den Überfall davongerast und kein Passant war lebensmüde genug, sich in die Reichweite der bewaffneten Insassen zu wagen, um sich Einzelheiten einzuprägen.

„Selbst wenn die Polizei das Kennzeichen wüsste, würde es ihr kaum etwas nützen", sagte Gordon zu Jenny, nachdem er betrübt die Meldung über den Tod seines Freundes gelesen hatte. „Das war garantiert gefälscht und abgesehen davon dürften es Mächtige gewesen sein, die das Ganze angezettelt haben. Die Auftragskiller selbst sind sicher kleine Fische."

„Aber warum?"

„Wilson hat sich, nachdem er mit seiner seichten Berichterstattung gebrochen hatte, der großen Politik zugewandt, darunter der Problematik um die Goldmeteor-Mafia. Wie ich schon früher sagte, ist das nicht gesund."

„Dann tat Emmilou Jackson gut daran, unterzutauchen?!"

„Zunächst arbeitete sie mit Wilson zusammen und sie lagen auf einer Wellenlänge. Irgendwann dürfte sie es gemerkt haben – das mit der gefährdeten Gesundheit, meine ich – und tauchte unter, wie sie dir als ihrer Freundin ja vertraulich mitgeteilt hat. Sie sendet immer noch, aber von einem geheimen Ort und unter dem Schutzschild der Antitycoon-Gruppe. Schafft sie es, den 13. Juni zu überleben, hat sie gute Chancen, uralt zu werden."

„Sind nicht gerade das organisierte Verbrechen, aber auch Schwerreiche sehr rachsüchtig?"

„Sind sie. Aber wenn sie meinen, sie müssten bei der Landung von Whaston körperlich dabei sein, ist denkbar, dass sie von der Oberfläche unseres Planeten gewischt werden."

„Meinst du, sie sind so dumm?"

„Gier frisst Hirn, alte Weisheit."

„Und wenn gar nichts passiert?"

„Sowohl dein als auch mein Vater sind anderer Meinung und ich bin überzeugt, dass sie Recht haben. Ich vertraue auf die Natur. Sie ist immer stärker als die Mikrobe, die sich in maßloser Selbstüberschätzung homo sapiens nennt."

Es gab die ersten Seegefechte, als sich schwer bewaffnete, als Luxusjachten getarnte Kanonenboote Zugang in die Diskobucht zu verschaffen versuchten. Eine Zeit lang behielt die dänische Kriegsmarine die Oberhand, zumal sie immer mehr die Unterstützung verbündeter ausländischer Marinestreitkräften erhielt, aber die Merkwürdigkeiten internationaler Diplomatie verhinderten ein effizientes Vorgehen in diesem unerklärten Konflikt. Bald hatten die Angreifer Brückenköpfe errichtet und begannen die einheimische Bevölkerung zu drangsalieren. Selbstredend, dass deren paramilitärischen Leibwächter den Zugang eines jeden verhinderten, der nicht zu ihnen gehörte.

Zwischen den heterogenen Aggressorgruppen herrschte eine erstaunliche Einmütigkeit. Es war, als hätten die Parteien, die sich üblicherweise bis aufs Messer bekämpfen, ein gentlemen's agreement getroffen, um das Gold unter sich aufzuteilen. 20 Millionen Tonnen geteilt durch hundert sind immer noch 200.000 oder 200 Milliarden Gramm. Die dividiert durch 31,1 sind 6,43 Milliarden Feinunzen zu einem Wert von 60 Dollar je Einheit. Multipliziert mit besagten 6,43 Milliarden ergibt das 385,8 Milliarden Dollar, die jeder der Beteiligten in seine Tasche stecken darf, vorausgesetzt, die Zahl von hundert Tycoons wäre realistisch. Bei tausend würde sich der Ertrag für den einzelnen auf 38,6 Milliarden Dollar verringern, was gerade verhinderte, dass die Goldspechte am Hungertuch nagen müssen. Die realistische Zahl dürfte irgendwo dazwischen liegen.

Francis ertappte seinen Vater dabei, wie er im Börsenbund einer angesehen Zeitung blätterte. Da dieser das noch nie getan hatte, hielt er eine diesbezügliche Frage für gerechtfertigt.

„Nein, Aktien sind mir gleichgültig", erklärte Dean Forsythe, „es geht mir um den Goldpreis. Ihn täglich oder auch nur stündlich beobachten zu wollen ist unsinnig; er schwankt minütlich wie das Elektrokardiogramm eines Patienten mit Herzrhythmusstörung."

„Wie ist denn die Tendenz? Sie müsste angesichts des ungeheuren Zugewinns in nächster Zeit abwärts gehen, oder nicht?"

„Hätte ich auch gedacht. Aber wie gesagt, die Feinunze sackt auf zehn Dollar ab und springt dann unvermittelt auf hundert hoch. Erklären kann ich mir das nicht."

„Vielleicht, weil nicht unbedingt sicher ist, dass der Weltraumschrott der Allgemeinheit gehören wird. Verschwindet es in den Tresoren der …, naja, derer, die sich um den Landeplatz geschart haben, ändert sich ja nichts."

„Könnte sein."

„Die Schwankungen verursachen wohl die Gerüchte, welche Variante gerade gängig ist."

Dean Forsythe klappte die Zeitung zu. „Du hast Recht. Sich jetzt bereits Gedanken zu machen ist Zeitverschwendung. Erst wenn der Whaston-Meteor da ist und wir wissen, was danach passiert sein wird, lassen sich zuverlässige Schlüsse ziehen."

Da die dänische Marine einen offenen Waffengang zu vermeiden trachtete, breiteten sich die Eindringlinge wie Milben bei feuchtwarmem Wetter aus. Die Inuit flohen, sofern sie das schafften; die es nicht schafften, wurden buchstäblich versklavt. Die Zustände überstiegen die Gesetzlosigkeit des Wilden Westens, denn dort hatte es wenigstens einen Sheriff gegeben. Die Hoffnung der zivilisierten Welt, dass sich die Finsterlinge verkrachten und gegenseitig dezimierten, erfüllte sich nicht.

Der 10. Juni brach an. Noch drei Tage bis zur Stunde Null.

11. Juni. Minus zwei Tage.

12. Juni. Minus ein Tag.

13. Juni, 7:00 Uhr. Knapp 1¾ Stunden. Manche meinten ein leises Pfeifen zu vernehmen, aber das beruhte vermutlich auf Einbildung.

13. Juni, 8:30 Uhr. 13 Minuten später und die Erde oder besser gesagt ihre selbsternannte Finanzelite, böse und ganz böse, wäre reich. Das Pfeifen wurde hörbar und immer lauter.

13. Juni, 8:42 Uhr. Von Osten näherte sich ein blendender Lichtschein, der alle erblinden ließ, die unvorsichtigerweise ohne Schweißerbrille zum Firmament geschaut hatten. Das Pfeifen steigerte sich zu einem Kreischen, das alle ertauben ließ, die sich nicht rechtzeitig die Ohren zugehalten hatten. Beides wirkte sich aber nicht tragisch aus, denn alle, die dem Schnittpunkt 69° 17‘ nördlicher Breite und 53° 2‘ westlicher Länge Greenwich nahe genug waren, würden eine knappe Minute später ohnehin in Fetzen gerissen.

13. Juni, 8:43 Uhr. WUMM!

Im Bereich der Diskobucht gab es nur wenige Überlebende und die wenigen verdankten das Glück, ihre Eindrücke dem Rest der Welt berichten zu dürfen, der Eingebung, hinter einem massiven Felsen Schutz zu gesucht zu haben, der zudem vom Geschehen weit genug weg war, dass er nicht durch den ungeheuren Luftdruck aus seiner Verankerung gerissen und wild in der Gegend herumgeschleudert wurde.

Die Satellitenbilder zeigten atemberaubende Szenen. Der Meteoritenschweif wies den Weg seines Herrn, der genau den Lyngmarksbræ-Gletscher traf. Eis und Schnee stoben Hunderte Kilometer auseinander und drangen bis in die Stratosphäre vor. Trotz des herrschenden Tageslichts dominierten fantastische Glitzereffekte die Bildschirme der Erde – die Zuschauer durften sich daran satt sehen, so lange ihnen der Sinn danach stand. Nach Stunden fielen die letzten Brocken auf Festland oder Meer, die im hohen Norden zum Glück auf keine stark befahrenen Wasserstraßen oder Agglomerationen trafen.

Etwas anderes waren die als Jachten getarnten Kampfschiffe, die bis 8:43 Uhr die Diskobucht in einem dichten Kordon bedrohlich umzingelt hatten. Sie wirkten plötzlich gar nicht mehr bedrohlich, denn sie waren ausnahmslos gekentert und mit ihren unbezwingbaren Kanonen, Raketen und Mörsern unterwegs in die kalte, nasse Tiefe.

Die Schiffsbesatzungen, sofern diese sich an Bord befunden hatten, erlitten ihr unabwendbares Schicksal. Die von dem epochalen Ereignis ausgelöste Bö erreichte eine Geschwindigkeit von mehreren hundert km/h und fegte alles von den Decks, was sich darauf befand, sei es organisch oder anorganisch, während diejenigen, die sich unter Deck aufhielten, mit solcher Wucht gegen die Wände geschleudert wurden, dass ihre Körper aufplatzten wie Würste, die in zu heißem Wasser gesotten werden.

Die Natur hatte im Einklang mit verbündeten kosmischen Kräften den überheblichsten Ausgeburten der Spezies homo sapiens kurz gezeigt, wer die Herrin im Haus ist.

Nach mehreren Tagen waren erste objektive Zustandsanalysen möglich. Der Lyngmarksbræ-Gletscher war verschwunden; an seiner Stelle klaffte ein schneefreier Krater, in dem der Meteor vermutlich zu suchen sein würde. Es war klar, dass vorerst kein Betreten denkbar war, denn die dichten Rauchschwaden kündeten von der Glut, die in dem Goldkörper loderte. Die Ortschaften Qeqertarsuaq und Kangerluk waren von der Erdoberfläche getilgt und die Umrisse der Diskobucht nicht mehr mit denen vergleichbar, die sich in den Atlanten finden.

Im Umkreis von bis zu 2.000 Kilometern wurden Schäden gemeldet, das heißt bis zum kanadischen Neufundland und bis Island. Je weiter vom Epizentrum entfernt, desto leichtere natürlich, aber in Reykjavik war der eine oder andere Riss in Hausmauern zu reparieren. In den Siedlungen der grönländischen Westküste und hauptsächlich der Hauptstadt Nuuk hatten Maurer und Putzer auf Jahre ausgesorgt. Seismografische Institute bis zu den Antipoden des Globus maßen Bewegung im Untergrund.

Der 1.210 Meter hohe Sermitsiaq, 15 Kilometer nordöstlich von Nuuk gelegen, zeigte sich von der Attacke aus dem All unbeeindruckt, handelt es sich bei ihm ja um keinen Tand von Menschenhand.

„Meinst du, die Verrückten wären dem ominösen Punkt so dicht auf die Pelle gerückt, wenn der Meteor nicht aus Gold bestanden hätte?" fragte Gordon Forsythe seinen Vater.

„Die Antwort kannst du dir denken. Wäre er ein profaner Gesteinsbrocken gewesen, hätte die dänische Regierung die ganze südliche Westküste Grönlands evakuiert und niemand hätte sein Leben eingebüßt, auch bei vollständiger Zerstörung von Godhavn und Kangerluk. Dann wäre Hilfe angelaufen – auch internationale – und bald hätten die Ortschaften wieder gestanden."

Nach und nach sickerten die ersten Nachrichten aus dem betroffenen Gebiet selbst durch, welches apokalyptisches Ausmaß der Meteoriteneinschlag zur Folge hatte, denn auch wagemutige Journalisten waren von der Druck- und Hitzewelle ausgelöscht worden. Satellitenbilder hatten nur einen groben Überblick verschafft, während sich nun die ersten Hubschrauber in großer Höhe über den Krater und die Schiffswracks wagten und präzise Nahaufnahmen lieferten, die die Welt starken Teleobjektiven verdankte.

„Die Sonaraufnahmen zeigen einen wahren Unterwasser-Rumpfdschungel."

„Die Insel war lückenlos umzingelt, Gordon. Ich bin fassungslos, wie wenig die Besatzungen an die Möglichkeit gedacht hatten, bei der ganzen Aktion draufzugehen."

„Gier frisst Gehirn; eine alte Weisheit."

Beim Hinausschlendern streifte Gordons Blick die aufgeschlagene Zeitungsseite. „Immer noch auf Gold aus, Pa?"

„Naja", versuchte Dean Forsythe eine Entschuldigung, „irgendwann müssen die Preise ins Rutschen geraten. Die 20 Millionen Tonnen haben definitiv ihren Adressaten erreicht." „Solange sie unzugänglich sind, ist das genau so, als gäbe es sie nicht."

Gordon machte sich zögernd auf den Weg in die Morrisstraße. Es war kein gewöhnlicher Anlass, der den jungen Mann zu Jenny Hudelson trieb, und so sicher er sich sein mochte, erfolgreich aus dem Anlass hervorzugehen, blieb nichtsdestoweniger ein Rest Nervosität.

Er fand Jenny in Tränen aufgelöst vor ihrem Laptop sitzen. „Was ist denn passiert?"

„Emmilou Jackson ist tot."

„Was..., was sagst du da?" Gordon entsann sich Jennys Freundschaft mit dem blogger. Seit längerer Zeit war der Kontakt allerdings abgebrochen, denn Emmilou war, wie erwähnt, aus Furcht vor Verfolgung durch die mafiösen Handlanger, untergetaucht. Eine Beileidsbekundung wäre in diesem Zusammenhang angemessen gewesen, aber die nächste Frage entsprang Freud'schen Reflexen. „Woher weißt du das?"

Jenny versuchte sich zu fassen. Nach einer Weile gelang ihr, einigermaßen zusammenhängend zu sprechen. „Sie hatte sich als Kellnerin auf die Jacht ‚Atlantic' des Bankiers Robert Lecœur eingeschlichen. Dort sammelte sie Daten, um sie richtigen Augenblick auf die Welt loszulassen, denn sie durfte ja nicht mit ihrem Smartphone in der Welt 'rumchatten, sonst wäre sie aufgeflogen und von den Gangstern vermutlich einfach ins Wasser geschmissen worden."

„Das ist aber nicht passiert?"

„Nein. Sie sammelte die Daten in einem Textmember, um es auf einen Schlag zu versenden."

„Und …?"

„Sie versandte es. Daher weiß jetzt das ganze Netz, wie es auf der Bankiersjacht und vermutlich auf allen anderen Schiffen rund um die Diskobucht zuging. Sklaverei wie in Afrika vor 200 Jahren und Terror, wie es im Buch steht. Ich glaube, das ist hinreichend bekannt."

„Ist es. Und wie geht es weiter? Ich meine, ihr Tod …"

„Ich wunderte mich, dass sie sich nicht schon längst gemeldet hat, nachdem der ganze Spuk vorbei ist. Dabei hätte ich gleich schalten müssen. Absendezeitpunkt des blogs war der 13. Juni um 8:41 Uhr."

Gordon seinerseits schaltete. Zwei Minuten vor dem Aufprall. Den konnte Emmilou nicht überlebt haben.

Kaum war Jenny ihre Geschichte losgeworden, heulte sie erneut los. Gordon murmelte endlich: „Das tut mir sehr, sehr leid, Jenny. Mein herzliches Beileid."

Er wandte sich zum Gehen. Der jetzige Augenblick wäre wahrscheinlich als der falschestmögliche für einen Heiratsantrag in die Geschichte der Menschheit eingegangen.

Die Befürchtungen – oder Hoffnungen? – von Experten, die Abkühlung des Boliden in seinem Krater würde sich über Jahrzehnte, wenn nicht Jahrhunderte hinziehen, erfüllten sich nicht. Der besonders strenge nordische Winter, der dem Sommer des Himmelsgeschenks folgte, beschleunigte den Vorgang und erlaubte Geologen, sich bereits im folgenden Frühjahr abzuseilen und der Goldmasse zu nähern. Begehbar war sie noch nicht, aber mit wärmeresistenten Geräten waren die ersten Proben entnehmbar.

Es stellte sich heraus, dass es sich um erstaunlich reines Gold handelte, vergleichbar mit der 777er Norm. Wie sich das irgendwo im Weltraum hatte bilden können, blieb ein Rätsel und würde es möglicherweise für immer bleiben, aber die Tatsachen standen fest. Die dänische Regierung hatte das Gelände wirkungsvoll abgeriegelt und nur handverlesenen Wissenschaftlern, Politikern und Journalisten gewährte sie Zutritt. Der Blöße des Vorjahrs, hilfloser Spielball krimineller Kräfte zu sein, gedachte sich das Land mit Hilfe schwerstbewaffneter Einheiten diesmal zu entziehen. Als Konsequenz dieses Vorgehens erwies sich als nötig, die Wachsoldaten zu kontrollieren, ob nicht einem von jenen einfiel, ein paar Gramm des magischen Stoffs mitgehen zu lassen, und deren Bewacher wiederum zu bewachen, ob nicht einer von jenen ...

Auf diese Weise werden einer Volkswirtschaft beachtliche Gehirnressourcen entzogen, die anderweitig vielleicht produktiv einsetzbar wären.

Das war der eine Aspekt. Der andere war, was auf Dauer mit dem Geschenk des Himmels anzufangen sei. Um den Goldindex nicht ins Bodenlose sacken zu lassen und damit das Geschenk zu einem Danaergeschenk zu degradieren, plädierten die meisten Abgeordneten des Folketings, den Stoff nur grammweise zu Tage zu fördern, sodass die den Volkswirtschaften zur Verfügung stehende Menge sich nur unmerklich ändern würde. Leider resultierte daraus ewige Überwachung, die so teuer würde, dass nie und nimmer die Kosten der grammweisen Förderung gedeckt wären.

Da hatte der Generalgouverneur von Grönland, Ewald von Schnack, einen genialen Einfall. „Was haben wir eigentlich für ein Interesse daran, den Goldpreis stabil zu halten?" fragte er provozierend in die Runde der hochkarätigen Politiker.

Die Antwort war ein wildes Durcheinander von Stimmen, aus deren Quintessenz herauszuhören war: „Das liegt doch auf der Hand! Welchen Nutzen sollen wir aus dem Trumm in der Diskobucht ziehen, wenn er keinen größeren Wert als ein schnöder Stein hat?"

Von Schnack wartete geduldig, bis wieder Ruhe eingekehrt war – das heißt, er wartete ziemlich lange –, und fuhr dann ungerührt fort: „Gold ist ja nicht nur wertvoll, sondern auch schön. Der Wert wird zusammenschrumpfen, da können wir uns strecken und dehnen, soviel wir wollen. Die Schönheit hingegen bleibt.

Meine Damen und Herren, wie wäre es, wenn wir unser Kleinod als das verkauften, was es ist – als Schmuckstück?"

In der Politik geschieht es selten, dass sich eine vernünftige Idee durchsetzt. In diesem Fall jedoch arbeiteten sich nach längeren Gärprozessen in den Köpfen der Verantwortlichen die Vorteile des Vorschlags allmählich an die Gehirnoberflächen. So geschah es, dass die dänische Regierung eines Tages weltweit als Paukenschlag die im Folgenden wiedergegebene Anzeige veröffentlichte.

Ausverkauf

Wie jeder weiß, ist das dänische Volk im Besitz des größten Goldklumpens der Erde. Da es sich um einen schönen Stoff handelt, hat das Folketing beschlossen, ihn zu verkaufen, aber nicht an den oder die Meistbietenden.

20 Millionen Tonnen entsprechen 2½ Kilo pro Kopf der Erdbevölkerung. Jeder hat folglich ein Anrecht auf genau diese Menge. Gegen eine Gebühr von 1.000,-- Kronen darf sie jeder dem Kern des Whaston-Meteoriten entnehmen.

Damit das Ganze gesittet zugeht, ist der Zugang kontingentiert. Um sicherzustellen, dass jede Person nur einmal Zutritt erhält, muss sie zustimmen, sich subkutan einen Chip implantieren zu lassen, der im Fall eines unbefugten zweiten Schürfversuchs anschlägt. Es braucht nicht eigens erwähnt zu werden, dass dieser zweite Schürfversuch strafbar ist und neben einer empfindlichen Geldstrafe auch eine lebenslange Einreisesperre nach Dänemark zur Folge hat.

Interessenten ...

„Typisch", monierte Gordon, „der Text verschwendet mehr Wörter über die Konsequenzen im Fall einer Übertretung als über die Substanz selbst."

„Ich glaube, das ist notwendig", erwiderte Jenny, „so bedauerlich es sein mag. Nichtsdestotrotz ist dieses Vorgehen das sinnvollste, das den Dänen einfallen konnte. So verdienen sie ein Vielfaches dessen, was sie durch bloßes Ausbeuten des Whaston-Meteors je verdienen könnten.

Was grinst du so?"

„Mir fällt gerade der Mord an Wilson Clarish ein. Nicht, dass der ein Grund zum Frohsinn wäre. Dass er vielfach gerächt ist, ist allerdings sehr wohl ein Grund."

„Meinst du, die Attentäter waren auf den Schiffen um die Diskoinsel?"

„Sie direkt nicht unbedingt, aber die Auftraggeber. Die hat es ausnahmslos erwischt, und das ist Grund zur Genugtuung. Dabei ist unerheblich, dass die Tycoons auch dann nichts von ihrem Strandgut hätten, wenn es sich ihnen sanft in die offenen Arme gesenkt hätte; der Goldpreis geht nämlich endgültig vom Sinkflug in freien Fall über."

„Na und? Vielleicht kann ich mir ein richtig großes Medaillon aus dem Edelmetall leisten, was andernfalls in den Sternen stünde."

Gordon horchte auf. Hatte er gerade eine subtile Andeutung vernommen, was sich seine Braut als Hochzeitsgeschenk wünschte?

Als er seines Vaters Arbeitszimmer betrat, sah er diesen mit gerunzelter Stirn vor der Seite mit Börsen-, Wertpapier- und Rohstoffdaten sitzen. „Sind wir Millionäre, Pa? Du hattest doch auf fallende Goldpreise gesetzt."

„Leider nicht, mein Lieber."

„Wieso nicht? Es war doch eine gute Option."

„Aber eine, auf die einige weitere Zehn- oder Hunderttausende allein in den USA kamen. Wie du weißt, bringt es nichts, im Mainstream mitzuschwimmen."

„Haben wir denn gar nichts verdient?"

„Doch. Eine mittlere vierstellige Summe sprang heraus."

„Läge eventuell ein Flug nach Nuuk drin?"

Dean Forsythe sah seinem Sohn ins Gesicht. „Mit der Frage bezweckst du doch etwas?!"

Dass jeder Erdenbürger Anrecht auf 2½ Kilo Gold habe, das Dänemark auch jedem zu gewähren gewillt sei, liest sich zwar wunderbar gerecht, aber ob das Angebot jeder – vom Säugling bis zum Greis, vom Zentralafrikaner bis zum Tibeter – umzusetzen in der Lage ist, bleibe dahingestellt. Zwar bringt ein Mittelständler die tausend Kronen Gebühr auf, aber über Nuuk zur Diskobucht zu gelangen erforderte Unsummen. Flüge nach Kopenhagen wurden subventioniert, damit das schöne Dänemark nicht gänzlich vom Strom landschafts- und kulturbeflissener Touristen abgeschnitten wurde, aber wer nach Nuuk weiterwollte – egal ob via Flug oder Schiffstransfer, hatte sich von etlichen Tausendernoten zu trennen.

Von Nuuk aus transportiert ein Schiff die jeweils 500 Personen, die pro Tag zum Einstieg in den Krater zugelassen sind, in dessen unmittelbare Nähe. Ein Mathematiker kann bekanntlich nicht rechnen, aber der eine oder andere Physiker durchaus. Wenn, so hatte Gordon extrapoliert, pro Tag 500 Personen ihre 2½ Kilo abholen dürfen und davon auszugehen ist, dass maximal die Hälfte der Tage dazu geeignet ist, an der fraglichen Stelle anzulanden, bleiben 180 Tage à 500 Personen. Das sind 90.000 im Jahr. Bei acht Milliarden Menschen würden folglich 88.889 Jahre vergehen, bis alle ihr Kontingent eingesackt hätten.

Naja, sinnierte er weiter, wahrscheinlich wird Gold in Kürze so wertlos sein, dass selbst die, die genügend Vermögen ihr Eigen nennen, freiwillig darauf verzichten, einfach, weil es mehr kostet, das Zeug mit sich herumzuschleppen als es liegen zu lassen.

Auf dem Schiff erblickte er eine Gestalt, die er auf diesem Breitengrad nicht erwartet hatte. „Loo", entfuhr es ihm, „was machst du denn hier?"

„Dasselbe könnte ich dich fragen", entgegnete die Angesprochene spitz zu ihrem ex-Schwarm. „Da ich keinen lover habe, der es mir bringt, muss ich mich selbst bemühen, mir meinen Anteil zu holen."

Gordon grinste. „War mein Bruder dazu nicht bereit?"

„Ach der! Der ist zwar nett, aber als Kavalier taugt er nichts."

„Damals im Nebenzimmer der Absteige, in die wir uns in Cincinnati eingemietet hatten, klang es wirklich, als wäre Francis sehr nett zu dir."

Loo wurde rot, besann sich aber und ging zum Gegenangriff über. „Na und? Jeder weiß, dass du zweimal täglich Jenny besteigst, wenn es sich ergibt."

Gordon winkte ab. „Dann hast du die Erklärung, was ich hier suche. Im Augenblick besteige ich Jenny übrigens nicht zweimal täglich."

„Mangels Verfügbarkeit."

„Na und", schoss Gordon seinerseits zurück, „es wird schon werden. Auch Francis schafft sicher zweimal täglich, wenn du ihn ermutigst."

„Hab' ich dir schon gesagt, dass du ein mieser Kerl bist?"

„Wenn du dir durch den Kopf gehen lässt, was ich dir gerade empfohlen habe, wirst du deine Meinung ändern." Damit ließ er Loo stehen.

Der Zugang zum Krater war bestens organisiert. Zunächst hatte sich der Goldgräber auszuweisen – seine Registrirung war bereits auf dem Pendelboot erfolgt – und die tausend Dänenkronen zu entrichten. Dann musste er seine Tasche durchsuchen lassen, damit sichergestellt war, dass er keine wertlosen Mineralien einschmuggelte. Er erhielt eine Spitzhacke als Arbeitsgerät, die nach Schürfabschluss wieder abzugeben war. Dann galt es sich anzustellen und Schritt für Schritt vorzurücken, bis die oberste Sprosse der

Leiter erreicht war, die abwärts führt. Neben dieser verläuft ein Rohr, über das immer wieder einsickerndes Grundwasser und Niederschlagsreste aus dem Krater gepumpt werden.

Rücke vor bis auf Los und ziehe 4.000 Dollar ein, erinnerte sich Gordon an eine begehrte Monopoly-Ereigniskarte. Die weniger begehrte lautet: *Begib dich in das Gefängnis. Gehe direkt dorthin, gehe nicht über Los, ziehe nicht 4.000 Dollar ein.* Mal sehen, kreiste es in Gordons Gedankenkarussell weiter, welche ich gezogen habe.

Goldgräberinnen gab es erstaunlich wenig. Ob Frauen der Mut fehlt? Loo stach jedenfalls trotz ihres zierlichen Wuchses aus der Männerschar heraus.

Die Hitze am Grund war nicht lebensgefährlich, aber so schweißtreibend, dass keiner länger blieb als unbedingt nötig war. Weil der Erfolg garantiert war, fiel Gordon eine literarische Metapher ein. In Edgar Allan Poes berühmter Erzählung ‚Der Goldkäfer' sagt der Protagonist William Legrand: „Man hört viel von Goldsuchern, aber nie etwas von Goldfindern. Das lässt tief blicken."

Hier gab es 500 Goldfinder täglich, aber keiner trug mehr als den Gegenwert von zwei Pfund Kaffee nach Hause. Und alles nur, weil das Zeug so schön glitzert, dachte Gordon, während er sich über das Gesicht wischte. Loo war nicht zu sehen, aber ihr dürfte es kaum besser gehen. Ein Alarmsystem würde unverzüglich Rettungskräfte auf den Plan rufen, sollte einer der digger kollabieren.

Die geschätzten 2½ Kilo über der Schulter erschwerten den Aufstieg mehr, als Gordon erwartet hatte. Zum Glück wird es in Grönland nie richtig heiß und er atmete erleichtert auf, als ihn wieder frische Luft umgab. Zu seiner Überraschung sah er in der Schlange derer, deren Beute nunmehr gewogen werden sollte, Loo vor sich. Ganz schön zähes Luder, dachte er.

2.503 Gramm tolerierten die Prüfer. Zum Abschluss kam es zum Offenbarungseid, denn in einem Sanitätszelt neben der Waage wurde den glücklichen Goldfindern der gefürchtete Chip eingepflanzt, der für immer sagen würde: Ich war hier und habe meinen Anteil abgestaubt. Wer sich weigerte, durfte zwar ohne Eingriff gehen, musste aber seine Beute dalassen.

Was sie wohl mit den nuggets machen, die auf diese Weise herrenlos werden? fragte sich Gordon. Zurück ins Kraterloch schmeißen? Sicher nicht!

Ein kurzer Schuss in den Oberarm und die Prozedur, nach weltweit gültiger Rechtslage als Körperverletzung strafbar, war beendet. Gordon traf sich mit Loo am Anlegesteg, denn das Schiff würde erst nach Nuuk zurückfahren, wenn die Ankömmlinge wieder vollzählig wären. „Na, erfolgreich?" „Das war ja kaum anders möglich, Gordon." „Hast du dein Gold als Geschenk für Francis vorgesehen?" „Ein bisschen indiskret, mein Lieber. Ich verrat's dir aber: Nein, ich werde es ganz egoistisch für mich behalten."

Friedensrichter John Proth hatte sich, was niemanden erstaunen wird, nicht zur Diskobucht begeben und seit seiner weisen Ermahnung im Vorfeld des Meteoriteneinschlags, als er Whaston mit einem einzigen, ruhig vorgetragenen Satz von einem Kriegslager in ein Kloster verwandelt hatte, auch keinen weiteren Gedanken an jedwelche Edelmetalle verschwendet, sondern weiter die Rosen in seinem Garten betreut, deren prachtvolle Entwicklung penible Behandlung mehr als rechtfertigen. Es wurde bereits erwähnt, dass er außer dem Amt des Friedensrichters, in dessen Ausübung es ihm beinahe immer gelingt, erbitterte Feinde dazu zu bringen, Arm in Arm seinen Amtssitz zu verlassen, das des Standesbeamten innehat.

Heute standen Jennifer Hudelson und Gordon Forsythe, die sich das ewige Jawort zu geben gedachten, vor seinem Pult. Trauzeugen waren die Geschwister, Louise Hudelson für Gordon und Francis Forsythe für Jenny. Die künftigen Ehegatten hatten längst ihre Bachelorprüfungen abgelegt, standen in Lohn und Brot und das Haus in der Lambertstraße 7, das sie sich als Wohnsitz für ihre gemeinsame

Zukunft ausgesucht hatten, war bereits erworben. Als Hochzeitsgeschenk hatte Gordon eine wunderschöne Plakette aus Gold anfertigen lassen, die die Gesichter beider Brautleute in stilisiertem Stil zeigt, wie sie sich sehr nahe sind. Jenny hatte sich riesig gefreut. „Mag ihr Materialwert auch den von zwei Pfund Kaffee nicht übersteigen", waren angesichts des Werks ihre Worte gewesen, „aber erstens steckt jede Menge Kunsthandwerk drin und zerstampfte Kaffeebohnen haben nicht im Entferntesten eine so angenehme Oberfläche wie das einst so begehrte Edelmetall – vom magischen Schimmer einmal ganz abgesehen."

In der Hochzeitsnacht, für die die frischgebackenen Ehegatten gewisse akrobatische Kunststückchen reserviert hatten, die bisher nicht Teil ihres Vergnügungsprogramms gewesen waren, brach Jenny plötzlich in Gelächter aus. „Was ist?" fragte Gordon verunsichert. „Findest du die 69er Stellung so lustig?"

„Nein, entschuldige. Mir ist gerade etwas eingefallen."

„Und was?"

„Nichts, was mit uns zu tun hat. Rate, wofür Loo ihr Gold verwendet hat."

„Jedenfalls für kein Geschenk an Francis, wenn sie mich nicht angelogen hat."

„Hat sie und doch wieder nicht. Sie hat sich ein Höschen daraus anfertigen lassen, das heißt ein paar Bändchen, an die sie die mit Ösen versehenen Goldplättchen hängt. Das größte Plättchen versperrt den Eingang zu ihrem Allerheiligsten. Wenn Francis das anhebt, ist der Weg zu seinem Glück frei."

Jetzt lachte Gordon entspannt mit. „Typisch Loo. Auf diese Idee wäre ich nie gekommen. Ich hoffe, du bist nicht eingeschnappt."

„Nein, Liebster. Gold ist wunderschön, aber zwischen uns möchte ich es nicht sehen und nicht spüren. Lass' uns einen neuen Versuch starten."

Diesmal klappte die 69er Pose und Jenny begann erneut zu kichern und glucksend zu lachen, aber nicht, weil sie an das Goldhöschen ihrer Schwester dachte.

Der leidenschaftlichsten Hochzeitsnacht und den harmonischsten Flitterwochen folgt der schnöde Alltag.

Gordon nickte befriedigt. 1½ Jahre nach dem Ereignis des Whaston-Meteors waren alle namentlich bekannt, die diesem zum Opfer gefallen waren. Beinahe alle Milliardäre und Mafia-Paten, zahlreiche Vorstände globusumspannender Konzerne und erfolgreiche Schauspieler und Sportler, vor allem Fußballer, aber erstaunlich wenige Politiker zählten dazu. Ebenso erstaunlich war, dass das Verschwinden der Konzernvorstände den Konzernen nur wenig geschadet zu haben schien; im Gegenteil, mit frischen Kräften in den Chefetagen liefen die Geschäfte deutlich runder.

„Kein Wunder", murmelte Gordon vor sich hin, „die größten Kostenfaktoren sind eliminiert. Gerade bei multinationalen Aktengesellschaften entsteht manchmal der Eindruck, die Vorstände betrachteten die ihnen anvertrauten Firmen als Selbstbedienungsladen ohne Kasse am Ausgang."

„Meinst du nicht, dass die jetzt überraschend berufenen neuen Köpfe nicht irgendwann genauso weit sind?" fragte Jenny, die sehr wohl verstanden hatte, was ihr Gatte von sich gegeben hatte.

„Doch, sicher. Aber zunächst müssen sie sich bewähren und können nicht gleich mit dem Ausplündern beginnen. Eine Atempause sollte unserer Wirtschaft vergönnt sein." Gordon klappte seinen Laptop zu, sah Jenny verliebt in ihr Gesicht, küsste sie und streichelte ihr Bäuchlein, in dem neues Leben zu wachsen sich anschickte. „Ich bin stolz, Liebste, denn ich fühle mich bestätigt."

„Bestätigt? Worin?"

„Erinnerst du dich an unser Gespräch über Wilsons Ermordung und Emmilous Abtauchen kurz vor dem Aufprall?"

„Ja. Und welcher Zusammenhang ...?"

„Dass mit einem bisschen Glück das ganze Gelichter dank zu viel Gier von der Oberfläche unseres Planeten gewischt würde. Wir hatten das Glück und die Erde ist nunmehr von ihm befreit.

Und wer ist der Held? Keine Marineeinheiten, staatlichen Kräfte, Rambos oder Westernhelden, sondern ..." „... die Natur. Stimmt, das hast du gesagt, Liebster. Die Natur ist immer stärker als die Mikrobe, die sich in maßloser Selbstüberschätzung homo sapiens nennt."

„Immer. Emmilou Jackson ist nicht umsonst gestorben."

Rockin' Regina

Einige Schicksalsschläge führten dazu, dass ich mich nun, mit Mitte 50, verbraucht fühle. Voriges Jahr verschwand meine beste Freundin Petra mit ihrem Sohn Daryan auf obskure Weise und kurz darauf verstarb mein langjähriger Freund, Wilfried Güsenbach, Professor für Geschichte und Geografie, in respektablem Alter.

Für die Öffentlichkeit stehe ich nach wie vor ganz vorn in der Reihe der prominenten Sängerinnen des Landes, obwohl mir manche meine Konvertierung von der Schlager-Hupfdohle zur Schwermetallerin bis heute übelnehmen. Dennoch beschloss ich unlängst, den Markennamen Regina fallen zu lassen und meine Band in ihn einzubeziehen, indem ich uns als Gruppe Unterhund in den Charts platzierte – wohlgemerkt in Absprache mit meinen Musikern. Heftig hatten wir darüber diskutiert, ob wir uns nicht lieber Underdog oder The Underdogs nennen sollten, aber letztlich hatten unsere deutschen Wurzeln trotz unserer meist englischsprachigen Texte gesiegt. Gab es nicht einmal eine amerikanische Mädchengruppe, die sich ganz bieder und spießig Katzenjammer genannt hatte?

Bevor ich fortfahre, den Verlauf meiner damaligen Depression essayistisch vor dem Publikum auszubreiten, verrate ich, was zwar immer wieder aufflammendes Gerücht ist, ich bis heute dem Publikum aber nicht offiziell offenbart habe. Vor ungefähr dreißig Jahren gab mir der erwähnte Wilfried den Tipp, mich doch einmal an einem bekannten heavy metal-Festival zu versuchen. Wie bekannt, wurde der Auftritt ein Bombenerfolg und ich gestattete dem Herrn Professor deshalb, mir in meiner Suite einen Besuch abzustatten. Aus der mochte ich ihn nicht vertrocknet entlassen, und so geschah, was häufig geschieht, wenn sich Männlein und Weiblein in abgeschlossener Umgebung begegnen, und das nicht ohne Konsequenzen. Obwohl ich mir eingebildet hatte, meinen Menstruationszyklus im Griff zu haben, machte sich bald darauf mein Bauch bemerkbar.

Die Schwangerschaft verbarg ich, indem ich eine schöpferische Pause vorgab. Ich hatte ja gerade den Schritt vom Schlager zu Schwermetall vollzogen und darüber nachzudenken, wie es für mich musikalisch weitergehen sollte, klang glaubwürdig.

Ich wollte nicht, dass mein Sohn Claude in den Rummel um meine Person hineingezogen würde, und überließ ihn wechselweise meiner Mutter oder seinem Vater Wilfried, wenn es auf Tournee ging. Über die beiden hinaus waren lediglich Petra und Daryan eingeweiht. Von denen wusste ich, dass ihnen kein Sterbenswörtchen entschlüpfen würde.

Während einer Tournee ist durchgehend Hektik angesagt, aber die Zeiten dazwischen verbringe ich vorgeblich mit schöpferischen Phasen, während ich mich in Wirklichkeit um meinen Sohn kümmerte, so lange er klein war. Ich bin stolz darauf, dass das weitgehend unter der Decke blieb. Heute ist Claude Königshoff erfolgreicher Unternehmensberater und braucht seine prominente Mama nicht mehr. Trotz gleicher Familiennamen kommt niemand auf die Idee, uns miteinander in Verbindung zu bringen.

Nun zur Band Unterhund. Seit Jahren sind wir zu Fünft, denn zu Jill an der Rhythmusgitarre, Levis an der Leadgitarre, John an der Bassgitarre und Earl am Schlagzeug kam Carl hinzu, weil eine elektronische Orgel dem einen oder anderen Stück doch mehr Pep verleiht. Übrigens sind die Vornamen verballhornte spießige aus deutschen Landen. Wer fehlt? Ach richtig, ich als Sängerin. Ich hatte es nie geschafft, ein Instrument zu lernen, denn dazu fehlen mir Geduld und vermutlich auch Talent, obwohl ich Noten lese und mir ein hervorragendes Klanggehör zugute halten darf. Meiner Kehle entschlüpft jeder Ton fehlerfrei und das über drei Oktaven hinweg, was mir so leichtfüßig keiner und keine nachmacht.

Auch Janis nicht. Sie ist die Jüngste im Bund und eine ausgezeichnete Saxophonistin. Dass sie dabei ist, verdankt sie einer Laune meinerseits, denn ich hatte Gerry Raffertys *A Dangerous Age* und Michelles *So ist das Leben* in unser

Repertoire aufgenommen, und beide funktionieren auch verrockt nicht ohne Sax, bei Rafferty fröhlich-aggressiv und bei Tanja Hewer unendlich traurig. Die meisten unserer Stücke stammen von unserem Produzenten Mark Bitch, aber Matthias Reims Aussage *Ein Leben in Freiheit heißt auch ein Leben allein* ist eine der stärksten, die im Schlagerumfeld zu finden ist. Vielleicht empfinde ich sie deshalb besonders intensiv, weil sie auf mich vollumfänglich zutrifft.

Mein Versuch, selbst Saxophon zu lernen, scheiterte kläglich. Nachdem sich mein Musiklehrer entnervt vom Acker gemacht hatte – meine Getreuen vertrauten mir sogar an, dass sie ihn mit Mühe davon hatten abhalten können, sich aufzuhängen –, wagte ich weniger als zuvor, mit meinen erbärmlichen Übungsergebnissen aufzutreten. So kam es, dass Janis zu uns stieß. Und damit begann mein Problem.

Auch Janis heißt nicht so, sondern nannte sich nach ihrem Idol Janis Joplin. Sie gedenkt dessen Abtreten im Alter von 27 Jahren allerdings nicht zu folgen, denn das wäre bald. Wie alle anderen Bandmitglieder ist sie Mitte Zwanzig. Ich als Rock-Oma zähle mehr als das Doppelte.

Während mich alle anderen nach wie vor als Chefin anerkennen, ging Janis von Anfang an auf Konfrontationskurs, denn von Anfang an zweifelte sie meine Kompetenz an. Ihrer Meinung nach hat jeder, der sich in der Popszene bewegt, mindestens ein Instrument zu beherrschen.

Zu einer Katastrophe wuchs sich backstage nach unserem Auftritt in Frankfurt aus. „Du solltest endlich abtreten, Regina", hatte sie mich angeherrscht, „jeder sieht doch, dass du in unser junges Team nicht hineinpasst." „Wer ist denn der Gründer?" fauchte ich zurück. „Du sicher nicht." „Was?"

Janis holte Luft. „Die Marke Regina bist nur du, das ist klar. Aber Unterhund ist eine gemeinsame Gründung, an der dein Anteil verschwindend gering war."

Das war zu viel. Nicht nur, dass das nicht stimmte; als viel schwerwiegender betrachtete ich, dass ausgerechnet Janis bei dem Akt noch gar nicht zugegen gewesen war. Empört hob ich die Hand und verpasste ihr eine saftige Ohrfeige.

Janis sah mich hasserfüllt an. Sie schlug nicht zurück, sondern wusste, wie sie mich viel tiefer verletzen konnte. „Ein besseres Argument scheinst du nicht zu haben", sagte sie leise und fügte nach einer wohldosierten Pause hinzu: „Alte Schachtel."

Nicht nur ich, sondern auch meine Stammmusiker schwiegen fassungslos. Janis drehte provozierend ihren Kopf ein wenig nach links, um mir ihre rechte Wange darzubieten. „Na los", ermunterte sie mich, „knall' mir noch eine."

Jetzt wurde Jill aktiv. „Hört mal, Mädels", sagte sie mit Bestimmtheit, „einen Zickenkrieg brauchen wir ganz und gar nicht. Wenn es dazu kommt, können wir unsere Band gleich auflösen."

Janis und ich verharrten wie versteinert. Nach einer endlosen Weile holte ich schließlich Luft und stieß hervor: „Ich entschuldige mich, Janis." „Ich entschuldige mich ebenfalls, Regina." Dass Janis das zu äußern sehr schwer gefallen war, war ihr deutlich anzusehen.

Bis zu unserem nächsten Auftritt würden einige Wochen ins Land gehen, während denen mein weiteres Vorgehen zu überdenken ich mir vornahm.

Meine erste innere Reaktion wies genau in die falsche Richtung. Während ich meine ersten Jahre als Schwermetallerin in sexistischem Outfit aufgetreten war – die vordersten Reihen hatten sabbernd mein transparentes Höschen unter dem Spankingrock bewundern dürfen –, hatte ich mich mittlerweile gemäßigt. Janis tritt in ultrakurzen Jeanshosen auf, die ihre kräftigen Beine gut zur Geltung bringen. Na warte, dachte ich, da kann ich mit meinen schlanken immer noch punkten. Ich bedachte nicht, dass Männer zu einem Gutteil auf griffige Schenkel stehen.

Statt meiner üblichen figurbetonten Lederhose hatte ich mich zum berühmten norddeutschen heavy metal-Festival in einen Maxirock gewickelt, den zu entblättern ein einziger

Druckknopf an meiner Hüfte erlaubte. Ich hatte mich mit Jill, die mir während des Auftritts normalerweise am nächsten steht, verbündet und nutzte das Stück *Confusion*, in dem es – wie anders in diesem Genre? – um Sex geht, für meine Überraschung. Jill fasste den Knopf und nach einer eleganten Drehung stand ich in ebenso knackkurzen Jeanshosen da wie Janis.

Das Publikum reagierte jubelnd, denn von mir war es solche Vorführungen seit langem nicht mehr gewohnt. Meine tänzerischen Fähigkeiten trugen dazu bei, meine untere Etage einige weitere Grade stärker zur Geltung zu bringen.

Confusion wurde, obwohl es sich wahrlich um kein künstlerisches Meisterwerk handelt, mit frenetischem Beifall bedacht.

Unser nächstes Stück begann verhalten und steigerte sich allmählich, bis nach ungefähr zwei Minuten die menschliche Stimme – meine – einsetzen würde. Des Saxophons bedurfte es nicht, sodass Janis arbeitslos war. Während des instrumentalen Intros bot sich mir die Gelegenheit, auf sie zuzugehen. Ich sah sie an, wie sie trotzig auf meine Kniee starrte, und hatte endlich, endlich eine Eingebung, wie ich die verfahrene Situation retten könnte. Ich trat auf sie zu, ignorierte ihre verbitterte Miene – was will die alte Schlampe von mir? – und sprach sie flüsternd an. „Du kennst den Text?" „Ja." Ich merkte, wie schwer es Janis fiel, mir überhaupt zu antworten. „Dann singst du mit. Wir treten als Duett auf."

Überrascht sah sie mich an. In wenigen Sekunden käme mein Einsatz und ehe Janis sich's versah, zerrte ich sie hinter mir her und postierte sie vor das Reservemikrofon.

Das Stück *Alpha's and Omega's Borderline* verlangt zu seiner Interpretation kein Stimmwunder und ich stellte erfreut fest, dass Janis ihrer Aufgabe gerecht wurde, das heißt sie sich keinen falschen Ton leistete. Zu meiner größten Überraschung harmonierten wir miteinander ausgezeichnet. Zu meiner glockenhellen Stimme setzte Janis' eher raue einen wunderbaren Kontrapunkt. Tatsächlich klingt sie der ihres Idols Janis Joplin geradezu unanständig ähnlich, wie ich zähneknirschend zugeben muss.

Alpha's and Omega's Borderline erhielt größeren Applaus als *Confusion*, obwohl ich nicht gedacht hätte, dass das möglich wäre. Beim Verbeugen wies ich mit der ausgestreckten Hand immer wieder auf Janis, die – ich hatte auch das nicht für möglich gehalten – richtig rot vor Stolz wurde. Es folgten einige weitere Titel, in deren Verlauf Janis zeigen durfte, welch' fantastischen Klänge sie ihrem Saxophon zu entlocken vermag. Als die ultimative Zugabe verweht war und wir uns auf den Weg in den Abschminkraum begaben, war es Janis, die verunsichert war und nicht wusste, wohin sie schauen sollte.

Solange wir alle zusammen waren, ergriff ich die Initiative, endgültig jegliche Misshelligkeiten zu klären. „Liebe Janis", hub ich an, „du hast heute bewiesen, wie gut du singen kannst. Damit ist gleichzeitig bewiesen, dass ich als reine Sängerin hier überflüssig bin. Ich erkläre dich ab sofort zur Bandleaderin und bitte dich, ab und zu bei den back vocals mit dabei sein zu dürfen."

Janis sah mich fassungslos an. Sie brauchte eine ganze Weile für ihre Antwort, aber die erfolgte heftig und eindeutig. „Spinnst du, Regina? Mag sein, dass ich ein bisschen singen kann, aber für die meisten Lieder unseres Repertoires gebricht es meiner Kehle an Volumen. Deine Stimme ist das Markenzeichen unserer Band und ohne sie existiert Unterhund nicht mehr.

Meine Bitte ist, wie vorhin bei *Alpha's and Omega's Borderline*, ab und zu ein bisschen mitträllern zu dürfen."

Jill, Levis, John, Earl und Carl applaudierten spontan, denn in diesem Augenblick war klar, dass der Zickenkrieg sein Ende gefunden hatte. Unsere – Janis' und meine – strahlenden Mienen sprachen Bände. „Wunderbar", sagte ich, „aber fürs nächste Mal planen wir im Vorfeld, wann du mitsingst. Einen Titel, das verspreche ich dir, singst du allein.

Das gilt auch für unser nächstes Album. Dann gewöhnen sich die Fans schon einmal an deine Modulation."

Janis lächelte mich an. „Das ist ein Wort, Regina. Ich danke dir."

Wir standen schon draußen und waren abfahrbereit, als ich Janis zuraunte: „Eins bedrückt mich noch, Janis." „Und was?" „Die Backpfeife vom letzten Mal. Ich weiß nicht, wie ich sie wieder gutmachen soll. Ich habe mich zwar entschuldigt, aber physische Gewalt ist unentschuldbar. Höchstens, dass du mir auch eine 'runterhaust." Janis lachte. „Quatsch, Regina, was soll das denn bringen? Vielleicht tröstet es dich, dass ich die Backpfeife heute als verdient betrachte, denn als Neuling hätte ich nie und nimmer so auftrumpfen dürfen wie ich es tat.

Ich schlage vor, dass wir die Sache vergessen, und rate dir, Regina, dir selbst zu verzeihen, wenn du meinst, dich falsch verhalten zu haben. Du bist zu in dich gekehrt, um die Zukunft sorglos angehen zu können. Ich weiß, dass du einige Schicksalsschläge hast verkraften müssen, aber das Leben geht weiter.

Du hast keinen Grund, depressiv zu sein, obwohl das häufig Menschen sind, die in den Augen anderer auf dem Gipfel ihres Erfolges stehen. Jemand, der um sein täglich' Brot strampeln muss, kommt nie auf eine solche Idee. Ich sage dir das aus Erfahrung, denn bevor ich bei euch einsteigen durfte, wusste ich nicht immer, mit welchem Geld ich meinen Kühlschrank füllen sollte."

Der Fahrer mahnte zum Einsteigen und eine neugeborene Regina Königshoff erklomm die Stufen zum Tourbus.

♋

69, ein' Zahl schön rund,
elegant und drehbar um den Punkt.
Durch 3 leicht teilbar, aber nicht durch 7.
Was wird denn damit bloß getrieben?

Die 3 ist Primzahl und unteilbar,
mehr als ein Paar, ein flotter Dreier:
Zwei Männer, eine Frau gemeinsam
oder zwei Frau'n, ein männlich' stolzer Freier?
Lassen wir all' sie getrost allein,
denn einsam sind wir nicht zu Zwei'n.

Der nächste Teiler heißt,
welch' ein Verrat,
23, wieder unteilbar und bereit
für Gruppensex – trotz ungerad'? –,
jedoch zuviel für Zweisamkeit.

Da soll's die 69 richten?
Nicht die Zahl, sondern die Form.
Zwei runde Rücken sind mitnichten,
der Freudenspender wohl gebor'n.
Die Innenseit' ist's, die uns lecker
bietet des ander'n Wohlgeschmäcker.
Sie lutscht an meinem besten Stück
und vollendet rasch mein Glück.

Meine Zunge dringt tief ein
in die Grotte ihrer Lust.
Rasch züngelt sie und nicht zur Pein.
Fraus Stöhnen kündet nicht von Frust.
Sie stöhnt, ich keuch'.
Was locker deucht
ist schwer und streng,
denn's wird sehr eng

den Rhythmus zu finden,
um synchron zu binden
der Ergüsse beider Fluss
zu einem Teig aus einem Guss.

Es glückt, es juckt,
sie jauchzt und gluckst.
Die Lust schwillt an und wieder nieder
und ihre Muskeln stemmt sie bieder
bis ihr stützend' Arm als Notruf sendet:
„Halt' ein, ich bin genug verwendet."

Sie wälzt sich seitlich in die Kissen
und sagt: „Lass' uns 'ne Runde innig küssen
bis Kraft entsteht für neues Toben.
Danach bist du's, der lässt von droben
dein Ein und Alles 'runterragen
und ich bin's, liegend auf dem Rücken
bequem erwartend ohne Fragen
die Freude deiner Zung' und Lippen."

„Gut", sagt' ich, „so sei's.
Dein Mund mag umschlingen
und deine Kehle schlucken
was für sie wollüstig gedeiht,
während der Meine wird geschmeid'
deine Vagina bemuttern."
So sei's, so war's.
Als wir nach fertig' zweiter Runde
ruhen erschöpft in uns'rer Sesseln Mulde
in nachgängig' Gehechel und Gekeuch.
Sie fragt: „Weißt' nun, mein lieber Herr Gemahl,
warum die krumme sechzig-neun
ist meiner Muschi schönste Zahl?"

Panikverordnung

Liebe Mitbürgerinnen und Mitbürger,

*wir alle verfolgen täglich die Auswirkungen der Verbreitung des Corona-Virus. Die Auswirkungen sind bei uns im Landkreis und [...] angekommen. Das macht Maßnahmen zum Schutz von uns Menschen erforderlich. Im Kern werden durch eine Rechtsverordnung **alle** Zusammenkünfte und Versammlungen **ab einer Person untersagt**. Dies gilt für **alle** Lebensbereiche, **alle** Lebenssituationen. Diese Rechtsverordnung allein wird aber nicht reichen. Wir alle, jeglichen Alters, aber insbesondere auch junge Menschen, müssen bereit sein, die Einschnitte in unser Leben zu akzeptieren. Alle Maßnahmen laufen letztendlich ohne unsere Bereitschaft zusammenzustehen, Solidarität zu üben, Panik und Hamsterkäufe zu vermeiden, ins Leere.*

Amtliches Mitteilungsblatt einer südbadischen Gemeinde vom 26. März 2020.

⌘

Ohne aus dem Abstand von 2½ Jahren die verheerenden Auswirkungen – nein, nicht des Virus, sondern der entmenschlichenden Maßnahmen mit ihren für Jahrzehnte unübersehbaren Kollateralschäden – im Einzelnen zu diskutieren, sei das Augenmerk der Leserin und des Lesers auf das besonders hervorgehobene Kontaktverbot gelenkt: *Jede Zusammenkunft und/oder Versammlung ab einer Person ist untersagt.* Das heißt, auch wer allein in seinem Sessel oder Schreibtischstuhl sitzt, macht sich strafbar, denn es versammeln sich ja mehr als null Personen auf engstem Raum. Und – dieser Nullpersonenvorschrift harren wie angekündigt weitere Verschärfungen. Ein Anruf bei der Gemeinde, dass der Absatz unsinnig sei, stieß auf taube Ohren. „Wenn der Herr Bürgermeister das so formuliert, hat das seine Richtigkeit", war die ernüchternde Erklärung der Auskunftsperson. Ernüchternd, weil mir ein weiteres Mal klar wurde, dass die deutsche Obrigkeitshörigkeit seit der Kaiserzeit ungebrochen ist.

Wie sagte einst Wilhelm II.? „Ich habe es nicht nötig, mich dumm zu stellen." Wir Heutigen sollten uns zu dieser köstlichen Stilblüte nicht allzu überheblich äußern. Strikt zu befolgende behördliche Entgleisungen feiern nach wie vor fröhliche Urstände.